GLI ALIANTI

203

FULVIO ERVAS

Se ti abbraccio non aver paura

Il viaggio di Franco e Andrea

marcos y marcos

Ha partecipato alla pubblicazione di questo libro un gruppo di alunni del liceo classico Giulio Cesare di Roma, nell'ambito del progetto Book Generator. Un particolare ringraziamento alla professoressa Daniela Zisa e alla preside, professoressa Micaela Ricciardi.

Desideriamo ringraziare anche gli allievi della Piccola scuola di arti narrative Marcos y Marcos, edizione 2012, che ci hanno sostenuto con il loro entusiasmo e con le loro critiche generosamente spietate durante il lavoro di editing.

www.marcosymarcos.com

Franco Antonello impiegherà la quota a lui spettante
del ricavato dalle vendite di questo libro
per contribuire alla costruzione di una casa per Jorge,
ragazzo autistico che vive in una baracca nella foresta del Costarica.

ISBN 978-88-7168-614-1

via Ozanam 8, 20129 Milano
tel. 02 29515688 - fax 02 29516781
lettori@marcosymarcos.com

Se ti abbraccio non aver paura

Florida	● Miami ● Key West ● Tampa
Alabama	
Mississippi	
Louisiana	● New Orleans
Texas	● Denton ● Amarillo
New Mexico	● Santa Fè ● Taos
Colorado	● Denver ● Grand Junction
Utah	
Arizona	● Tuba ● Kingsman
Nevada	● Las Vegas
California	● Los Angeles
Messico	● Guadalajana ● Acapulco ● Porto Escondido ● Oaxaca
Guatemala	● Antigua ● Chichicastenango ● Livingston
Belize	● Belize City
Messico	● Tulum
Costa Rica	● San Josè ● Jaco ● Puerto Jimenez
Panama	● Panama
Brasile	● Manaus ● Salvador ● Barra Grande ● Itacarè ● Ilheus ● Arraial d'Ajuda

Questo romanzo narra la storia vera del lungo viaggio attraverso Stati Uniti e America latina di Franco Antonello con il figlio Andrea nell'estate 2010.
Andrea ha appena compiuto diciotto anni ed è stato diagnosticato come autistico all'età di tre.
Franco Antonello ha raccontato la sua avventura a Fulvio Ervas nel corso di un dialogo durato più di un anno.
Fulvio Ervas ne ha tratto un romanzo che intreccia vicende ed emozioni autentiche con fantasia e arte narrativa.
Immagini del viaggio e della vita di Andrea si trovano all'indirizzo internet www.andreaantonello.it o sul suo profilo facebook.

HARLEY-

La speranza è un essere piumato
che si posa sull'anima,
canta melodie senza parole
e non finisce mai.

Emily Dickinson

Per certi viaggi non si parte mai quando si parte. Si parte prima.

A volte molto prima.

Quindici anni fa stavo tranquillo sul treno della vita, comodo, con i miei cari, le cose che conoscevo. All'improvviso Andrea mi scuote, mi rovescia le tasche, cambia le serrature delle porte. Tutto si confonde.

Sono bastate poche parole: "Suo figlio probabilmente è autistico".

La prima reazione è stata di incredulità: non è possibile, deve essere una diagnosi sbagliata. Poi ho cominciato a mettere insieme piccole cose, elementi che prima ritenevo insignificanti, e sbagliavo.

Allora scoppia un uragano, due uragani, sette tifoni.

Da quel momento sei nella bufera.

Dopo la diagnosi, sono uscito, sono entrato in un bar e ho chiesto un bicchiere d'acqua, naturale.

Vuole dell'altro? La barista deve aver notato la mia immobilità.

"Lei sa qualcosa dell'autismo?"

“No”.

“Nemmeno io”.

Scrutavo il liquido, bevevo lentamente, come se l’acqua avesse potuto lavare i pensieri, trascinare ai reni il problema e dai reni fuori, via, lontano da me. Non funziona così.

E come funziona?, avevo chiesto a Barnard. In paese tutti chiamavano ‘Barnard’ il medico di famiglia, e io con loro, per via delle sue fisime sul mal di cuore, sulle coronarie e altre faccende che non mi interessavano affatto. Quando stai bene, sta bene ogni singolo pezzo del corpo, cuore compreso.

“Funziona che la vita sta tutta sotto una grande curva a campana, con al centro disturbi comuni e ai lati stravaganze d’ogni sorta. La vita è diluita nel mezzo e troppo densa ai lati”.

“Non capisco”.

“La vita è imperfetta, ma ha una sua forza”.

Aveva ragione. La biologia ha una sua forza e fa crescere anche i figli affetti da autismo.

C’è chi dice che vivere con un figlio autistico significa sottostare a una specie di tirannia. Mi viene da ridere al pensiero di cosa accadrebbe al mondo se cadesse sotto il controllo di Andrea.

Per prima cosa le settimane avrebbero un colore. Nella settimana del rosso via libera al commercio di carote, arance, pomodori. Sovvenzioni solo a questi produttori e blocco totale alla circolazione di camion con broccoli, verze e piselli. Ma quando arriva la settimana verde i negozi si riempiono delle verdure prima vietate, le casse d'arance vengono immediatamente rispedite in Sicilia e le carote infilate, una a una, nel terreno. Naturalmente nel punto esatto da cui erano state tolte, che non si possono mica mettere carote provenienti dalla Francia su terra ferrarese.

Non ci sarebbe mai una settimana viola, peccato per i fan di prugne e melanzane.

Non potrebbe esistere il mezzo pieno o il mezzo vuoto, dilemma capace di tormentare i migliori intelletti: bottiglie e altri contenitori dovrebbero essere o vuoti o pieni e le penne o tutte con la punta dentro o tutte con la punta fuori, mai metà e metà, che poi una si rovina e una no. È un rischio che sarà evitato.

Sarebbe opportuno non indossare maglie o maglioni con la cerniera e, sbadatamente, tenerla leggermente aperta. Per favore, cerniere o aperte o chiuse. Inutile cavillare sempre se faccia caldo o freddo. Un po' di decisione non guasta.

Nessuno si creda di poter mangiare una pizza tagliandola a fette, diciamo partendo da un punto qualsiasi e staccandone uno spicchio a piacimento: prima si mangia il bianco della mozzarella, poi il verde del basilico e alla fine, ma solo alla fine, la pasta con la salsa di pomodoro.

Ci sarebbe trecentossessantacinque volte all'anno la giornata del cioccolato. Imposizione questa, forse, non del tutto sgradevole.

Chiunque sia in possesso di un termostato, o si

consideri tale, non si aspetti benevolenza. O spenti o aperti al massimo: le mezze stagioni sono una rovina.

I campanili verranno dotati di un distributore automatico di bolle di sapone, ogni venerdì bolle di sapone a distesa per annunciare il fine settimana e ogni lunedì per festeggiarne l'inizio, fuochi d'artificio a capodanno, nei solstizi ed equinozi e ogni qual volta le casse lo permettano.

Una tirannide con le idee chiare.

Un tiranno fragile, bisognoso di libertà. Per questo lo mandiamo a scuola da solo. Sono i suoi venti minuti d'aria, dieci all'andata e dieci al ritorno. Non avete paura?, ci chiedono. Sì, ovviamente. Tutti i giorni. Però Andrea ha un tale sorriso, quando mette lo zaino in spalla e quando poi torna a casa, da compensare tutte le preoccupazioni. Perché essere liberi non è solo respirare e avere un cuore che batte, non basta.

Certo, la libertà non è mai gratis: abbiamo dovuto firmare assunzioni di responsabilità, un ragazzo autistico che va a scuola da solo è un bel problema, si capisce: per gli insegnanti, per i vigili, per la cittadinanza, per tutti gli automobilisti europei e i turisti lituani che passano di qua.

Era una sera di fine maggio, non riuscivo a dormire. Ricordavo un urlo di Andrea qualche giorno prima, dopo uno dei tanti inghippi: gironzolava per casa, ma terribilmente inquieto, gli ho chiesto cosa c'è, ho insistito, e lui stranamente mi ha afferrato per le spalle. Mi ha fissato negli occhi come mai prima. Ha spalancato la bocca lasciando uscire un urlo che pareva aver attraversato un'infinita distesa di giorni. Mi è sembrato dicesse, mi pare di averlo sentito: non ci riesco, non ci riesco, non ci riesco...

E ha richiamato immagini del passato: un incidente, la moto che vola e poi l'urlo di Andrea a terra da qualche parte, davanti a me, la gente che accorre e mi impedisce di vederlo, la gamba destra tutta sghemba, la morfina, è un ragazzo autistico, le due ambulanze, lasciateci assieme, poi due letti d'ospedale, l'uno accanto all'altro. Ce la siamo cavata, però quell'urlo di Andrea ogni tanto riemerge dai sogni, forse non era nemmeno dolore, forse era quel suo mondo strano che aveva trovato un'unica voce. Qualcosa gridava libertà e usciva raspando i polmoni e la gola.

Mi sono alzato, ho acceso il televisore, l'ho spento. Ho cincischiato con la radio. Ho aperto l'armadietto dove tengo le cartine stradali, le guide di viaggio. Ho steso sul tappeto una vecchia mappa del mondo, ho svuotato la mente ridisegnando i confini, Croazia, Slovacchia, Macedonia, Moldavia...

La mattina dopo, molto presto, Andrea era già sveglio e si aggirava in pigiama. Seguiva il perimetro della tavola, sfiorava il divano, controllava la finestra del salotto. Ho cercato le ciabatte, senza trovarle. Ho capito che erano state allineate perfettamente sotto la sedia dello studio. A piedi nudi ho calpestato una briciola di carta, poi un'altra, finché sul tavolo ho visto la pila di minutissimi pezzi, quel che restava della mia vecchia mappa. Frammenti infinitesimali di mondo che sarebbero finiti tra la carta da riciclare.

Andre, Andre, ho mormorato. Nessuno scatto d'ira. Niente.

Lui aveva quello sguardo un po' malinconico. Dai, il mondo cambia in fretta, e poi dovevo immaginarlo: spesso i giornali e le riviste vengono sminuzzati, Andrea lavora con una precisione invidiabile, come se lasciasse frammenti di parole a invisibili pettirossi che volano nelle nostre stanze.

Fra un mese finisce la scuola, cominciano le vacanze. I miei amici manderanno i figli ai centri estivi, troveranno l'offerta di una bella settimana verde sulle montagne casentinesi, li affideranno ai nonni, li porteranno con loro in campeggio, li lasceranno in un pezzo di giardino a dare calci a un pallone. Fanno bene, i ragazzi hanno bisogno di svuotare la testa e di giocare.

A me toccheranno le solite complicazioni: chi sta con Andrea, dove?, cosa gli facciamo fare?, quella cosa sarà adatta a lui? Turni macchinosi, riempitivi, acrobazie per arrivare a settembre.

Ci si stanca, è umano.

Ogni volta che ti scontri con le difficoltà, ogni volta che ti rimbocchi le maniche per risolverle, è come comperare un biglietto, un piccolo biglietto che ti porti alla fermata successiva.

No, quest'anno no. Se deve essere fatica, che sia per un'autentica avventura.

Siamo sempre in viaggio, anche quando aspettiamo che Andrea torni da scuola, quando lo rincorriamo tra la gente.

È arrivato il momento di prendere il largo. Adesso dobbiamo perderci.

L'idea di un grande viaggio ha cominciato a lavorare dentro, in silenzio. Come un virus. Senza manifestazioni evidenti. Non sentivo il bisogno di un progetto dettagliato. Per Andrea le ore di ogni singolo giorno sono sempre un imprevisto: sarà così anche per me, e andrà come deve andare.

Una mattina sono andato incontro ad Andrea che tornava da scuola, con il suo passo veloce. L'ho visto arrivare e gli ho chiesto se gli sarebbe piaciuto fare una vacanza speciale. Lui s'è lasciato distrarre dai panni stesi nel cortile di una casa. È partito di corsa e ha cominciato a raggrumare le lenzuola, spostare le mollette, raddrizzare i calzini.

"Ce ne andiamo lontano?" chiedevo.

Mi ha guardato di sfuggita, e ha sorriso.

"Andrea, andiamo in America?"

"America bella".

Lì, davanti a quei panni, riordinati come solo Andrea sa fare, mi sono detto: io e Andrea attraverseremo tutte le Americhe possibili e immaginabili, due o tre, quelle che incontreremo. Ce ne andremo a zonzo tutta l'estate, come esploratori.

Stazioni di servizio, rotoli di asfalto, pasti veloci, gente simpatica, gente che scappa, gente ai lati della strada che ci saluta. Via, uno o due mesi, non ci fermeremo finché non saremo stanchi, di qualcosa ci stancheremo, oppure ci troviamo benissimo, magari è un gran posto per uno come Andrea con padre al seguito, sempre che non ci dicano: altolà, che siete venuti a fare? A portare scompiglio?, e che scompiglio portiamo, solo i pezzi di carta che Andrea lascia ovunque e le pance che gli piace toccare e i baci che distribuisce generosamente: va bene, staremo attenti, misurati, non daremo fastidio, America, cerca di essere tollerante!

"Sopporti Andrea con autismo" così mi ha scritto. Volevo capire come avesse preso quest'idea del viaggio e ci siamo messi, assieme alla mamma, davanti al computer. Da solo con me non scrive, è abituato alla presenza della mamma.

La sua risposta mi ha spiazzato.

Sopporterò Andrea, già, che altro può credere? Non preoccuparti, gli ho detto, anche tu mi dovrai sopportare.

Gli ho anche chiesto cosa avrebbe preferito: un viaggio tranquillo o un viaggio pieno di feste? "Tranquillo e feste" mi ha scritto. Tutti e due. Grande, Andre. Grande. Sarà il nostro viaggio. Strampalato, vitale, un poco avventato. Un poco curativo.

Guardavo con stupore, come sempre, Andrea che batteva i tasti, quel portare il pugno al cuore prima di scrivere una lettera. Pugno al cuore, lettera, lettera, lettera, pugno al cuore, parola.

Il mondo intero entra dentro Andrea come un sasso in discesa, come una valanga. Andrea non ha difese, non ha barriere, assorbe tutto come una spugna e basta guardarlo per capire che ha un'intimità diversa, tutta sua, con la realtà. A voce si esprime in modo sconnesso, pronuncia parole secche: casa, in giro, quello verde. Le sue risposte suonano meccaniche, riprendono una parte della domanda.

Quello che lascia trapelare è concentrato: è l'alchimista che distilla poche parole ma con una grande eco. Bisogna solo imparare a sentire.

Con il computer riesce a scrivere frasi compiute. Ha imparato a farlo dopo anni di esercizio, con l'aiuto di una persona che lo guidava.

Non sono mancati quelli che mi esprimevano la loro perplessità per questo sistema e per molto tempo non ho creduto nemmeno io a quello che vedevo. Immaginavo che le frasi che comparivano sullo schermo fossero frutto dell'interferenza della persona che gli stava accanto. Ma poi, con mia grande sorpresa, Andrea ha acquistato una sua autonomia, adesso scrive con il computer senza che nessuno guidi il suo braccio e dice la sua sui più svariati argomenti: autismo, vita, amore. Conservo tutte le sue pagine, da quelle più strampalate e inconcludenti a quelle più toccanti. Sono lettere inviate dal suo mondo.

Ho deciso, all'improvviso, la data di partenza: 6 luglio. Il punto zero, l'origine. Mi sarebbe piaciuto decollare il 4 luglio, festa dell'Indipendenza, ma non è stato possibile. Così partiremo a indipendenza conquistata, che forse è più sicuro.

Un viaggio? Ah, no!, hanno detto subito insegnanti e altri genitori, le persone autistiche sono a loro agio solo in situazioni prevedibili, amano la regolarità delle consuetudini, le persone autistiche non tollerano i cambiamenti e numerose altre obiezioni. Che altro dovevo aspettarmi? È comprensibile, normale, forse ero io a essere troppo insensato. Così sono andato a consulto dai medici che hanno in cura Andrea, e non mi sono stati di conforto.

"Quindi sarebbe meglio che lo tenessi a casa".

"Proprio a casa... Faccia una vacanza rilassante, se può farvi piacere. Il paese è pieno di posti tranquilli".

Per esempio?, chiedo e lì ti rendi conto che non bisogna mai pretendere troppa precisione dai medici.

"Jesolo".

"La spiaggia è molto affollata..."

"Vada in una località di montagna".

"Del tipo?"

"Le Dolomiti..."

Li ho guardati, i dottori. Con rispetto, certo. Non

posso però dimenticare che Andrea, sulla propria pelle, ha i segni di cure d'ogni tipo. Che viaggi, a tale scopo, ne ha fatti in lungo e in largo. Con i chilometri percorsi da casa nostra a Milano, Genova, Svizzera, Modena, Bologna, Siena, le corse in Puglia, potremmo fare il giro del pianeta. Andrea ha già conosciuto metà del mondo attraverso le cure: metodi tedeschi, americani, francesi. Medici tradizionali, cure sperimentali, cure spirituali. Ci siamo sempre fidati e abbiamo accettato suggerimenti, aiuti, consigli. Guardando avanti. Senza pregiudizi. Ora mettiamo in conto un altro tipo di cura. Sento che funzionerà. Saremo, per tre mesi, come l'aria.

Gli amici più vicini hanno capito al volo che non stavo parlando di vacanze, stavo parlando di libertà.

"Ma cosa vai a fare?"

"A cercare il bruco blu".

Sapevano che Andrea aveva perso il suo pupazzo preferito, a forma di bruco blu, proprio nel periodo in cui c'era stata comunicata la diagnosi. Anche a me piacciono quei corpi elastici, certi colori, l'ostinata determinazione, la voracità, gli equilibrismi sui bordi di foglie e steli, sospesi nel vuoto, sotto terra.

"Ma lo ritroverete, il bruco blu?"

"Ci proviamo".

Li ho visti spalancare gli occhi tutti insieme. Hanno cominciato a friggere, a chiedere dove, come e quando.

Ascoltandoli, ho immaginato le prime tessere del percorso. Tagliare l'America: da costa a costa, in moto, poi giù giù, o forse su, chi può dirlo?

Del ritorno, ecco, non mi veniva in mente niente, come se Andrea avesse il potere di farmi restare in viaggio per sempre.

Qualche paura affiorava. Eccome.

Ero sdraiato sul letto dopo una giornata piovosa, in cui Andrea era stato molto agitato. Mi è sembrato che dovessimo entrare finalmente nello spirito del viaggio, con le chiacchiere non si parte affatto. Ho preso Andrea e gli ho detto: dobbiamo fare un po' di allenamento per il nostro viaggio.

"Il viaggio, papà".

"Sei pronto?"

"Sì".

"Non mi farai disperare?"

"Stai sempre in pace".

Abbiamo cominciato a fare lunghi giri con la nostra moto, gli dicevo: Stringiti!, come se tu fossi in America, perché in America bisogna tenersi stretti per bene, ci sono gli uragani e anche i tornado e lui quasi mi soffoca con quella forza che ha. Abbiamo percorso bei tratti di strada, Andrea sempre artigliato, lo sentivo attento, non gli sfuggiva un movimento, e come sempre non perdeva un dettaglio della strada. Per dove si va, Andre? Di là fino in fondo, papà. Sicuro e preciso come tre navigatori satellitari. Salire, scendere, fermarsi ai distributori, fare benzina, mangiare qualcosa, perché adesso i distributori imitano l'America e ci puoi passare la mattina o venire persino all'ora dell'aperitivo. Siamo saliti verso la montagna, mi raccomando mettiti il casco, e dovrò controllare, perché non lo chiude mai. Qualche volta Andrea, quando scendeva dalla moto, filava via senza aspettare, non facevo in tempo a togliermi il casco che era sparito. Attenzione Andre, dicevo, occhio sempre a papà.

"A chi l'occhio?"

"A papà".

Indicavo le auto della polizia, i lampeggianti, abbiamo imitato le sirene, abbiamo sparato con le dita a finti coyote, in un passo alpino. È pieno di coyote in certi passi alpini. È stata la nostra esercitazione antincendio, il nostro modo di diventare una piccola, ma unita, squadra. Capirsi al volo, cercare di avere un'accettabile coordinazione. Poi, la sera, indigestione di film e filmati sull'America, perché volevo che memorizzasse sfondi, dettagli, perché non sbarcasse sulla luna senza sapere quali pietre avrebbe incontrato.

"John Wayne chi è?"

"John Wayne bello".

"No bello! È un cowboy".

Rideva.

Tutto bene, mi dicevo.

E adesso, Andre, provo a dirti che strada faremo: Miami, svoltiamo a sinistra verso Key West, attraverseremo la Florida e poi Alabama, Mississippi, Louisiana e arriveremo fino a Los... a Los...

"Lospedale".

"No, l'ospedale, salame, Los Angeles! E poi? Cosa facciamo se siamo stanchi a Los Angeles?"

"Stanchi papà".

"Saremo stanchi?"

"Sì".

Coast to coast, un classico. I classici sono rassicuranti, altrimenti che classici sarebbero? Avrei prenotato solamente una motocicletta e un albergo a Miami.

Ci siamo ritrovati tutti assieme per i saluti: io, la mamma, il figlio più piccolo e Andrea. Per preparare questo distacco.

C'era anche Filippo, il nostro cane. Non poteva mancare: Andrea, nel suo primo giorno in casa, gli aveva dato un caloroso benvenuto gettandolo dalla finestra. Filippo aveva due mesi e nessuna intenzione di imparare a volare.

Ho guardato Andrea e scritto una frase al computer: "Ciao, allora tra poco si parte".

Lui, stranamente d'impeto, ha risposto: "Ci divertiamo grazie papà".

```
SAI QUAL È L'UNICA MIA PAURA? SE CI
PERDIAMO NON CI TROVEREMO PIU'. COSA
NE PENSI?
Sto vicino a papa
```

I dialoghi al computer tra Franco e Andrea sono trascritti in font Courier New senza nessuna correzione o alterazione rispetto agli originali forniti dai genitori di Andrea.

E SE TI PERDI, E NON MI VEDI PIU',
COSA FAI?
Muoio
NON È CHE MUORI SUBITO. PRIMA DI MORIRE COSA FARESTI?
Guardo in giro
E SE NON MI VEDI PER TANTO TEMPO... POI...
Chiamo papa
MA SE CI SIAMO PERSI ED IO NON ARRIVO, VIENE LA NOTTE... COSA FAI?
Dormo seduto al bar e aspetto
BENE. SAI QUAL È UN'ALTRA COSA CHE DEVI FARE? APPENA VEDI UN POLIZIOTTO TI APPICCICHI VICINO E NON LO MOLLI PIU'. CAPITO?
Si va bene
E COSA GLI DICI?
Il papà scappato
DEVI DIRE "LOST" CHE IN INGLESE SIGNIFICA CHE TI SEI PERSO. E SE PARLANO SPAGNOLO DEVI DIRE "PERDIDO"... OK?
Perdido
SEI PRONTO AD OGNI AVVENTURA? DORMIRE IN GIRO, MANGIARE QUELLO CHE TROVIAMO E ADATTARSI A TUTTO?
Andrea pronto
C'È QUALCOSA CHE VUOI CHIEDERMI O SAPERE PRIMA DI PARTIRE?
Se papà contento

MOLTISSIMO, NON VEDO L'ORA. NEANCH'IO HO MAI FATTO UN VIAGGIO COSÌ...
Siamo viaggiatori avventurosi
CERTO. HAI PAURA DI QUALCOSA?
No

Gli ho chiesto di salutare il fratello.

Stai in pace senza frate

E anche la mamma.

Ciao mamma cara i baci ti do.

Eravamo tutti commossi. Come l'equipaggio di una missione lunare. Ci sentivamo un poco astronauti. Chissà se ci eravamo allenati abbastanza. Mi chiedevo se l'America avesse più o meno gravità di qui, se ci saremmo sentiti più leggeri o più pesanti.

Poco prima della partenza mi ha assalito un'improvvisa trepidazione: sono corso alla scrivania, ho cercato nei cassetti le copie degli scritti di Andrea. Con le forbici ho tagliato le parti più belle e quelle che mi hanno colpito, forte. Ho deciso che li porterò con me, assieme a qualche post-it con i consigli degli amici sui luoghi da non perdere.

Un viaggio di carta, di carte.

Ho trascorso l'ultima sera da solo, cercando di riepilogare il possibile. Devono bastare due zaini e la borsa con le tute per la moto: ho calcolato il giusto numero di mutande tenendo conto del tasso di lavanderie per chilometro quadrato, mal che vada ci appoggeremo sui ruvidi jeans, nessuno è mai morto abraso per questo.

Dal momento che non c'è una formula per conoscere l'adeguato numero di calzini li ho dimezzati, anche se è vero che i calzini sporchi rendono l'umanità più sola, magari siamo in un punto difficile del percorso, chiediamo se andare per di là o per di qua, qualcuno s'avvicina, sviene per le emissioni e rimaniamo bloccati sul più bello.

Ho dovuto dimezzare anche i jeans rispetto a quelli previsti dalla mamma, perché le donne hanno un meraviglioso senso pratico, e non ti fanno dimenticare nulla, però concepiscono i bagagli come la borsa di Mary Poppins e preferiscono sei paia di jeans al navigatore satellitare. Le magliette non sarebbero mai troppe, sì, ho preso la bacchetta magica di Andrea, cosa ci devi fare con una bacchetta magica?, gli avevo chiesto, bacchetta magica, bacchetta magica, mi aveva convinto, un po' di attenzione unita alla magia può essere utile, ok i giubbotti, le ciabatte, salto di palo in frasca, dall'alto al basso, l'importante è che ci sia tutto il necessario, bagnoschiuma, spazzolini, macchina fotografica, cellulare e computer, passaporto, carte di credito e qualche soldo. Stop, non ci sta più niente. Quello che manca lo compreremo per strada.

Ho pensato, scivolando nel sonno, al senso di questo viaggio. Sentivo, nel giudizio degli altri, che forse lo percepivano come una sorta di smargiassata, una cavalcata a briglie sciolte. Poteva essere.

E se invece fosse Andrea a portarmi con sé? Nella misteriosa dinamica di certe partenze, vai a capire che cosa si muove dentro, tra la pancia e il cervello. Vai a capirlo...

IN VIAGGIO

Anche per certi viaggi, alla fine, si parte. Senza clamore, senza fanfare. Andrea abbraccia la mamma, la stringe, la lascia, poi la bacia. Lei si raccomanda che non abbracci nessuno, che non tocchi la pancia a nessuno.

"Agli americani non piace... quelli poi si arrabbiano e sparano".

Ci siamo guardati, ricordando tutti e due quando comperammo delle maglie e ci scrivemmo sopra: "Se ti abbraccio non aver paura". Andrea a scuola provava in continuazione l'impulso di abbracciare con forza i compagni e noi speravamo, così, di rendere le cose più facili. Una scritta né troppo grande né troppo piccola: non voleva essere un avvertimento minaccioso e tantomeno una supplica. Un semplice suggerimento, e poi le maglie colorate erano davvero molto belle. Gliele infilavamo, non senza fatica. Quando Andrea sollevava le braccia verso l'alto rimaneva rigido e bisognava accompagnare la maglia, centimetro dopo centimetro. Ne avevamo comperate di quattro colori: bianche, blu, rosse e arancione. Pensavamo di poter variare ma accadeva, per molti giorni, che Andrea volesse indossare solo l'arancione, o solo il blu. Così abbiamo dovuto moltiplicarle, nel suo armadio c'erano pile di magliette colorate.

"Lavare ogni centimetro quadrato. Intesi?

"E non mangiate schifezze.

"Ehi, non perderlo. E non perderti" mi dice la mamma e gli occhi sono lucidi, mezze lacrime e mezzo orgoglio.

Il fratello evita la morsa, memore della foga di precedenti occasioni. Ci fotografano davanti al check in, l'uno accanto all'altro. Andrea piega la testa verso la mia spalla. So che si è fatto le sue idee. Ci lavora, lo sento.

Passiamo il controllo di sicurezza: metto il computer nel contenitore di plastica. Andrea lo vede e lo allinea per bene. Si lancia attraverso il varco, il poliziotto lo ferma, lui cerca di abbracciarlo. È un balletto. Spiego. Va tutto bene. Poi Andrea parte a razzo e si ferma davanti ai grandi finestroni a osservare un aereo in manovra. Fra poco ci imbarchiamo, dico.

Seduti ai nostri posti, in attesa del decollo, mi sento confuso e osservo come da lontano la cabina, gli altri passeggeri. Se l'avessi pensata troppo in grande? Andrea gioca con la cintura, poi la chiude di colpo. Si va!

"Andrea, prometti che mi starai sempre vicino, che mi darai retta? Me lo prometti?"

"Promesso, papà".

"Prometti che non mi darai più il braccio per farti mordere?"

"Un po' sì".

"Cosa mi hai promesso?"

"Stare in pace".

"No...", ma decolliamo e, in pochi istanti, tutto diventa così piccolo: le strade fili, i campi fazzoletti, i paesi grumi di tetti e anche la nostra casa sarà scomparsa, la velocità diluisce le cose e piccoli sembrano gli affanni trascorsi, le vacanze degli anni passati, la scuola, gli insegnanti buoni e quelli meno buoni, i medici, le raccomandazioni. Le paure. Tutto si dissolve. Siamo nell'aria.

È un volo quasi immobile, ci alziamo solo per andare in bagno. Andrea osserva dal finestrino e io con lui. Per un po' segue con lo sguardo i bordi delle nuvole, poi mi afferra una mano. Non è il suo primo viaggio in aereo, non credo sia timore. Non mostra l'irrequietezza oscura di quando c'è qualcosa che non va. Semplicemente, si è connesso con me: d'accordo Andre, c'è questo pezzo di cielo ma poi c'è l'America, è lì che ci aspetta, se non ci piace possiamo tornare a casa quando vogliamo. Ehi americani, non ci siete piaciuti!

"Se ci sono problemi, torniamo subito".

Lo sento presente, calmo. Mancano solo due ore e poi saremo americani, più americani di ieri.

All'aeroporto di Miami tre quarti dei colori dell'umanità stanno con il naso all'insù a guardare i tabelloni delle partenze o in fila ai check point. Andrea si guarda attorno, è frastornato, si muove con molta prudenza, in punta di piedi, accarezza l'aria con le mani.

Incappiamo in un tassista lento. Prima di farci salire ci medita, poi armeggia con il tassametro, gira e rigira lo specchietto retrovisore, borbotta.

"Che ha quello?" chiede riferendosi ad Andrea.

"Niente" rispondo.

"A me sembra che abbia qualcosa".

È un ragazzo autistico, dico e vorrei tagliare corto.

"Poteva dirmelo subito!"

Mi agito. Ecco, ci siamo, penso, dovrò arrabbiarmi, non sarà che attraverseremo un continente e tutti con il ditino puntato a dirmi: Ma che cos'ha suo figlio? Eh no, non mi va bene, America, non mi va bene per niente, la patria delle mille etnie e t'impunti per un po' di autismo? M'inalbero, senza mezze misure.

"Dai Andre, scendiamo..."

"No! Nel mio taxi i ragazzi così pagano metà tariffa".

Ecco, il tappeto rosso dell'America è una corsa con lo sconto e un hotel sotto le aspettative. Alla reception, piuttosto arrabattata, Andrea afferra subito dei depliant e comincia a farne pezzetti. Il signore tenta di sottrarli, con garbo, e ne nasce un silenzioso tiramolla, sino a quando Andrea lo spiazza baciandolo all'improvviso. L'uomo molla i pezzi di carta.

Anche la stanza è scalcagnata e nemmeno troppo pulita, l'immagine che avevo visto su internet era tutt'altra cosa. Siamo stanchi, non mi va di discutere e poi Andrea ha appena vinto la tremenda battaglia del depliant. Uno a uno. Meglio andare a battezzarci nell'oceano, a sciogliere nuotando ogni tensione.

A cinque anni Andrea s'era lanciato in piscina e l'aveva attraversata andata e ritorno, in apnea, sotto i nostri occhi sbigottiti. Abbiamo pensato: è un delfino! Crescerà e nuoterà sott'acqua da una parte all'altra della Manica. Che campione...

Una cena veloce e poi a dormire. Il primo sonno americano. Andrea è pacifico, crolla appena tocca il cuscino, è un atleta della squadra di football dei ghiri.

Estraggo uno dei suoi scritti, come se, per l'occasione, stappassi una bottiglia di champagne.

Leggo a voce alta, ma nella mia testa.

PER COMUNICARE MEGLIO VORREI UN AIUTINO... UN CONSIGLIO DA PARTE TUA SAREBBE MOLTO GRADITO...
Tu mi credi normale rompi palle e maleducato, io sono sensibile diverso e molto solo
DAI, UN ALTRO CONSIGLIO SU COME TI DOVREI TRATTARE. VA BENE COME MI COMPORTO O...?

Papa per me è unico mi piacerebbe che andrea fosse unico per papa
TI SEMBRA NON SIA COSÌ?
Ho aspetti anche belli tu li conosci
"TU LI CONOSCI", DOMANDA O AFFERMAZIONE?
Solo domanda
CREDO DI NON CONOSCERLI TUTTI ANDREA. AIUTAMI, DIMMI QUALI SONO PER TE I PIU' BELLI…
No papà non è mio compito

Quanta strada da percorrere…

MIAMI

Eccomi qui: in piedi alle sette. Fuori non troverò il solito giornalaio, il barista, ehilà, come andiamo?, bene, le solite frasi, caffettino?, zucchero, uno sbadiglio e si inizia la giornata. Invece silenzio, nessun rumore, nessun allarme. Ho sognato per tutta la notte. Sognato che Andrea scriveva. Non con il computer. Sull'asfalto. Aveva trovato una penna speciale e lasciava messaggi ovunque noi andassimo. In bianco e in rosso. Tracciava lettere mastodontiche, che si potevano vedere dall'alto. Chiunque avesse attraversato i cieli d'America, lanciando uno sguardo in basso avrebbe potuto vedere le parole che Andrea disegnava tra una striscia bianca e l'altra e se qualcuno, da lassù, avesse voluto porre qualche domanda, lui avrebbe risposto.

Quali film ti piacciono?

"Storie di fratelli storie di amore".

Se guardi i visi delle persone cosa ti viene voglia di fare?

"Di ridere".

Ecco, il mondo parlava e lui rispondeva. Nel sogno.

Rumori dal corridoio, un camminare trascinato. Magari è gente che rientra adesso da una nottata. Ripenso a ieri, ai primi passi di Andrea in punta di piedi, l'esitazione di un ballerino, come se danzasse su melodie segrete. Oppure la tensione di un tuffatore, perennemente pronto a lanciarsi dal trampolino. Sembra una sorta di condanna, ma è anche la misura della sua forza. Come se conoscesse il peso della gravità e, allo stesso tempo, prendesse lo slancio per vincerla. Un equilibrio dinamico e complesso.

Oggi noleggeremo la moto, il nostro cavallo americano. Cavallo a benzina, naturalmente.

Aspetto che Andrea si svegli, sono ansioso di vedere la sua espressione, adesso che ci stiamo immergendo nel nostro viaggio.

Solleva la testa e scruta il soffitto, mi lancia uno sguardo, sorride. Seguo i suoi movimenti, si allunga, si scrolla, va in bagno. Vi rimane a lungo e lo chiamo. Non risponde, apro, sicuro che lo troverò a fissare l'acqua del WC. Invece ha preso il sapone bianco, il dentifricio rosa e il collutorio azzurro e ha tracciato righe colorate sul vetro, fittissime. Quando mi vede, con un dito mescola la materia, formando piccoli grumi di colore.

Consumiamo la nostra prima colazione americana in un locale a poche centinaia di metri dall'hotel. Cerco di scegliere ciambelle con la cioccolata, caffè e la solita acqua gasata. Andrea è contento, osserva ogni cosa, si alza con l'impulso di mettere in ordine il vassoio delle ciambelle. In una mano ha la sua bacchetta magica, ho visto che se l'è portata a letto.

Passa una cameriera rotondetta e Andrea l'abbraccia nonostante il vassoio colmo di tazze. Trattengo il respiro: qui succede un finimondo e già vedo la ragazza gambe all'aria, caffè bollente ovunque e noi rispediti, con un unico calcio, in Italia. La cameriera, invece, ondeggia, mantiene professionalmente l'equilibrio, è stupita ma capisce la situazione in un batter d'occhio. Mostra un cipiglio simpatico che frena Andrea.

Dentro di me dico: non s'infastidiscono, non tutti. Voglio fare una piccola prova. Piano piano mi alzo e mi allontano, lasciandolo al tavolo. Trovo un punto da cui poterlo osservare senza essere visto. Andrea resta dov'è, certo è un po' smarrito. Si guarda attorno, mi cerca. Se avesse qualche reazione strana sarei da lui in un istante. Si rabbuia, ma si controlla. Il locale continua a riempirsi di gente, ora la musica è a tutto volume e mi rendo conto che lo disturba. Ritorno al tavolo e usciamo, seguiti dalla cameriera rotondetta, incuriosita da Andrea. Già fa battere i primi cuori. Ho l'impressione che farà innamorare mezza America.

Camminiamo a lungo, assorbiamo i dettagli della città: vetrine, colori, pubblicità, certe insegne ciclopiche, la fretta dei pedoni, il ritmo dei semafori. È un bombardamento sensoriale. Però Andrea si muove bene, cammina davanti a me, si gira frequentemente. Ci guardiamo. Cosa coglierà? Lo abbraccio e gli spiego cosa sta per succedere.

"Andre, ora prendiamo la moto, andremo lontanissimo. Dovremo caricare bene i bagagli, per non perdere niente e avere tutto quello che ci serve a portata di mano".

L'addetto del noleggio ci mostra diverse moto, si sforza di suggerire i modelli che ritiene più adatti alle nostre esigenze. Andrea tocca tutto, specialmente gli specchietti. In un angolo c'è una Harley rossa. Pare una volpe vissuta e ci ammicca. Quella, dico. L'addetto non fiata, siamo clienti.

Accensione, sgasata, piccolo giro in tondo. Appena usciti dal noleggio veniamo fermati da un poliziotto in auto, piuttosto arrogante. Urla: "Wrong way! Wrong way!" Contromano? Andrea gli punta la bacchetta contro, il poliziotto ci guarda male. E dateci il tempo di ambientarci! Però il poliziotto, forse, aveva visto giusto: siamo un po' contromano nella vita.

Scivoliamo via, con calma. È la forza del movimento: chilometro dopo chilometro ingoi lo spazio e l'asfalto è cioccolato, i cartelli stradali scritti apposta per noi. Andrea è aggrappato a me, in previsione degli uragani. Si tiene con la forza di un ragazzo, con eccitazione e sicurezza.

Traforiamo Miami Beach in moto.

"A Miami dovete andare assolutamente allo Sugarcane, non te lo dimenticare, lo Sugarcane a Miami è il massimo, è strapieno di vip".

Erano venuti in tantissimi, amici e conoscenti, a raccontare le loro esperienze di viaggio e a dare consigli, la gente ha girato mezzo mondo e si convince di conoscerlo a menadito. La descrizione dei Grandi Laghi per esempio: No, non andremo ai Grandi Laghi. Perché?, sono bellissimi, D'accordo però non ci andremo, Va bene, ma non mangiate lo stesso bistecche d'alce e nemmeno il bisonte che sono indigesti.

So che faremo di testa nostra, sarà la strada a guidarci, il nostro istinto del momento. Ma per ora seguire il consiglio di Carlo mi dà un piacevole senso di protezione, a casa pensano a noi e ci pensano allo Sugarcane.

"Un vip è un tizio che passa le serate allo Sugarcane e si lascia osservare da noi semplici mortali" spiego.

Pensavo fosse una leggenda, invece l'atmosfera è davvero rovente, e per i vip siamo tutti trasparenti. Io e Andrea respiriamo rilassati. Lui osserva ogni cosa, i più piccoli dettagli. Il bancone con pile di arance e lime lo ipnotizza. La tensione per l'inizio del viaggio si allenta, oramai siamo entrati nel flusso degli eventi. Siamo sul palcoscenico, in scena.

Alla sera, in albergo, metto in ordine le nostre cose. Non bisogna cominciare a dimenticare oggetti nei cassetti. I giubbotti, sulla sedia, diventeranno per un po' la nostra seconda pelle. Mi chiedo se le tute antipioggia saranno tali, in caso di temporali. Non è tutto così semplice, in sella a una moto. Ma a macinare chilometri si inizia domani.

Andrea deve ancora andare in bagno, un controllo è d'obbligo.

SCAMPATO PERICOLO

Terzo giorno in America. Dai, mi dico, funziona, che caschino nel fosso tutti i remacontro, i pessimisti, quelli che guai sfidare la sorte, il fato, il jet lag, lo yogurt mormone, la sindrome di Dallas. Sono già tre giorni, domani saranno quattro e poi cinque. Ah, il potere dell'aritmetica.

"Che probabilità avevo?"

Una su cinquecento, all'incirca, aveva detto lo specialista.

Mi ero imbambolato a fissare i suoi occhiali. La montatura: quadrata e scura, importante. Il dottore s'era infastidito, dovevo sembrargli disattento, invece no, lo facevo per un motivo più semplice, fissando quel dettaglio evitavo di vedere il suo camice, perché quel tipo di occhiali avrebbe potuto portarli anche un commercialista, il direttore di una banca, un grossista di caramelle, il mio vicino di casa, certo, anche il mio vicino di casa ha un bel paio di occhiali, però non poteva dirmi: suo figlio è autistico, le diagnosi spettano ai medici. Poche parole, piene di significato, naturalmente.

Carichiamo i bagagli sulla moto, siamo coordinati ed efficienti. Il personale dell'albergo sbircia dalle finestre, qualche gesto di Andrea li meraviglia: gira attorno alla Harley, si lancia davanti e batte le mani. Il suo corpo in movimento si fa notare, lo so. Non passa mai inosservato. Siamo due attori, dico ad Andrea, e questo viaggio è un film. Gli piace l'idea che siamo due attoroni: i fantastici quattro (diviso due naturalmente), siamo Batman e Robin.

"Andre, sono Godzilla e tu King Kong".

"No King Kong".

"Va bene, allora tu sei Godzilla. Sai come faceva Godzilla?"

"Un po' sì".

"Ottimo!"

Ci lasciamo alle spalle una Miami ancora nuvolosa, ma il profilo della città appare meno cupo della sera precedente, quando i grattacieli erano sovrastati da nembi scuri.

A casa gli amici si erano divertiti a prendermi un po' in giro.

E se la moto si rompe?

Si ripara.

"Sai cosa sono le fasce elastiche?"

"Quelle che metteremo per tenere i capelli al loro posto".

"E un pistone a cielo cupo?"

"Un pistone sotto un temporale".

"Cosa fai in caso di grippaggio?"

"Piango".
"Sai cos'è uno spistonamento?"
"Il mio stato d'animo se perdo Andrea e non lo ritrovo".
"Hai mai rimediato a un buco su cielo?"
"Tutti i giorni, per superare le difficoltà".
Affondiamo in terra americana, puntiamo al suo lembo più a sud e poi risaliremo.
Passiamo di isola in isola, tutte collegate da ponti, ed è come correre in mezzo al mare, da veliero a veliero, con equipaggi diversi che lavorano dentro piccoli paesi, un grande convoglio verso l'oceano. Difficile non convincersi che prima o poi comparirà l'isola che non c'è, il regno dell'impossibile.

Key West è bellissima: un miscuglio di stili architettonici, cubano e americano. Ci sono tante case di legno, entriamo in quella di Hemingway, piena di fotografie. Andrea accarezza il maestoso pesce spada, appeso per la coda. Hemingway mostra caviglie straordinariamente sottili e ginocchia un poco a punta. Bello non era, il pesce spada invece di fascino ne aveva da vendere. La sera ci ritroviamo con mezzo mondo in attesa del richiestissimo tramonto di Mellory Square. Il sole declina incantando una schiera di funamboli e trapezisti, giunti per imparare da una stella l'arte di tuffarsi nel vuoto. Per magica sincronia sparisce il sole e si diffonde nell'aria profumo di pesce che cuoce, la poesia del tramonto si affianca all'appetito. Andrea scalpita, ci incamminiamo, guidati dal profumo. A un certo punto lo perdo di vista, mi precede, c'è un attimo di confusione e sparisce. Noooo, appena arrivati! Entro nel primo locale, può accadere che si lanci, se è affamato, ad arraffare qualcosa da mettere sotto i denti. Non lo trovo. Ritento nel successivo. Eccolo: maglietta bianca, testona di capelli, piazzato comodamente al bancone. È di spalle, mi pare che stia mangiando qualcosa, forse delle patatine. Le avrà sicuramente prese ai ragazzi seduti di fianco. Lo chiamo. Non risponde. Fa finta di niente! Mi ha messo un'ansia...

Arrivo da dietro, lo chiamo ancora e lui mi ignora. Allora gli mollo una pappona, a mano larga, sul collo.

"Andre, non ti perderai subito? Eh, no!" e mi giro a scusarmi con i ragazzi.

Vedo che testona di capelli e maglia bianca si impietrisce, non si gira, trattiene il respiro. Mi sorge un dubbio. Troppo tardi. Dai gabinetti sbuca Capitan America, tutto muscoli e tatuaggi, e mi fiocina con lo sguardo. Potrebbe procurarmi una contusione anche solo contraendo la mascella.

"Che caspita stai facendo alla mia fidanzata?"

Il tono è quello di un marine della squadra speciale: "Cercavo Bin Laden ma ho trovato te".

La ragazza è ancora immobile, una patatina a mezz'aria.

Cerco di giustificarmi. Cerco di spiegare. Mi guardo intorno. Andrea è seduto più in là e sta mangiando patatine assieme a dei ragazzi greci.

Che probabilità avevo, a proposito di probabilità,

di incontrare una maglietta e una testa di capelli simil-Andrea a Key West?

Indico Andrea, con il dito, al marine. Nonostante il fiotto di testosterone che gli sta navigando nelle arterie, ammette la somiglianza tra il colore della maglietta, la foresta di capelli di Andrea e la dolce fidanzata. Si placa. Rimette i bicipiti nel fodero.

Mi siedo anch'io con i ragazzi greci, che si sono goduti la scena, e mangiamo tutti insieme.

Dopo cena, euforici per il doppio scampato pericolo, giriamo il paese in moto, piano, come veri turisti, finché la Harley non ci riporta al motel.

Abbiamo due grandi lettoni morbidi, è tutto a posto. Notte Andre, domani si parte per Tampa. Spero di non sognarmi il marine.

Prima di partire mi ero informato se esistessero dei microchip da mettere su Andrea per poterlo localizzare, nel caso ci perdessimo. Si arriva anche a questo, però non c'era alcun dispositivo che servisse allo scopo. Mi è venuta in mente una cosa.

"Se ci legassimo un elastico invisibile ai fianchi? Lo vediamo solo io e te. Così puoi muoverti, se tiro l'elastico ti ritrovo".

Fingo di legarmi un filo e poi lo passo attorno alla vita di Andrea.

Ecco, siamo legati.

"Con cosa ci siamo legati?"

"Elastico".

"E ci perdiamo con l'elastico?"

"Un po' sì".

"Furbetto..."

Andrea stamattina sorride, ha gli occhi luminosi. Ci siamo svegliati con il sole che inondava la stanza. Il mare è di uno splendore abbagliante mentre lo costeggiamo in partenza per Tampa. Ma Andrea vede qualcosa, si agita sul sedile: "Moto sull'acqua, moto sull'acqua" grida. Guardo anch'io le moto che sfrecciano, sollevano spruzzi, gli dico che sono bellissime. Andrea insiste: moto sull'acqua, moto sull'acqua, una barca, gabbiani, moto sull'acqua, un mastodontico camper, il traffico, moto sull'acqua, moto sull'acqua. Per chilometri. Quando ci fermiamo a far benzina il suo sguardo è irresistibile: moto sull'acqua. Bene Andre, mi sa che oggi decidi tu cosa si fa.

Il tipo del motel è perplesso, quando ci vede tornare: Avete dimenticato qualcosa? No, è che qui è troppo bello, non siamo riusciti ad andare via. Ci ridà la chiave della stessa stanza, con un filo di orgoglio. È contento che apprezziamo la sua città.

Lasciamo la Harley per una moto d'acqua ed esploriamo lagune, scivoliamo su acque trasparenti. Poi, steso su una sabbia caraibica, perdo il senso del tempo, seguo con gli occhi socchiusi e il cuore calmissimo i salti e i tuffi di Andrea, creatura marina.

D'un tratto lo vedo uscire dall'acqua, esplorare la spiaggia. Lo lascio andare. Scorge in lontananza delle panchine e si precipita. Le adora, è il miglior collaudatore di stecche da panchina del mondo.

Un signore è lì seduto, assorto nella lettura di un libro. Andrea si siede all'altro capo e comincia ad avvicinarsi. Il signore pare un intellettuale, con un bel cappello di paglia, una camicia leggera, una pipa e tiene a mezz'aria un libro che sembra conoscere a memoria.

Vorrebbe apparire imperturbabile, invece vigila. Il libro trema, la pipa quasi si spegne. Andrea continua ad avanzare e quello scivola fino all'orlo estremo della panchina. Senza dire una parola, finge improvvisamente di aver terminato di leggere: oh, ecco la parola fine, è venuto il momento di andarmene! Andrea oramai è a contatto e gli sorride. Il signore ricambia, tenta di alzarsi, per evitare l'imbarazzo, e Andrea lo abbraccia. Quello lancia un piccolo urlo, per niente elegante. Si allontana con un punto interrogativo stampato in faccia. Forse avrei dovuto precipitarmi per dirgli: non si spaventi se cerca di abbracciarla! Un distinto signore va sempre rassicurato.

Dai, non è la fine del mondo! Andrea sembra più colpito dall'essere giunto all'altro capo della panchina che dall'improvvisa fuga dell'uomo. Mi cerca con lo sguardo, ma rimane immobile. Faccio segno che va tutto bene. Andrea si precipita verso di me e sorride di gioia. Gli corro incontro e un coccio di vetro, vigliacco, mi seziona l'alluce. È una ferita profonda, esce molto sangue. Guardo il dito, incredulo. Come se fosse finito l'effetto di una pozione protettiva. Al pronto soccorso di casa mi appiopperebbero un paio di punti, di sicuro. Borbotto imprecazioni e torno verso la moto, seguito da una sottile scia rossa. Strozzo il dito con un fazzoletto di carta sino a farlo impallidire e mi infilo le scarpe. Ho cose più urgenti da risolvere: guidare, pensare alla cena di Andrea e dopo fargli lavare i denti, passare il filo, controllare che si spogli, faccia la doccia, tenga il culo pulito, che non abbia anche lui qualche ferita. Questo è fondamentale, il dito guarirà.

Ho visto Andrea contento, ma è così difficile capire di cosa abbia bisogno. Cerco di intuire e sicuramente molte volte sbaglierò. Finora tutto pare filare liscio, anche se è molto assorto e a zonzo lungo i suoi sentieri.

In motel studio le carte geografiche, ripenso ai nostri spostamenti, navigo in internet alla ricerca di informazioni.

Andrea è vicino a me. Non sembra occupato in niente, possono trascorrere due o tre ore e lui rimane così. Chissà se si annoia, se la noia è una categoria che si possa usare con lui. E se, in realtà, stesse navigando sopra tappeti volanti? Se saltasse di nuvola in nuvola e scivolasse da una collina all'altra, come su gigantesche montagne russe? Se questo nostro mondo gli apparisse, in questi momenti, un noioso luogo di linee rette, edifici grigi, semafori di soli tre colori?

Andre, Andre...

Ci mettiamo al computer, cerco di farlo scrivere. Siamo tranquilli, c'è silenzio. Ma non si muove. Rivedo tutte le volte che ho assistito alla scrittura di Andrea. Ripasso i dettagli. Forse sono io, fuori luogo. Gli chiedo: non vuoi scrivere con papà?

Mi guarda, muto.

Questa mattina, dopo pochi chilometri, ci siamo imbattuti in un incidente. Sul bordo della strada c'era un folto gruppo di Harley a proteggere il corpo di una ragazza stesa a terra. Ci siamo fermati a una decina di metri dall'assembramento, ma poi ci siamo avvicinati. Sì, difficile resistere: osservare le disgrazie altrui è un esorcismo potente. Andrea si teneva alle mie spalle. La ragazza era ferita ma cosciente e non abbiamo nemmeno fatto in tempo a chiedere qualcosa che è arrivata l'ambulanza. Andrea, prima che la caricassero sulla barella, si è lanciato e ha puntato la sua bacchetta magica verso quel corpo disteso.

I motociclisti sono rimasti a parlare tra loro, il gruppo si è ricomposto e sono ripartiti. Ma io, da solo, per un'ora intera non sono riuscito a salire in sella. Brutti pensieri. E se morissi per strada, che so, infarto, incidente, succede, no? Che farebbe Andrea? Tornavano alla mente le osservazioni che mi avevano fatto prima di partire: se ti succedesse un patatrac? Era un'eventualità che andava messa in conto. Mi obbligava a essere invulnerabile, o vulnerabile ma capace di trasportare Andrea al sicuro prima di schiattare.

Giravo attorno alla moto, l'ho avvolta in una rete di: non romperti, non lasciarmi a piedi, non sbattiamo contro qualcosa!

Andrea mi vedeva preoccupato e mi faceva roteare la bacchetta magica sopra le braccia e sopra le spalle. Sembrava un grande folletto viaggiante, mi ha strappato un sorriso. Ho respirato a pieni polmoni e un poco è passata. Che magie strepitose con quella bacchetta.

Siamo ripartiti sotto una pioggia lieve e piacevole. Abbiamo indossato le tute, come bravi astronauti. Ho controllato che Andrea l'avesse infilata correttamente. Come un guanto. Ci eravamo abituati a viaggiare ben protetti e invece il sole prende il sopravvento. Comincia la cottura a vapore. Via le tute per non fare la fine delle verdure in un cestello di vimini e, nel giro di qualche ora, finiamo abbrustoliti come pallide principesse islandesi.

L'odore di noi arrostiti ci insegue sino a Hudson, un paesino di pescatori lungo la costa. Frastornati e stanchi camminiamo lungo la piccola spiaggia davanti al nostro motel. Ci avvicinano due americane che sembrano un poco alticce.

"Are you Italian?"

"Sì, Italian".

Noto che apprezzano Andrea: è un bel ragazzo, ha muscoli tonici e spalle larghe. È già alto un metro e ottanta. È pieno di energia, non si stanca mai. Non fa sport, ma è come li praticasse tutti ogni santo giorno per via di quel suo camminare in punta di piedi: il corpo lavora costantemente, la schiena è dritta, il culo si rassoda di continuo, gli addominali sono tesi e il collo ben sollevato.

Le americane spalancano il loro frigo portatile colmo di birra e liquori e ci offrono da bere. Dopo qualche risata si sbilanciano: "We like sex with sexy Italians".

Ci guardano come due api guarderebbero i pistilli dei fiori di zucca. È una coppia bizzarra, una sarà sui cinquanta, l'abbigliamento è elegante e ondeggia, però ondeggia come una signora chic, con immediate correzioni della postura e con gesti delle mani che rivelano lievità d'animo. Potrebbe essere una disegnatrice di tessuti o al peggio una scrittrice di gialli e l'altra, quella più giovane e vigorosa, la sua assistente, occhi penetranti, furbi e maliziosi.

Vieni Andrea, ritirata strategica. A gambe levate!

Ci seguono, Andre, mi raccomando, non si fraternizza con il nemico e invece a lui butta di salutare, un cecchino sessuale non ci mette niente a scambiare una mano alzata per un invito, gli dico: socio, accelerare che qui sfondano le linee e ci fanno prigionieri.

Andrea mi supera ma poi si gira e sorride nuovamente: quelle si ringalluzziscono e accelerano, esibiscono la loro migliore andatura. È un balletto che dura qualche centinaio di metri, ma alla fine riesco a trascinare Andrea al sicuro, nel motel.

Alle dieci siamo a letto, altro che cacciatori di pulzelle. Domani il viaggio sarà molto impegnativo:

otto o nove ore di moto, in direzione di New Orleans.

Non riesco ad addormentarmi, rivedo le scene dell'incidente e sono assalito da pensieri: se sto male, altro che elastico invisibile. Basta! Prendo due fogli e scrivo con il pennarello i numeri di telefono da chiamare in caso di bisogno. Sopra ben sottolineato: IN CASE OF EMERGENCY. Li infilo nel bagaglio, in posti dove si possano facilmente scovare se dovesse succedere qualcosa. Questa è tutta la nostra polizza assicurativa: il buon animo delle persone e tre numeri di telefono. Sarà sufficiente? O è solo un talismano?

Nemmeno Andrea riesce a prendere sonno. Vorrei fargli capire il mio stato d'animo. Ci alziamo, lo faccio sedere alla scrivania e cerco di farlo scrivere. Mi chiedo se il mio corpo debba assumere una particolare postura che Andrea riconosce. Devo pensare come la mamma, mi dico, respirare come lei. Ma come?

QUANDO ABBIAMO VISTO L'INCIDENTE DELLE MOTO SULLA STRADA PER TAMPA A ME SONO VENUTI BRUTTI PENSIERI E TU COSA HAI PENSATO?

Rimane a fissare lo schermo. Passa un lasso di tempo interminabile e poi si allontana dal computer, si stende sul letto e si gira dall'altra parte. Va bene. Cerco uno dei fogli scritti da Andrea prima di partire.

SE SUCCEDE QUALCOSA A ME, TU SEI SOLO IN AMERICA. HAI PAURA?
No io con papà tutto bene.
MA COSA FAI SE CI PERDIAMO?
Americano divento, andrea trova la strada
SÌ HO CAPITO, MA SE L'INCIDENTE CAPITA A NOI E IO MUOIO, COSA FAI DA SOLO?
Aspetto la mamma.
CHE PERO' È A MIGLIAIA DI CHILOMETRI…
Aspetto buono vicino papà.
INSOMMA STAI TRANQUILLO E NON TI PREOCCUPI…
No domande false. Grazie.
NON VUOI CHE PARLIAMO DI COSE CHE NON SONO SUCCESSE. È COSÌ?
Esatto.

Spengo la luce.

Una sera eravamo un gruppo di amici a cena. Una bella atmosfera. Andrea aveva finito di mangiare e s'era alzato, si era messo a girare per la casa. Entrava e usciva dalla cucina, ci ascoltava. Ci ascoltava anche quando stava nel corridoio. C'era qualcosa nei nostri discorsi che lo incuriosiva. Stavamo semplicemente raccontando episodi del lavoro, niente di particolare. Ognuno ironizzava sulle proprie vicende, sugli intoppi della vita, un modo per sminuzzare le difficoltà. Parte una sonora risata collettiva. Andrea era sulla soglia, ha già imparato i nomi di tutti e dice: "Lucia ride, Anna no ride". Aveva distinto una diversità sonora. Tutti c'infervoriamo per dirgli che anche Anna ha riso, l'abbiamo vista, la battuta era troppo divertente. Anna no ride, insiste Andrea. E l'amica confessa che aveva riso controvoglia, che aveva pensieri per la mente.

Mi alzo, con queste immagini nella testa. Dal corridoio arrivano dei rumori, un cigolio. Andrea è lesto e, in pigiama, spalanca la porta. Mi stiro, sento delle voci. Qualcuno gli parla. Lancio un'occhiata: è una donna che sta pulendo le camere. Ringrazia Andrea che piega gli asciugamani usati, li infila in un sacco e poi si dedica a metterle a posto anche quelli sul carrello. Li apre, li scuote e li piega, neanche Euclide saprebbe allineare così i margini di una superficie.

È bravo, mi dice la signora, forse una portoricana. "È un grande raddrizzatore del mondo, questo giovane uomo".

"Me lo presti, signore!"

Non posso, signora. Come farei senza di lui?

Dai, adesso torna dentro, gli dico.

A casa, la sera, prima di addormentarmi sposto gli oggetti che è solito sistemare a modo suo: le tende del salotto, la sedia della mia scrivania, il rubinetto del lavandino e il coperchio del WC. Così la mattina al risveglio se li ritrovo come li ho lasciati capisco che Andrea ha dormito tutta la notte, se invece sono tutti sull'attenti significa che ha vagato per casa e chissà se ha riposato almeno un po'.

Ci prepariamo per una mattina americana: in un locale profumo di salsicce, pancetta, uova e caffè. Sesto giorno in America. È quasi fatta! Se l'FBI non ci caccerà entro domani, entro la prima settimana, non lo farà più. Peggio per loro! Se avessero visto il dentifricio svuotato in bagno, dentro un bicchiere, e la meravigliosa orlatura dell'armadietto, forse ci avrebbero ripensato. Ma colorare è un'altra delle pulsioni potenti di Andrea, i colori sono i miei umori e le parole che non riesco a dire, ha scritto una volta, e quando è a casa dipinge con mescolanze cromatiche che mi lasciano sempre a bocca aperta.

Andrea solleva le salsicce con l'aria di chi osserva campioni di materiale radioattivo, ma poi le mangia con appetito. Tutti mangiano con appetito. Omoni grossi come cisterne ingurgitano pancetta e uova a badilate. Il caffè scorre a fiumi. Per la verità si tratta di acqua calda e scura, un liquido che si lascia bere senza entusiasmo. È sicuramente una partenza con meno aroma delle nostre, in questo paese si consuma energia piuttosto che sapori.

Salendo sulla moto, avverto Andrea che oggi sarà tosta. Ci incolleremo il culo, gli dico e lui lancia un incantesimo alla Harley con la sua bacchetta magica. Ottimo, siamo protetti.

Scivoliamo nel traffico guidando rilassati, tra camion enormi che sfrecciano spostando masse d'aria. Quando ci fermiamo in una stazione di servizio per fare benzina, vediamo una vecchia roulotte che crea un ingorgo pazzesco davanti alle pompe. Fa mille manovre per trovare un posteggio. L'uomo alla guida della macchina è molto agitato. Lo vedo scendere, controllare, correre alle casse e chiedere informazioni. Esce, infilando le dita nei dieci o dodici capelli che gli rimangono. Mi vede, intuisce che devo essere europeo.

"Señor! Non c'è la televisione... Siamo in America e non hanno la televisione!"

Emette strazianti lamenti perché non potrà assistere alla finale del mondiale di calcio. È teatrale e molto simpatico. I due figli piccoli e la moglie rimasti in macchina, meno. C'è un vivo borbottio nella comitiva. L'uomo allarga le braccia, scuote rassegnato la testa. Poi si ricorda di noi e mi apostrofa.

"Señor, sono in gioco i destini della patria e mi trovo solo ad affrontare un momento così delicato. Le piace il calcio?"

"Abbastanza".

"Abbastanza per cortesia o abbastanza per davvero?"

Non capisco dove voglia arrivare. Alle sue spalle la moglie è visibilmente infastidita. Mi scatta un'irrefrenabile solidarietà maschile.

"No, una bella partita mi farebbe piacere..."

C'è Spagna-Olanda, sussurra cercando di non farsi sentire dalla famiglia. Mi chiamo Javier, senta, se andassimo a sequestrare con la pistola in pugno una tv e ci godessimo lo spettacolo in barba al mondo? Esito.

"Non ce l'ho una pistola e lei?"

"Nella roulotte ho un tamburello".

"Potrebbe servire".

"Non è che tiferà per l'Olanda?"

Non lo so, rispondo. Per chi gioca bene.

"España!"

Decidiamo che io li precedo con la moto, al primo accenno di televisore che incontro sulla strada lo chiamo al telefonino.

Andrea, andiamo a salvare la Spagna, dico e fortunatamente una ventina di minuti dopo c'è una super stazione di servizio con annesso motel e apparecchio televisivo.

"Javier, missione compiuta!"

Il proprietario del locale alza le spalle quando uno spagnolo forsennato, e il suo occasionale aiutante, gli spiegano che vorrebbero sintonizzarsi sul canale dove trasmettono la partita. Sullo schermo c'è una televendita. Lo pressiamo, cede. Lo spagnolo corre sino alla roulotte e ritorna con una bandiera di due metri per due. Si avvolge, e ci troviamo io e lui, unici europei, a seguire lo scontro calcistico nella più totale indifferenza degli avventori americani.

Nel frattempo si crea un'inaspettata alleanza tra la famiglia dello spagnolo e Andrea: rifiutano di starsene tranquilli nel locale. La donna e i ragazzini pattugliano il piazzale della stazione di servizio, Andrea esce e si siede sotto il sole cocente. Controllo: è tranquillo, però il sole picchia duro e così entro ed esco per gran parte della partita, preoccupato. Confido che la moglie di Javier e i suoi due figli cerchino un contatto con Andrea, accomunati dalla calciofobia, invece niente. Lo ignorano. Anzi, il più piccolino gli fa continuamente le boccacce. Andrea sta sudando come un caimano. La partita va ai supplementari ma mi vedo costretto ad abbandonare Javier e la Spagna al loro destino.

Nel locale faceva fresco, stavamo comodi, avrei tanto voluto vedere come andava a finire, ma non c'è verso di convincere Andrea quando ha deciso altrimenti. Se pianta chiodi sono grossi e d'acciaio. Il mare è uno di questi, se lo vede vuole fare il bagno, lo può ripetere sino a sfiancarti.

In Florida gran parte delle spiagge sono private, e

per potersi lanciare in mare si deve essere ospiti di qualche hotel. Dobbiamo travestirci da clienti, dico ad Andrea, posteggiamo la moto, ci spogliamo, assumiamo un'aria fischiettante e rilassata.

Rilassata Andre, non saltellando come un canguro! Mi ascolta, adopera la sua miglior camminata, in punta di piedi naturalmente, testa alta, mani sospese, sorriso immobile e delicato.

La sabbia della spiaggia ci ha impanati come due cotolette e quando entriamo in un ristorante, vistosamente arruffati, incrostati di sale e pieni di fasce per i capelli, clienti e personale ci guardano come due pirati.

Dopo cena, passiamo in comoda rassegna le insegne dei motel, luminose e attraenti, prima di sceglierne uno. Chiediamo informazioni senza scendere dalla moto.

"Ehi, avete una camera per due?

"Per me e questo socio, alle mie spalle?"

Decido che questa sera offrirà Andrea, gli passo di soppiatto la carta di credito, bisbiglio di darla al signore quando ci chiede di pagare.

L'uomo si protende verso di noi, siamo in sella, un poco baldanzosi, Andrea non molla la carta, l'uomo mi guarda incredulo.

Dobbiamo sganciare, non si dorme gratis.

Andrea scende dalla moto, evita lo sguardo dell'addetto alla reception, se ne va sdegnato con la carta di credito in mano.

Un vero nobile.

La Florida è già dietro di noi. "Sweet home Alabama", dicono le targhe automobilistiche, e noi la attraversiamo dolcemente. Il governatore, Bob Riley, ci tiene a farci sapere che è lui il padrone di casa, scrivendolo sul cartello ai confini di stato. Grandi case lungo la strada, una campagna sonnolenta e quieta.

Ci fermiamo sul ciglio di un immenso campo fiorito. È un cimitero. Ogni tomba, immersa nella terra come radici di uomo e donna, ha un mazzo di fiori coloratissimi. Nel terreno sono piantate eliche che s'animano a ogni soffio di vento, un cenno per ricordare ai vivi che esistere è un flusso. Scendiamo dalla moto e attraversiamo il prato, com'è gradevole e sensato questo modo di raccontare chi non c'è più.

"Vedi Andre, qui sotto ci stanno i morti" dico.

"Morti, papà".

La vita è così, aggiungo, sicuro che capisce.

Andrea senza dire nulla si toglie le scarpe, a piedi nudi apre le braccia e vola attorno come una grande farfalla e il suo sorriso è una finestra spalancata da una stella lontana.

Forse siamo sovrappensiero, qualcosa deve esserci sfuggito riprendendo la strada, perché ci piomba alle spalle una macchina e una donna ci fa segno di fermarci. Una rapina! Invece, mettono il lampeggiante sul tetto e si affiancano per farci accostare. Scende una poliziotta in borghese, dura come il marmo e con occhi da iena, infastidita per l'espressione a punto interrogativo di Andrea e soprattutto perché non l'ascolta, non si quieta un istante. Anzi, si mette a gironzolare attorno alla macchina come non ne avesse mai vista una e cerca di toccarla. La poliziotta afferra Andrea per un braccio, lo vuole mettere sull'attenti. Cos'hai da ridere?, gli dice, cosa ridi? E lui ride, ride e non parla, alla poliziotta scatta qualcosa nella testa, questo ragazzo pieno di boccoli non sembra il tipo da banda giovanile, se appartiene a qualche banda dev'essere di un quartiere mai visto in tutto il Mississippi. Riflette, si calma. Ci mollano.

Quando compare il cartello "Bienvenue en Louisiane", giglio in campo blu, mi prende l'emozione. I miti avvolgono le città come campi di forza e New Orleans ne ha uno di grandissima intensità. Mi aspetto molto da questa città di acqua e musica. Potrebbe essere un posto ideale per Andrea.

"Andre, qui suonano tutti, anche i marciapiedi.

"Mi hanno detto che c'è una band che fa del blues con le scatole della pizza".

Andrea annuisce. Entriamo in città cantando a squarciagola. Frugando tra i tanti post-it con le dritte degli amici, trovo l'indirizzo dell'hotel Sonesta, in Bourbon Street. Ci capita una camera con terrazza strepitosa, ornata da ringhiere di ferro. Ondate di jazz e di blues salgono dalle strade, come vapore, e ci sommergono, ci trascinano in un labirinto di suoni. Fotografiamo e filmiamo ogni chitarra, batteria, armonica, sax e ugola di cantante che incontriamo. Andrea è entusiasta, mi bacia di continuo e sembra ok.

Cammina alcuni metri davanti a me, osservo le reazioni che suscita nelle persone. Ragazze della sua età si voltano a guardarlo e sgomitano tra di loro: "Che bello", "Hai visto quello?" Andrea non guarda mai nessuno a lungo, solo sbirciate furtive, magari frequenti, e questo aumenta ulteriormente la curiosità.

Poi però lo vedono fare cose strane: sfrega le mani, salta sul posto, corre avanti e indietro rapidamente, come se disegnasse, con quel suo zigzagare una mappa con l'inchiostro invisibile. Sento altri commenti sottovoce, appena è passato: "È pazzo", "Hai visto cosa fa?", "Quello è fuori". Certo, è fuori, ma non dal mondo: proviene da un luogo dove valgono altri codici, altri segni, altre bellezze, che lui trasferisce qui, quando vuole e come può.

Non ho ancora capito quale sia esattamente il rapporto di Andrea con la musica. Ne ascolta di ogni tipo, nella sua stanza l'ipod è sempre acceso. A volte un volume troppo alto lo disturba, altre pare indifferente all'intensità sonora. Forse gli piace semplicemente sentirsi immerso in un bagno di suoni: radio accesa quando siamo in macchina, anche solo come sfondo ronzante, fa partire la televisione appena entra in una casa. Sceglie per lunghi periodi lo stesso canale, si innamora di un elemento costante, di un'onda sonora precisa cui tornare ogniqualvolta ne abbia desiderio. Come se avesse bisogno di una voce, una risata, qualche nota accennata o confusa che riesca, come un faro nella nebbia, a portarlo sin qui.

Tra noi.

NEW ORLEANS

Prima di uscire controlliamo l'elastico. Il mio è solido. Com'è l'elastico?

Andrea cerca sulla pancia il filo invisibile, lo fa con scrupolo.

"L'hai perso?"

"No".

"Stai cercando l'elastico?"

"Elastico bello".

Dopo una settimana non abbiamo nemmeno un fazzoletto che si ricordi d'essere stato pulito. Priorità: trovare una lavanderia. Altrimenti c'è il rischio di abituarsi a indumenti bolliti lentamente dal nostro sudore e speziati dai mille vapori d'America. In una grande Washing well, un paio di signori anziani giocano a scacchi in attesa che le loro lavatrici finiscano, una signora brontola in un angolo tenendo una fotografia davanti agli occhi. Andrea di solito è stregato dallo spettacolo dell'acqua schiumosa che gira negli oblò, invece oggi presta molta attenzione alla foto della donna. Annuisce piano, è d'accordo su qualcosa. Mi aiuta a svuotare l'asciugatrice e mi segue assorto e silenzioso mentre torniamo in camera per lasciare il nostro bucato e cambiarci. Usciamo a passeggiare con indumenti benedetti dal detersivo e ci sentiamo lustrati con cera extrafine. Sfreccia una vecchia roulotte con una bandiera spagnola che sventola. Dev'essere la famiglia di madrileni, un campione del mondo e tre faccione antipatiche.

Andrea accetta biglietti per chissà quali spettacoli della notte, non si tira indietro se gli offrono qualcosa. Ne ha una mano piena, li stringe e poi qualcuno gli scivola via. Dev'essere quando l'attenzione si sposta, salta, entra ed esce da chissà dove: ecco, spicca il volo, e giochiamo a rincorrerci per i vicoli del French Quarter, in mezzo a gente con un bel ceffo da assassino o con il ringhio di uno squalo. Le case sono basse, molto europee, piene di bandiere, compresa quella della pace. Andrea corre veloce come se volesse inghiottirsi tutta New Orleans, mi tocca inseguirlo in questa specie di fiera medievale. Galoppa tra lattanti che suonano la tromba assieme a ottuagenari con barbe sino ai piedi; rischia di abbattere vecchie signore che si dimenano sui marciapiedi per rimediare qualche spicciolo, sfiora poliziotti a cavallo che distrattamente pensano al loro rientro a casa. Si blocca di fronte a una donna enorme che avanza trotterellando a fatica; al suo fianco un uomo che sembra un boxeur la sprona gridando che dio la aiuta, che non deve smettere un solo minuto di correre. Dietro si è raccolta una piccola processione che li segue. Lei è proprio irresistibile con quel suo avanzare lentissimo, quasi trascinato eppure deciso, non vuole e non può fermarsi, respirare, asciugarsi il sudore che la lava e la scioglie, mentre l'uomo pare spazzare la strada da ogni ostacolo e invoca il signore. Il suo vociare altisonante è un braciere che emette folate d'incenso.

"Oh, dio è con lei, proprio con questa donna e, accidenti, che fortunata sei baby..."

"...non cammini da sola, sei in ottima compagnia, una compagnia speciale che ti cambierà la vita!"

L'uomo recita e urla e io e Andrea alziamo il pollice in alto, così che possa sentirsi gratificato per tutta quella fatica. Per un po' li seguiamo anche noi, ipnotizzati: è una scena da penitenti dei secoli passati eppure così americana. Con la coda dell'occhio scorgiamo la sagoma di un uomo alto e curvo, completamente vestito di bianco immacolato, che porta sulle spalle una croce di due metri: ma allora lo fate apposta!

Un po' la testa ci gira, ma gironzoliamo ancora, al rallentatore, sino a quando il letto ci reclama ad alta voce. Andrea crolla in un attimo e io esco in terrazza a prendere un po' di respiro. Ripenso alla città, alla sua umanità stravagante. Rientro in camera e guardo mio figlio, così pacifico nel sonno: darei qualsiasi cosa per sapere quali pensieri si formano nella sua testa.

Fino a due anni e mezzo era proprio ok.

Rispondeva al telefono al nonno, quando lo portavo in macchina e gli cantavo "*nella vecchia fattoria*" lui rifaceva i versi di tutti gli animali, rideva.

Giocavamo con il suo grosso bruco blu e lui si divertiva come un matto. Anch'io mi divertivo.

Poi qualcosa è cambiato: quel bambino che rideva, cominciava a parlare e stava crescendo, è diventato cupo, introverso.

Gettava oggetti nel fiume che passava vicino a casa: borse, magliette, scarpe, portafogli, fotografie. Ogni cosa nell'acqua.

Ha cominciato a fare gesti ripetitivi e immotivati, non ci guardava più negli occhi. Un'altra storia.

Quante sberle, all'inizio, per questo comportamento.

So che non si comprendono le cause dell'autismo. Multifattoriali, si dice. La vita stessa è multifattoriale. Non che l'autismo possa fare eccezione.

Non sarà stato per via del vaccino? Le prime stranezze le abbiamo notate qualche mese dopo la trivalente.

Glielo avevo detto, al dottor Barnard.

"Credi che sia stata la vaccinazione?"

"Sì. Sbaglio?"

"Pare che la causa sia genetica".

"Cosa devo fare?"

Barnard, capelli castani, vestito marrone sotto il camice, una barba pallida e rada, aveva buttato uno sguardo al soffitto, aveva preso tra le mani una scatola di pasticche e mi aveva detto: "Ti abituerai".

Certo, ma la vita di Andrea scivolerà in un mondo che potrà solo sfiorare. Dove non riesci a parlare con nessuno e difficilmente puoi scegliere da solo. Non hai relazioni, un lavoro, una fidanzata. Mi tornano alla mente le ultime strofe di una piccola poesia scritta sulla parete di un ospedale per bambini:

"D'accordo malattia, questa notte fammi soffrire e se vuoi anche domani, e dopodomani. Un mese, un anno, divertiti un po' ma per sempre, per sempre no".

Vaffanculo.

Strano effetto il blues, a New Orleans.

Via da Bourbon Street: ci siamo lasciati coccolare in un hotel come si deve e abbiamo fatto il pieno di comodità.

Saliamo sulla moto e mi accorgo che Andrea tiene tutte e due le mani per aria, la sua bacchetta magica non c'è più. Dove l'hai lasciata?, chiedo. Scuote le mani, dice che è qua. Guardo, non c'è, sarà rimasta in camera.

"Pensi che New Orleans avrà bisogno della tua bacchetta magica?"

"Sì".

Attraversiamo la città prima che borbottino i caffè, ci aspetta un lungo tragitto. Da oggi in poi sarà acida, la Louisiana e il Texas ci metteranno alla prova duramente.

La confusione tremenda e gli schiamazzi della notte sono trascinati nelle fogne da enormi camion che lavano le strade generando piccoli diluvi. La città si prepara per un altro round.

Abbandoniamo le grandi strade, lasciamo quei tracciati per geometri scegliendo una rete di minuscoli centri abitati, casette seriali, poche macchine.

Un'America che si diluisce e si svuota: con tutto questo spazio che bisogno c'era di andare a ballare sulla luna? Forse è vero che possedere molto spazio ti fa pensare di poter possedere anche molto tempo. Quello che non dedico alla Harley, ridotta a un serbatoio e un acceleratore. E la sella, naturalmente. Non è mancanza di rispetto. So che dovrei guardarla, pensare a cosa sopporta, immaginare qualche opera di manutenzione. Rimanerci seduto a riflettere. Prima o poi...

"Coccodrillo", a grandi lettere sull'insegna di un ristorante, e dico al mio socio: hai voglia di mangiare coccodrillo? Percepisco una di quelle espressioni stupite che ha Andrea, appoggiato alla mia spalla, quando riaffiora nel mondo e lo trova strano.

C'è un tavolo libero, in mezzo a una folla di camionisti affamati, Andrea si pappa la solita carne e io affronto il coccodrillo. Niente di particolare, non sa di muffe e alghe dei fondali acquitrinosi, niente retrogusto di mirtilli e carne di pecora colta al guado. Potrebbe essere tonno.

Il locale piano piano si svuota. Rimaniamo solo noi e due ragazzi, di quelli grossi e con la barba appena accennata sulla punta del mento. Potrebbero essere serial killer o allevatori di pesci gatto.

Andrea vuole ancora qualcosa da mangiare.

"Cosa vuoi?"

"Mangiare".

"D'accordo. Vuoi delle patatine fritte?"

"...fritte".

"Dillo bene: patate fritte".

"Sì".

"Patate fritte. Vuoi le patate fritte" prendo il ketchup.

"Le vuoi con il ketchup?"

"Kecia".

"Andre, uno sforzo! Devi dire bene le cose".

Non deve dimenticarsi della sua voce, delle parole. Deve fare uno sforzo. Le cameriere ci guardano.

"Vuoi anche una ciambella?"

"...bella".

"Dai! Ciambella..."

"Ciambella bella".

Una cameriera s'avvicina, poi l'altra. Hanno l'aria preoccupata. Spiego che è un ragazzo autistico, che voglio che impari a usare tante parole, a lanciarle come salvagente verso gli altri, altrimenti abiterà un'isola sempre più piccola. Io non mollo. A costo di essere antipatico.

Andrea, mentre parliamo, si alza con il ketchup in mano, va a uno dei tavoli vuoti, distende alcune file di tovaglioli di carta e, alla Warhol, ma con più fantasia, traccia una dozzina di ideogrammi quasi uguali. Li ammira e poi, soddisfatto, mette un capolavoro sopra un tovagliolo pulito, un altro capolavoro, un altro tovagliolo pulito, sino a fare una torta a più piani di carta e ketchup. Il tetto dell'opera è particolarmente condito. Le cameriere rimangono a bocca aperta. Si accasciano sulla sedia, ridendo: sembrava una giornata votata alla noia. Puliamo e non rimane traccia. Una delle due cameriere dice che abbiamo censurato un capolavoro, che certi capolavori finiscono, inspiegabilmente, nella spazzatura.

Non ci aspettavamo un lungo tratto di strade fiancheggiate da alberi, sembra di infilarsi in certi viali d'Europa. E in fondo agli alberi, un lago stupendo. Andrea si agita e io lo precedo: bagno! Quattro tuffi veloci e ci rimettiamo in marcia, mi dico, ma poi l'acqua è calda e trasparente, un piacere assoluto, e spostare Andrea è quasi impossibile. Rimaniamo fino alle otto di sera.

"Dai Andre, è quasi buio. Dobbiamo cercare un hotel".

"Un hotel papà".

"Sali e tieniti bene, che c'è la salita".

Mi accorgo che non si accendono i fari.

"Andrea, siamo completamente senza luci!"

"Senza le luci". Non è per nulla spaventato. Non stringe di più, nessun affanno.

È un bel rischio mettersi per strada, non c'è la luna e rapidamente diventa buio pesto. L'America al buio è buia. Non si ha idea di quanto. Il primo centro abitato è a cinquanta chilometri. Ci sono due percorsi per arrivarci. Ne scegliamo uno a caso. Si rivela una distesa nero china. Mi metto in coda alle poche macchine in transito. Cerco di seguire le loro luci, ma quelle, vedendo una misteriosa moto a fari spenti, sicuramente si spaventano, capisco pure il loro punto di vista, ma non siamo una coppia di banditi, due esattori del fisco, ehi caro, non sono nemmeno tua suocera e Andrea non è il tuo figlio illegittimo che ti sta seguendo per l'eredità! Niente da fare. Le macchine accelerano, frenano di botto, fanno di tutto per liberarsi dal nostro fastidio. Quando non c'è nessuno cerco di avanzare piano, conquistando qualche chilometro. Si perde il senso dello spazio, e sale un severo senso di panico. Calma! Lentamente torno indietro, cerco l'altro percorso sperando che sia più illuminato o che ci sia un distributore. È così, con pazienza ne scorgiamo uno. Riesco a fermare il guidatore di un pick-up, spiego la situazione e lui ci accompagna per quasi trenta chilometri sino a un motel. Arriviamo leggermente provati. Ma ci siamo. Anche se non sappiamo in quale parte della Louisiana siamo andati a finire.

Be', ci penseremo domani. Senza più nemmeno un briciolo di energia, sprofondiamo nel letto. Abbiamo fatto dodici ore di strada. Andrea però non vuole dormire.

"Andre, dormiamo o no?"

"A fare un giretto".

"Come a fare un giretto?! Dopo tutte queste ore in moto? Abbiamo consumato le gomme, la benzina, i fari, ci siamo massacrati il culo e non ti basta?"

"In giro con la moto. Fare un giretto".

Mi sembra impossibile, non sempre quello che dice a voce corrisponde a quello che pensa dentro di sé. Così, ultimo sforzo, provo a chiedergli qualcosa scrivendo. Ma prima respiro.

COME TI SENTIVI DIETRO ALLA MOTO?

Andrea guarda lo schermo, enigmatico. Si stringe le mani. Passo alle sue spalle, voglio pensare di essere leggero. Mi guarda, veloce, pensoso, sorride, intreccia le mani.

Dai Andre, dai! Pugno, cuore, lettera...

Uccello in volo

Che emozione, mi parla. Che dico, parla? Scrive, mi scrive! Posta in arrivo, per il sottoscritto. Cerco di mantenere la calma e non ci riesco, chi ci riuscirebbe? Digito con una fretta dannata.

AVEVI PAURA VIAGGIANDO AL BUIO CON
I FARI SPENTI?
No ciao

Abbiamo scoperto d'essere dalle parti di Alexandria. Il problema dei fari l'abbiamo risolto in un Harley point. Sembrava un parco giochi enorme, pieno di luminarie e colori. Le Harley erano schierate come una quieta cavalleria, sonnacchiosa. Pensavo si trattasse di un intervento facile e veloce. Invece il personale, molto scrupoloso, ci ha informato che ci sarebbero volute un paio d'ore di lavoro. Inganniamo l'attesa in una tavola calda. Vicino a noi ci sono due rider texani, barbuti e tatuati.

Andrea prende a girarci attorno.

"Siete i soliti turisti stronzi?"

Turisti stronzi, turisti stronzi ripete Andrea con il suo improbabile accento americano, saltellando come un picchio dal collare. Capiscono che i turisti stronzi normalmente sono meno ginnici e accettano di buon grado di farsi fotografare: due pirati con barbe ricciute e sguardo acuminato e, in mezzo, uno spilungone con addosso una maglietta che poteva essere stata di colore bianco. Si stupiscono piacevolmente per il tipo di viaggio che stiamo facendo. Non siete stronzi, solo incoscienti e suggeriscono di riempire delle bottiglie d'acqua e spruzzarcele addosso durante il tragitto. Le temperature sono in aumento, non attraversi il Texas in motocicletta se non sei umido come un verme, esclamano, e si mettono a ridere a crepapelle. Soffri meno il caldo se sei umido come un verme, e giù risate a bocca spalancata. Non riescono più a fermarsi. Andrea ride con loro per un po' e poi comincia a guardarli come se fossero grandi compagni di scorribande.

State andando a Waco? Non andate a Waco, sono matti. No, niente Waco.

Dove potremmo andare?, chiedo.

Ma non avete una meta?

Non proprio.

Non fate Dallas e poi Oklahoma City, sono ancora più matti, dicono. Perché poi dovreste andare per Wichita, in Kansas, non se ne parla nemmeno. D'accordo, dico. E quindi?

Amarillo-Santa Fé , vi tostate nei deserti e poi andate a raffreddarvi l'appendice a Denver. Deserti, grandi anime, veri matti. E ridono.

Avete letto *Dune?*, chiedono rivolti a entrambi.

Ho visto il film, dico.

Chissenefrega del film, rispondono e tu hai capito cos'è la spezia? Quella che si ottiene dai giganteschi vermi del deserto?

No, non lo so.

Uranio, dicono assieme.

Uranio?

Per la bomba atomica. La spezia serviva per la bomba atomica, per il Progetto Manhattan.

Ecco, sì, il deserto, una fantasia improvvisa. Quei due filibustieri si avvicinano come se dovessero condividere oscuri segreti, uno afferra Andrea che cerca di allontanarsi e lo tiene stretto. Cominciano a emergere, da quelle barbe, esperimenti atomici, radiazioni che mutano i saguari ma non i motociclisti e antiche linee ferroviarie, spezzoni di strade, resti di miniere, esperimenti architettonici. Il deserto come pattumiera delle umane aspirazioni: progetti inutili e cinismo militare. Ma, allo stesso tempo, macchina per distillare essenze: visioni, allucinazioni, speranze. Il grande evaporatore, la più grande carta assorbente del mondo.

Mi stanno frastornando. Ma il deserto non è un luogo vuoto?, chiedo. Ricordo che il deserto d'Arabia si chiama proprio così: Il quarto vuoto. Un nome che mi ha sempre inquietato.

Ridono senza tregua. Andate, andate a vedere se non è il vuoto che ha generato l'universo...

Accettiamo il doppio consiglio: con le magliette inzuppate d'acqua sembra di avere l'aria condizionata sulla moto, di correre sotto una doccia ghiacciata. E puntiamo verso Amarillo. Il giorno scivola via, sempre on the road: i distributori stanno diventando le uniche isole abitate a cui approdiamo, l'unica terraferma. Andrea tocca le benzinaie, rischiando qualche ceffone, ma come sempre è graziato dalla cortesia femminile. Facciamo scorta di carburante, gelati per Andrea, e tanta acqua per rinfrescarci. Giochiamo a svuotarci le bottiglie addosso in corsa, divertendoci come due ragazzini.

Neanche un'anima viva, per oltre due ore: né una macchina, né un camion, niente. Soli, ma davvero soli, come puntini in un spazio cosmico.

All'improvviso ci infiliamo tra due fette di boschi e l'aria diventa frizzante. Una distesa di verde spunta senza alcun avvertimento e passiamo in un'altra dimensione: dopo zone aride un paesaggio quasi canadese.

Altrettanto all'improvviso ritorna il Texas, con lunghe strade solitarie e distese brulle. Luce, colori, e non sai mai quanto ingannevoli, perché troppa luminosità rende ciechi.

Da lontano appaiono corpi giganteschi, uccelli preistorici che beccano la terra alla ricerca di semi di pietra o vermi di calcare. Ma avvicinandoci capiamo che si tratta di meccaniche trivelle per estrarre il petrolio.

Petrolio, indico ad Andrea, il petrolio per far funzionare i motori.

Petrolio, risponde Andrea poco convinto.

"Sai di che colore è il petrolio?"

"Petrolio bello".

"No, non credo... è nero".

Fissa il movimento delle trivelle, ipnotico.

Il tramonto ci coglie a Denton, fermi in un motel da pochi dollari, il personale è orientale e non riusciamo a comunicare. Non rispondono quando chiedo di un ristorante e dove sia il centro, ripetono solo "dollari cash".

Oggi Andrea ha mangiato poco, tanto pane al ristorante, ma mi pare che stia bene. Non ha mai avuto alcuna crisi, uno di quei momenti complicati in cui si batte sulla pancia o si morde le braccia.

Non l'ho mai notato andare in bagno in tutti questi giorni. Boh! O la fa di nascosto o non lo so.

Andre, gli dico, ci siamo dimenticati la cacca?

Strizza la bocca, non mi guarda.

"Allora, questa cacca?"

"Cacca bella".

"Non fare il furbo..."

"Stare in pace".

Comunque è sempre pulito, abbiamo addosso soltanto la polvere della strada che si appiccica al sudore.

Terre aride e desertiche. Pochi suoni, poca acqua. Non avevo considerato la presenza di questo sfondo. Avrei dovuto pensarci, invece.

PURO TEXAS

Tra Denton e Amarillo ci sta un continente intero. La strada si allunga più dell'elastico che tiene me e Andrea. Ci spruzziamo costantemente l'acqua addosso perché la temperatura supera i quaranta gradi. Per fortuna alla mattina il sole è alle spalle, la luce non infastidisce e accende il paesaggio.

Dopo chilometri di arsura ci fermiamo sulla riva di un fiume rosso ruggine, sembra una colata di terra liquida. Andrea si incanta a guardarlo, vuole immergerci i piedi a ogni costo.

Acqua, maledetta e benedetta, che lo attira come una calamita.

Ripenso alle volte che Andrea ci è sparito da casa come un'ombra. C'era e dopo un istante nessuno lo trovava più. Pieno di paura corri a destra e a sinistra, per metà paese, telefoni, allerti un mondo e mezzo, cerchi di ricordare ogni luogo che possa essere stato speciale per lui, ma l'ansia annebbia. Allora chiami i carabinieri, tutte le forze d'ogni ordine costituito, anche l'esercito avresti chiamato se non ti fosse venuta l'idea di andare a cercarlo lungo il fiume. Sparito tre volte: per tre volte l'abbiamo trovato lungo un corso d'acqua, immobile, seduto con la testa tra le mani.

Ho studiato le tante proprietà dell'acqua, ho imparato che ha tre stati fisici: solido, liquido e gassoso. Andrea, ho pensato, ne ha almeno quattro: assente, quasi presente, agitato, chiuso. Suggestioni ai bordi di quel territorio scivoloso che è la sua mente.

Oramai penso che senta l'acqua come la sentirebbe un'alga fluttuante, come corrente e marea. Come se lui fosse acqua.

Andre, Andre, ma di cosa sei fatto?

L'aiuto ad arrotolarsi i pantaloni e lo vedo camminare per qualche metro nel fiume. Solleva, dal fondo, manciate di fango rosso e le porta a riva, tracciando righe sulla terra.

Ancora qualche ora di moto per arrivare ad Amarillo. Sul navigatore ho notato, per la prima volta, che è possibile cercare anche i bed and breakfast. Scegliamo il più vicino, appena un chilometro da dove ci troviamo.

Il B&B si rivela un'enorme casa americana, con grandi finestre verso la strada e un prato dall'erba tanto soffice che ci viene una voglia irrefrenabile di camminarci a piedi nudi. Ci lisciamo e pettiniamo con le mani e suoniamo il campanello, speranzosi. Appaiono i proprietari, sembrano pensionati dopo una lunga carriera da ragionieri o contabili, ci accolgono in un atrio luminoso. Ci scrutano con particolare attenzione, il tono di voce è cortese, ma lo sguardo vigile. Si chiedono di certo se sia prudente affidare l'ordine perfetto della casa a due viaggiatori impolverati e, all'apparenza, non proprio dei matematici di professione. Sento che soppesano i pro e i contro. L'uomo si appoggia a un bastone, si tocca il cappello come se da un momento all'altro dovesse toglierlo per salutarci con un commiato cavalleresco, ma deciso. La donna ha colto lo sguardo di Andrea verso i suoi soprammobili, fin troppo entusiastico. Spalanca gli occhi quando si avvicina e comincia a sfiorare le cose. Spara una raffica di divieti: non si tocca qui, non si può andare lì, il vostro bagno sarà solamente questo. Immagino che passerà la notte con le orecchie tese per ascoltare i lamenti delle vittime della gravità. Mi dico: li faremo morire.

Lei però, dopo i primi minuti, si rende conto che Andrea la saluta in modo strano. È colpita dalla frase che lui continua a ripetere: "Ciao signora bella". Si addolcisce, ci invita a prendere confidenza con la cucina dove avremmo fatto colazione. Andrea ne approfitta subito per svuotare la bottiglia del liquido per lavare i piatti. Lei lo guarda esterrefatta e lui, sorriso a trentadue denti, svuota ancor di più. Svuota sempre le bottiglie di acqua, ne beve anche tre litri di fila pur di vederle vuote. Stesso destino per le bottiglie di profumi, di shampoo, di crema e dentifricio.

La signora torna a essere perplessa, il marito un poco si arrabbia. Sbuffa, si toglie il cappello, batte con il bastone sul pavimento. Perfetto. Andrea adora le persone arrabbiate, vedere una persona arrabbiata che urla è il massimo per lui, inizia a ridere e a sfregare le mani. Una volta, con la scrittura, mi ha detto che il suo gioco preferito è quello "degli arrabbiati con Andrea".

Per compensare la reazione del marito, la donna gli si avvicina. Come se volesse proteggerlo.

Andrea parte in ricognizione: sale le scale inseguito a fatica dall'uomo che ha lanciato il cappello per terra e arranca aggrappato al corrimano. Io e la donna siamo rimasti spiazzati, a fissarci. Non è pericoloso, mormoro.

Intanto il padrone di casa è sparito di sopra con Andrea, per un po' non si sente un respiro. Poi d'un tratto la voce dell'uomo si carica di emozione, si lancia in un borbottio quasi felice. Mi sembra di sentire dei *bum*! *bam*! *bumbam*! *tatapapam*! Faccio segno alla donna che adesso è il caso di salire.

L'uomo tiene stretto Andrea per un braccio, sono davanti a un'intera parete di fotografie: fuochi d'artificio. Andrea li adora, impazzisce per quelle scintille nel buio del cielo. L'uomo, estasiato per lo stupore profondo di Andrea, gli sta raccontando d'essere nato a Huddersfield, in Inghilterra, e d'essere venuto in America per diffondere il vangelo dei trucioli di titanio che spruzzano in cielo cascate color argento, lasciando a bocca aperta mandrie e mandriani. Indica con le lunghe dita ingiallite immagini di fuochi verde limone e rosso brillante, alza la voce per elogiare il rame e il bario, per sputare sulla gialla e fastidiosa luce del sodio che va soffocata con il rosso dello stronzio per disegnare nel cielo petali arancione come certi gigli di palude. È irrefrenabile:

si vanta di riuscire a produrre scintille di colore blu, a riprova della sua passata maestria. Molla il braccio di Andrea sospirando, e lui raddrizza un paio di fotografie sulla parete, quasi le accarezza.

L'uomo adesso ci ama, al punto da farci trovare sulla soglia una limousine bianca, un po' scassata per la verità, ma pur sempre una limousine.

Felici di esserci meritati questo onore, ci lasciamo portare in pompa magna al Big Texan Steak Ranch.

È un locale fantastico, gigantesco, può nutrire centinaia di persone. Quando entriamo è già pieno, l'odore di proteine ai ferri è ovunque. Su un tavolo al centro del locale si tiene la sfida del carnivoro. Ti portano una steak di dinosauro da due chili e se la mangi tutta non paghi. Alcuni omacci guardano con mesta rassegnazione la bistecca che sembra non finire mai.

Ci sistemiamo a un tavolo con la nostra razione. Si avvicina una coppia di musicisti, violino e chitarra, suoni caldi, voce indimenticabile. Sono due vecchietti, molto bravi, applaudiamo mentre la nostra bistecca, piano piano, evapora. Applaudiamo ancora di più la folla che balla uno scatenato country, le cowgirls sono bellissime, sprizzano energia, mettono addosso un gran sorriso.

Andre, ci buttiamo?

No no, risponde lui, pur se divertito.

Prima di andarcene ci sediamo su una sedia di legno di proporzioni ciclopiche, sembriamo due nanetti in attesa che arrivi Biancaneve a dar loro il bacio della buonanotte.

CHE GIORNO È

Quando accendo la moto per partire, il proprietario del B&B sorride e lancia nell'aria dei *bam-bam-tapum* tutti dedicati ad Andrea.

Fuochi d'artificio sonori.

Santa Fé sembrava più vicina, invece percorriamo un massacro di chilometri. Fa caldo, abbiamo sete. Andrea si agita. Qualcosa da lontano luccica. Come un immenso specchio. Non è un'oasi, è un lago. Avvicinandoci, scorgiamo piccole formichine umane lungo la riva e finalmente riusciamo a vedere che il lago è affollato da bagnanti e intrepidi tuffatori. Irresistibile: ci spogliamo in men che non si dica, la moto sembra un camper, coperta di bagagli e vestiti. Ci lanciamo di corsa verso l'acqua, quasi travolgiamo un gruppetto di ragazze.

Ehi, spilungone!, esclama una, apostrofando Andrea che le ha arato il plaid su cui stava distesa.

"Dico a te!"

Andrea la sbircia appena, ma si ferma perché il tono della voce è perentorio. La ragazza si alza in piedi e lui riparte a razzo verso l'acqua.

"Maleducato!"

Calma, calma, intervengo.

Non si può passare un sabato in tranquillità, protesta la ragazza.

"Sabato? Oggi è sabato?"

"Ehi, da dove venite? Dalla Cina?"

Chiamo Andrea, è il caso che si scusi. È stato un bisonte, anche se involontariamente.

Lo presento: signorine, Andrea chiede perdono. Soprattutto perché è sabato. Per noi poteva essere mercoledì. O lunedì.

"Andrea, è mercoledì o lunedì?"

"Lunedì".

"Dicono che è sabato".

"Un po' sì".

I giorni della settimana, per noi, hanno perso senso.

Rinfrancati riprendiamo a percorrere la linea ondulata che si perde negli spazi aridi. Per un lungo tratto non troviamo quasi niente da mettere sotto i denti, solo qualche gelato e i popcorn che acquistiamo quando facciamo benzina. La nostra rotta sembra tracciata da coguari, anime smarrite o meccanici disoccupati.

Sfioriamo terreni che sembrano crani con qualche ciuffo di capelli, una mano sull'acceleratore e l'altro braccio nell'aria, a cercare un atomo di freddo. A buona ragione ci prendevano in giro i due rider texani, quando dicevo che il deserto è vuoto. Attraversiamo terre ingenerose, stentate, ma non vuote. Il vuoto che percepiamo è l'umana assenza, è spazio che ci riempie di un po' di senso.

Indico il cielo. Di che colore è?

"Azzurro".

"E la montagna?"

"Blu".

A me sembra grigio verde. Ma cosa vede Andrea? Se anche i suoi sensi si infilassero in stradine secondarie e giocassero a rimpiattino con lui? Come me la caverei io con un filtro negli occhi che cambia continuamente la percezione della luce? Che complicato mistero, vivere in un vortice che mescola di continuo la vita e la rende irriconoscibile. Capisco il suo desiderio di aggrapparsi a dei riferimenti, perché non ci si può sentire un giorno africano al Polo Nord e il giorno dopo esquimese nei deserti della Namibia, per sempre.

Aiuto, Andre, Andre...

"E la sabbia?"

"Marrone".

"Non è gialla?"

"Marrone".

"E tutto questo paesaggio che colore ha?"

"Bello".

Sento la presenza di Andrea silenziosa e fortissima, non abbiamo bisogno di nient'altro, siamo avvolti da emozioni che le parole possono solo rimpicciolire. Siamo straordinariamente leggeri. Rallento. Rallento ancora. Andrea appoggia la testa sulla mia spalla, sembra che voglia ascoltare qualche storia.

"Cosa c'è, Andre?"

"Le ragazze".

"Le ragazze?"

"Le ragazze belle".

"Vuoi che parliamo delle ragazze?"

"Le ragazze, papà".

E viene così, gli parlo della sessualità, come se fosse una cosa che vediamo lungo la strada: oh, guarda Andre un cactus, un lago, uno sbuffo di vento! Parlo con lui della masturbazione, delle donne, dell'amore. Sento che si emoziona, è vicinissimo. Parlo senza sapere quali siano le sue domande. È sempre difficile parlare della sessualità con i figli, figuriamoci con un figlio autistico. Spero solo di avvicinarmi al suo sentire.

Andrea mi abbraccia, mi bacia la spalla e la guancia. Forse è un modo di ringraziarmi, forse è l'effetto di questa liquida libertà che ci circonda. Allarga le braccia, si scioglie nell'aria. Accelero, di nuovo.

Arriviamo a Santa Fé e il caldo è insopportabile, la gente risparmia i movimenti. La fatica si sente, eppure è una spossatezza delicata. La sensazione di aver attraversato immense terre sgretolate. Guardo Andrea scolarsi una prima bottiglietta d'acqua, una seconda. Gli tolgo la terza dalle mani. Ma come fa? Un dromedario, ecco.

Il deserto, il dromedario, l'autismo.

NEW MEXICO

Il deserto entra ed esce dai miei pensieri. L'associazione tra deserto e autismo è immediata. La scarsità di relazioni, l'apparente monotonia. Il silenzio. L'essenzialità. La vita che si fa strada sgomitando, distante dall'esplosione delle foreste, infilata tra la sabbia, dentro le fessure delle rocce, che non disdegna mimetismi, adattamenti estremi, che accetta di perdere parti di sé pur di resistere.

Eppure nemmeno il deserto può essere un luogo di solitudine assoluta, se ci abiti hai comunque necessità di rifornimenti, carburante, qualche telefonata, un paio di chiacchiere ogni settimana. Dovrai selezionare le amicizie migliori, il benzinaio meno antipatico. Forse l'autismo è un deserto inizialmente ostile, molto esigente, sin troppo sincero e io lo sto attraversando senza sapere se possiedo riserve d'acqua a sufficienza, se potrò conoscere i suoi segreti, se ne afferrerò l'essenza.

Per entrare nel deserto di Andrea ho provato tante volte a imitare i suoi gesti: saltare sul posto, sfregare forte le mani con il suo ritmo, correre da un punto all'altro e tornare subito indietro, guardare sbilenco.

Ho provato emozioni molto forti e mi sono sempre dovuto fermare perché arrivavano lacrime così grandi che non si possono trattenere. Ho anche camminato in punta di piedi, preso il caffè al bar sollevandomi sulle punte. Sarà sembrato un comportamento eccentrico, una forma di presunzione, chissà che pensieri possono scaturire guardando il mondo dall'alto. Invece, banalmente, è faticoso, è impossibile resistere: i polpacci, dopo poco, s'ingrippano. La prima volta ho retto cinque minuti, appena.

"Non andate a Los Alamos!" il benzinaio alla cassa era stato imperativo.

Va bene, lo so: è dove hanno costruito la prima bomba atomica.

"Quello lo sanno anche i turisti. Non è che una volta fatto un guaio ci si rimedi. È un sito di stoccaggio del plutonio".

"D'accordo..."

Abbiamo evitato Los Alamos, concedendoci una breve passeggiata, solo centocinquanta chilometri nella "Land of enchantment", verso il confine con il Colorado. L'atomica nella terra dell'incanto.

Poi pianure e colline di una bellezza che rincuora, piene di fattorie, di cavalli che corrono liberi. Ci siamo sentiti uno di loro.

A Taos ci circonda di colpo l'Old West. Entriamo in un film in bianco e nero: divise di soldati, case basse di legno, indiani, colt e fuciloni. Forse qualche manichino di troppo. Un'America di frontiera, rude, sepolta, in posa. A casa di Kit Carson ci vestiamo da banditi, con tanto di pistola. Sfido Andrea a duello: estraggo velocemente la mia colt e fingo di sparare. Lui rimane immobile. Alla seconda prova però mi brucia, veloce come un lampo, e anche alla terza, anche alla quarta, il mio bellissimo Billy the Kid. Non smette più. Spara al mondo, al cielo, ai monti. Alla polvere.

Non riesco a fargli indossare di nuovo i suoi vestiti, rimane per un po' nei panni del pistolero a zonzo per Taos. Alla fine lo costringo a spogliarsi con l'effetto di mandarlo in grande agitazione. Mi mostra, con un'insistenza tutta sua, il braccio perché lo morda. Lo blocco con fermezza: alla partenza avevamo fatto un patto. Non si lascia convincere e non si calma. Forse è la fame, mi dico e lo trascino in un ristorante.

Andrea è davvero su di giri: spegne l'aria condizionata appena entrati, sistema le posate sul tavolo secondo il suo gusto personale, poi pretende a tutti i costi di mettere allo stesso modo anche quelle dei vicini che lanciano un'occhiata che può significare: "Ma da dove accidenti arrivate?" Si scola due bottiglie di acqua gasata in pochi secondi, continua a mettermi il braccio in bocca per farsi morsicare. Andre, gli ripeto: su questo non si discute! Allora salta dalla sedia, sale e scende, sale e scende.

Poi partono le attenzioni verso la cameriera: le afferra la mano ogni volta che passa e non la molla finché lei, tutta timida ed esilina, non esibisce una forza inaspettata e si mette a tirare più forte di lui.

È una ragazza bellissima, simpatica e dolce.

"Signore, suo figlio mi tiene la mano", lo dice come se dovesse bisbigliarmi un segreto di famiglia.

"Andre! Lascia la signorina!"

"Non lo sgridi. Non sarebbe per niente un problema se non dovessi continuare il mio lavoro..." m'interroga con gli occhi.

"Andre!"

Lui le tocca la pancia. Non riesco davvero a controllarlo. Ce ne dobbiamo andare.

Fuori lo faccio sedere accanto a me sulla prima panchina che troviamo.

"Mi spieghi perché tocchi tutte le ragazze in quel modo?"

"Fidanzate tocco".

"Però tocchi anche le ragazze che non conosci..."

"Ragazze belle".

Andre, le persone hanno la pancia, e va bene, ma hanno anche un modo di vedere il mondo e può darsi che non gli piaccia che uno scavezzacollo come te gli stia troppo sotto, tu esageri con gli abbracci, quella povera ragazza non sapeva più cosa fare, la gente si passa parola: ecco, arriva quello spilungone che ti schiaccia la pancia, scappa, scappa! Hai capito?, la gente può scappare e ti lascia solo e non abbraccerai più nessuno così.

"Vuoi rimanere solo?"

Mi guarda.

"Andre, vuoi rimanere solo?"

"Da solo papà".

Sentiamo un brontolio in lontananza, avanzano temporali.

CACCIA AL COYOTE

Un brusio di sottofondo. Apro gli occhi e vedo Andrea davanti alla televisione accesa.

Non hai più sonno? Non mi risponde, è ipnotizzato dalle immagini: un saloon, si chiama Coyote Ugly, balli e gran divertimento. Un film ambientato a Denver. Cerco di mandarlo in bagno, ma niente da fare. Non sta nella pelle, piroetta sul letto.

Denver...

I rider texani ce l'avevano consigliata come zona di decompressione. Almeno per le temperature. Forse un po' di aria frizzante ci massaggerà le emozioni.

D'accordo, Andre, passiamo per le montagne. Denver è qui, dietro l'angolo. E se il Coyote Ugly esiste davvero lo andiamo a vedere.

Cinquecento chilometri e arriviamo a Denver nel primo pomeriggio. Ci appare maestosa, una grande metropoli americana. Parcheggiamo davanti al primo hotel beccato grazie al navigatore, in pieno centro. Cadono goccioloni come prugne secche che schioccano sull'asfalto ancora caldo di sole. "Dai Andrea, svelto che la vedo male con questi nuvoloni neri". Facciamo appena in tempo a prendere le borse esterne che si scatena uno di quegli acquazzoni che Denver vede ogni due o tremila anni. Rischiamo di essere travolti e portati su sino all'Ontario. Le nuvole ci avevano teso un agguato. Di corsa dentro l'hotel. Aspettiamo che passi, dura un'ora, e noi tranquilli al riparo.

Per tutta la mattina abbiamo viaggiato lungo strade diritte, senza esitazioni. Sin dalla partenza la pioggia si appostava dietro ogni angolo, sfiorandoci: abbiamo visto lampi, sentito tuoni, ma sempre a distanza, ai confini di un campo di forza. Di fronte, a destra e a sinistra, ci appariva un grande bagnafiori che annaffiava le aiuole e noi sceglievamo strade sempre all'asciutto, come se avessimo la mappa delle nuvole, come se qualcuno ci indicasse il percorso del bel tempo.

Ci siamo lasciati alle spalle spazi semidesertici a perdita d'occhio. Rari edifici ai bordi e larghe macchie di terra rossa, con poca vegetazione, solo cespugli antichissimi, scaltri nell'arraffare quel poco che c'è. Le chiazze di verde sono un calmante per gli occhi che chiedono tregua.

Da un'altura abbiamo visto snodarsi la strada per almeno dieci chilometri, imponente e appena ondulata, circondata solo da vallate immense e picchi rossastri sullo sfondo da entrambi i lati. Ho fermato la moto, messo i piedi a terra, Andrea è rimasto seduto. Voltandomi indietro ho visto, d'un solo colpo, tutto il movimento che ci ha portati sin qui, oltre l'oceano. Stare con Andrea mi porta lontano.

"Da dove veniamo Andre?"

"Di là in fondo, papà".

Lui è un viaggio nella vita. Ci ha iscritti alle olimpiadi di salto in lungo dal problema alla soluzione. Non abbiamo vinto molte medaglie, ma perlomeno non ci siamo fatti corrodere dalla tristezza, dalla rassegnazione, schiacciare dal peso delle difficoltà. Muoversi, anche quando può sembrare un'illusione.

La 'rambla' di Denver è piena di vita: ci lasciamo trasportare da questo flusso vorticoso, la corrente ci trascina, sbattendoci di qua e di là, depositandoci davanti al Coyote Ugly.

Andre, ecco il Coyote. Punto il dito, incredulo.

"Sì papà, il coyote bello" dice lui, come se si trattasse di un familiare negozio sotto casa, e si precipita verso l'entrata. Non ho dubbi che riconosca ogni dettaglio che ha visto nel film e soprattutto la scritta luminosa. Un mastodontico buttafuori sbarra la strada, arcigno.

Coyote Ugly, scandisce Andrea con fermezza, ma non deve essere la parola magica che spalanca il passaggio segreto per il locale. Il buttafuori fa un passo avanti e con il suo peso spinge Andrea verso il marciapiede. Il locale è vietato ai minori di ventun anni, naturalmente. Andrea ha già perso interesse per l'entrata e circumnaviga il buttafuori. Lo prendo per un braccio.

"Andre, adesso sono curioso io. Entro, faccio delle foto. Cosa ne dici?"

"Foto, papà".

D'accordo, dico, il ragazzo rimane qui, butto solo un'occhiata, così, per vedere se è lo stesso del film e se tutto corrisponde. Non è che ci facciamo imbrogliare, vero Andre? Il buttafuori fa spallucce, osservando Andrea che gli ronza intorno e, tutto d'un tratto, lo stringe e gli palpa i muscoli. L'uomo esplode in una fragorosa risata, finge pose da superman e mi dice che il giovincello lo tiene lui, se si tratta solo di un'occhiata, e battiamo il cinque.

Ci si può fidare, è un omone che potrebbe tenere a bada dieci treni mammut che sfilano interminabili per Rio Bravo. Entro nel locale: un moderno saloon americano dove la sera impazzano incontri conditi con musica e liquori. È già stracolmo di gente. Sui lunghi banconi belle ragazze lanciano bicchieri da prendere al volo. Salgono sul bancone e versano tequila dalle bottiglie direttamente in bocca ai clienti. Mi sono scolato un doppio whiskey e me la sarei goduta volentieri un altro po'. Però mi sono immaginato che il buttafuori, esaurita la cartuccia della pazienza, mi avrebbe stampato Andrea in bianco e nero. Esco a malincuore, lanciando sguardi nostalgici a qualche bel visino e trovo il mio allegro compagno di viaggio serenamente abbracciato a una bionda. Il buttafuori mi fa l'occhiolino, "Love" dice. Rimango a bocca aperta. Sembrano due fidanzatini.

Chiedo, indiscretamente, lumi al buttafuori: be', il playboy ha abbordato la ragazza, le ha detto qualcosa di carino, hanno un po' ballato assieme e poi lui l'ha baciata. Come no?, fuori la verità! Allora mi spiega che è cominciata con una strizzata di pancia, contraccambiata dalla ragazza, poi lei gli ha raccontato della sua vita, Andrea ha ascoltato con molto interesse, lei ha buttato due lacrime, lui ha sorriso, improvvisato una danza, un'altra strizzata di pancia e lei lo ha baciato. Il bacio c'è stato.

"Andrea, come si chiama la signorina?"

"Katleen bella".

Lei s'inchina scherzosa ed elegante, come una principessa. Viene dal Nebraska.

Andrea è fuori di sé. Lo vedo felicissimo, si gode un magico momento.

La ragazza mi dice che nessuno le aveva mai toccato la pancia come ha fatto Andrea. Prima ha premuto, poi è rimasto in contatto, quasi in ascolto. Una sensazione strana e piacevole.

Ci perdiamo per la città, Katleen trascinata da Andrea, Andrea trascinato da Katleen. Andrea che s'ubriaca di acqua con le bolle sino a notte profondissima.

HARLEY POINT

Durante la notte sono arrivati molti messaggi. Siamo in America da due settimane e oramai nessuno più crede che torneremo a causa di una gomma forata, per aver trovato gli hot dog troppo sottili e la Coca troppo dolce.

"Terra chiama astronauti... tutto bene?"

"Andrea è ancora con te o lo hai perso? Ti piace guidare la moto? Com'è il cibo? E il tempo? Un abbraccio, il tuo campione".

"Carissimo, penso che il viaggio che stai facendo con Andrea sia una delle più belle cose che farai nella tua vita, è un gesto di grande coraggio e amore, penso a quanti momenti meravigliosi stai vivendo, che ti serviranno a superare qualsiasi ostacolo. Ti auguro tutta la gioia del mondo nel farlo. Grande. Un abbraccio".

"Ma che percorso state facendo? Non state allungando il viaggio?"

Allungare. Mi viene da ridere, non è che abbiamo scadenze, chilometraggio predefinito, tappe obbligate con stazioni intermedie di verifica: ecco sono appena passati i due motociclisti matti, nel pieno rispetto della tabella di marcia, timbro sulla fronte, firma del controllore sullo specchietto della moto. No, noi avanziamo così, di suggestione in suggestione, di Coyote Ugly in Coyote Ugly.

Come sempre leggo i messaggi ad Andrea. Poi ci mettiamo in movimento. La moto fa i capricci, sente i chilometri. I fari sono saltati di nuovo e anche i freni non fanno il loro dovere. La moto fatica a fermarsi, funziona solo il freno anteriore, il posteriore è come se non esistesse. Impensabile viaggiare in queste condizioni, non ce la faremo a solcare i quattrocento chilometri che ci separano da Grand Junction. Dobbiamo trovare un punto Harley e poi si vedrà. Non è facile, ma di fronte alla sofferenza della nostra Harley i meccanici, come sempre, sono gentilissimi. Mentre si danno da fare, io e Andrea ci mettiamo in posa su tutte le altre motociclette presenti nel salone. Andrea assume le facce del corridore esperto, sorpreso, stanco da morire e sprezzante del pericolo. In due ore rimettono la moto in sesto e siamo di nuovo in marcia.

Saliamo di quota, molto velocemente, sfioriamo i tremila metri, l'aria è leggera, la visuale infinita. Un improvviso sbuffo di vento, nuvolacce e parte una grandinata da guinness.

È come essere nel mirino di una mitragliatrice a ghiaccio. Nemmeno una provvidenziale pensilina di un autobus, quelle colme di pensionati e studenti che avrebbero potuto stringersi per offrirci rifugio.

Procediamo comunque. Rimanere fermi non cambierebbe di molto la situazione. Avanziamo a nemmeno venti chilometri l'ora e scorgo appena la strada. C'è qualche momento di paura, la guida diventa meno sicura, ma Andrea non si scompone.

Nei paraggi di Aspen sembra di essere arrivati sulle Alpi. Mi aspetto di vedere una fila di mucche a passeggio e un punto vendita di formaggio. Con una rubiconda malgara. Siamo bagnati, il freddo si fa sentire e diventa obbligatorio trovare velocemente un ristoro. Ci appare una stazione di servizio, che come sempre è una unità di distribuzione d'energia tanto per macchine quanto per uomini. Scusandoci a profusione, invadiamo il piccolo market. Appendiamo le tute bagnate, ci asciughiamo i capelli con un rotolone di carta e ci sediamo su una cassa di bibite per sbafarci il solito hot dog. Le mani sono così gelate che Andrea fatica a stringere il panino. Poi, appena ristorato, riesce, con qualche contorsione, ad abbracciare un tizio, entrato per saldare il conto della benzina. Quello non se l'aspettava, sobbalza: ok, autistic guy, no problem. Immagino che possa sorgere il desiderio legittimo di mollargli una sberla. Se potesse, una parte degli umani reagirebbe proprio così. Un'altra parte ha sempre un sorriso di comprensione. Molte persone, quando s'accorgono che sto con lui, cercano di stabilire un contatto, di soddisfare legittime curiosità, e nascono spesso preziose relazioni. Come se io fossi il mediatore tra due mondi e come se il riconoscimento di questa mia funzione, per la quale mi arrabatto come posso, muovesse alle volte simpatie profonde. Stiamo conoscendo persone d'ogni tipo perché Andrea si comporta così con chiunque: alti, bassi, belli, biondi o mori, magri e grassi, giovani e meno giovani, uomini e donne.

Nel pomeriggio il tempo migliora. L'aria, filtrata dalla pioggia, rende ancora più belli i rossi rugginosi delle rocce.

Giunti finalmente a Grand Junction, ci imbuchiamo in un motel lungo la strada, anonimo, molto illuminato, silenzioso. Comodo parcheggio davanti alla cassa, documenti, soldi. Andrea si fa consegnare la chiave con sicurezza, si muove bene, oramai sa come si fa.

Mangiamo pizza nel primo locale vicino al motel, infiliamo un paio di bibite in un sacchetto di carta. Ieri siamo stati sin troppo liberal, ci siamo concessi parecchia confidenza con il casino, stasera calma.

Cerco di farlo scrivere, lo so che è una fatica per lui. Digito una domanda, poi mi metto dietro, gli sfioro la spalla. Fissa lo schermo. Vorrei che rispondesse e non solo con poche parole e ho la pessima idea di prendergli la mano, lievemente, per guidarlo sulla tastiera, come faceva sua madre qualche anno fa. Si lascia prendere la mano, ma non riesco a farlo scrivere. Guardo, smarrito, la mia domanda:

CIAO ANDREA, HAI AVUTO PAURA OGGI A VIAGGIARE?

Piove. Dalle finestre della nostra stanza guardo verso l'alto cercando di fissare un punto dove appaiono le gocce. Sono cadute per centinaia di metri, in silenzio.

È ancora presto. Non rimane che attendere, smetterà prima o poi. Andrea, sul letto, si strofina gli occhi di continuo. Sono rossi. Non sarà una congiuntivite? Andre, Andre, per forza, ti ostini a non mettere gli occhiali. Allora te la vuoi!

Cerco un collirio, lo pulisco per bene, gli mostro gli occhiali e gli dico: guai se non li metti! Riusciamo a partire verso le otto. Ci accompagna, per pochi minuti, una pioggia leggera, che sfuma. Fa più freddo di ieri, ma il tempo è buono e mi aspetto che l'aria si scaldi nel corso della giornata. Indossiamo tutto il nostro guardaroba: magliette, maglioni, giubbotti e tute antipioggia. Le borse da viaggio sono praticamente vuote.

La strada, dopo qualche chilometro, affianca il Colorado e il fiume ci tiene compagnia per un bel pezzo, lui a serpentina lungo i canyon e noi piegati sulle grandi curve che imitano le anse fluviali. Lentamente il paesaggio cambia, stiamo passando dal Colorado allo Utah, le montagne si diradano e s'innalzano all'improvviso, come se qualcuno avesse schiacciato il bottone di un elevatore, scampoli di pianura così perfettamente orizzontali da sembrare disegnati. Per moltissimi chilometri ci sentiamo dentro un gigantesco fumetto. Ci viene il sospetto che le quattro chiacchiere che facciamo compaiano racchiuse in nuvolette. È incredibile quanto l'America si sia resa familiare attraverso i film, come se il suo territorio non fosse altro che una sequenza lunghissima di scene e fondali comperati mille volte con un biglietto al cinema dell'oratorio.

Ma nemmeno tutti i film del mondo sarebbero bastati a prepararci allo spettacolo della Monument Valley.

Un insieme di fortezze antichissime, lasciate milioni di anni prima a vigilare su quelle distese polverose e rosse di ossidi. Andre, hai visto?, sembrano le sedie dei giganti. Siamo stregati, senza fiato. Del resto, non siamo arrivati con il solito tour: una guida grassoccia infilata in robusti jeans che sbrigativamente ci carica sul pullman subito dopo colazione, uova e pancetta, tutti pronti?, avete finito?, in fila per essere contati, ognuno al suo posto, una bella pippa sulle bellezze che vedremo in modo tale che ci addormentiamo durante il viaggio e buonanotte allo stupore. Per noi, invece, è stata un'apparizione: un drago volante, una cascata di pollini. Questo è lo stupore.

Stupore, che bella parola.

"È sorpreso?" aveva chiesto lo specialista quindici anni fa. Non ho risposto subito, ero intontito, autismo non è una parola che incontri tutti i giorni. È sorpreso?, mi richiede il medico. Se sono sorpreso?, ma no, perché dovrei? Cerco nel mio vocabolario il significato di sorpresa, ecco, mi chiedo se spalancherei gli occhi vedendo uno sciame di stelle cadenti molti mesi dopo la notte di san Lorenzo. Può darsi. Però una sorpresa può capitare una volta alla settimana, se sei fortunato anche due. Un figlio autistico, purtroppo, è su un'altra scala.

Fermiamo la moto, ci stiracchiamo alzando le braccia al cielo. Andrea muove qualche passo, allontanandosi dalla strada. Si guarda attorno. Può essere che lui, adesso, mi osservi, veda questo padre immobile ai bordi di questa distesa e si chieda per quale motivo non la attraversi di corsa, perché non mi infili felice sotto i cespugli, come quei famosi vermi del deserto, perché non afferri questa luce per riempirci una scatola da aprire quando i giorni dell'inverno s'incupiranno troppo presto.

Ehi, attento ai coyote, scherzo.

"Coyote bello".

Ecco, è tutto bello per lui. È solo una meccanica ripetizione? Oppure significa che ciò che riesce a filtrare e ricomporre lo apprezza talmente da percepire la magnificenza di ogni scheggia dorata che arriva dal mondo? Io voglio illudermi che sia così.

Poi viaggiamo ancora, perché Andrea chiede "In

giro con la moto", nonostante il lungo percorso lui si sente come appena salito. Arriviamo a Tuba City verso le otto di sera, con il sole che scende, per niente stanchi. Siamo in territorio Navajo.

Tra me e Andrea una perfetta sintonia, non c'è bisogno di altro, come quando senti l'amore che si diffonde e ha il sapore di un liquido dolce.

Niente tepee, cavalli, squaw e bambini che si allenano con gli archi. Fa un po' effetto alzarsi la mattina e trovarsi in mezzo ai Navajo ficcati in roulotte e prefabbricati grigi e celesti, tante carabattole sparpagliate intorno, i camini delle stufe un poco arrugginiti. I giovani non si fanno scrupolo a chiedere qualche dollaro.

Alcuni s'incuriosiscono per la nostra moto e raccontiamo del viaggio, da dove siamo partiti e quanta strada abbiamo macinato. Ci invitano in casa loro e ci offrono da bere.

Certo, anche seduti su scricchiolanti scalini, i vecchi sembrano aver sognato le praterie o almeno essere stati comparse in un film western.

Un anziano, usando un nipote come traduttore, ci tiene a dirci di aver recitato in ben sette capolavori, uno immancabilmente con John Wayne: ci fa il segno delle pistole e socchiude l'occhio per prendere la mira, si alza in piedi e finge di cavalcare.

Da non credere: un vecchio Navajo con i jeans, bello dritto sopra un cavallo invisibile, la pelle raspata e una lunga coda di capelli grigi che scuote appena, come se il vento gli corresse incontro. Occhi lucidi che portano al passato, una grande simpatia.

Da altre abitazioni escono delle donne, sono curiose, le più anziane circondano Andrea e questa volta sono loro a toccarlo, senza dire una parola. Gli appoggiano le mani sulle braccia, sulla schiena. Io le interrogo con lo sguardo, ma non aprono bocca.

Andrea gira su se stesso, come per rispondere a quella curiosità, e finisce per trovarsi in mezzo a un piccolo cerchio, la testa bassa. Si sente osservato.

Una donna allunga un braccio e lascia che la mano vibri, imitata subito dalle altre: parte una leggerissima nenia.

Andrea, a quel punto, scatta verso una roulotte, c'è un tubo della stufa sbilenco e lui deve assolutamente raddrizzarlo.

Le donne parlano tra loro.

Mi avvicino, provo a chiedere a una delle donne anziane se hanno visto o percepito qualcosa.

La donna risponde qualcosa di incomprensibile.

Cerco aiuto, ma i ragazzi sono lontani.

"Cosa avete visto?" insisto.

"Autistic guy" dico, ma quel suono non significa niente per loro. Mi scrutano intensamente. Una donna mi tocca sul cuore con la punta di un dito e un'altra mi mostra un piccolo ciondolo da legare al collo. Però indica Andrea, è un dono per lui. Prima di risalire in moto glielo metto.

Indiani in roulotte.

Ne abbiamo visti, di americani in roulotte. Solo pochi chilometri prima abbiamo attraversato un tratto di strada costellato da numerose cassette delle lettere, ognuna sopra un palo, una foresta piantata di fronte a delle case mobili.

Altre cassette erano rimaste a vigilare francobolli di terra abbandonata.

Ci siamo fermati, incuriositi, abbiamo controllato e alcune erano colme di lettere. Forse verranno aperte fra un anno, due, chissà. Mi è sembrato bellissimo pensare che qualcuno mandi missive pur sapendo che quelle frasi non saranno lette, se non molto tempo dopo. Sono parole lasciate a maturare. O forse sono righe perdute, piene di grandi amori e suppliche, finite nel posto sbagliato. I portalettere non hanno avuto cuore di buttarle via e le portano lì: nel cimitero dei messaggi destinati a non essere letti mai.

"Vuoi che imbuchiamo una lettera anche noi?" ho chiesto, Andrea ha risposto di sì e mi pareva così convinto che ho cercato dei fogli di carta, recuperando quello che potevo: ho riciclato dei post-it, ho rotto e piegato per bene un sacchetto che aveva contenuto delle bibite, rimasto per caso in uno zaino. Ho trovato una penna. Cosa vuoi che scriviamo? Andrea ha esitato.

"Niente parole? Vuoi i colori?"

"Colori belli".

Avevamo il solito dentifricio e poi c'era della terra color ocra. Con un po' d'acqua abbiamo cominciato a mescolare, Andrea si è appassionato, ha prodotto una crema pittorica d'un colore indefinito, ma profumata. Ho allineato i pezzi di carta e lui ha tracciato righe fittissime, con una piccola curvatura alla fine: sembravano manici di ombrello. Ho scritto, con la penna, la data. Abbiamo distribuito quelle lettere in diverse cassette, raccontano che siamo passati.

Poi ho visto una cassetta blu sbiadita. Ci ho infilato, senza pensarci, uno degli scritti di Andrea.

ANDREA, TI RICORDI QUANDO DURANTE IL VIAGGIO TI PARLAVO DELLA VITA, DEL FUTURO E DELLE COSE SU CUI TI DOVRESTI IMPEGNARE? COSA NE PENSI DI QUELLO CHE TI DICEVO?
Andrea ascolta quello che dice papa
Provo ad impegnare mia mente ogni giorno ma lotto invano mi dispero per mio autismo
Aiuto chiedo
COSA TI POTREBBE AIUTARE?
No troppe richieste fatico eseguire tanti ordini
Male la testa
Papa scusami io non controllo il mio corpo
LE SCUSE NON SERVONO A NIENTE
So
Devi capire mio disagio. Grande ansia ho
VUOI CHE RIFLETTA SU QUALCHE COSA?

Sono un uomo impriqionato nei pensieri di libertà.
Andrea vuole guarire.
Ciao

File di macchine e di pullman annunciano che ci avviciniamo al Grand Canyon, Andrea mi bacia ripetutamente la guancia sinistra, forse per ringraziarmi di questo scenario da sogno.

Superiamo un numero sterminato di turisti, ci mettiamo in coda per lanciare uno sguardo dalla terrazza panoramica.

Il vuoto e la confusione fanno impallidire Andrea. Non può spalancare le braccia, non può saltellare, lo spingono. Dal baratro risalgono onde gravitazionali che gli acciuffano i pensieri. Come razione di Grand Canyon può bastare.

Anche perché ci aspetta la mitica Route 66.

"Andre, siamo sulla Route sixty-six".

"Sisti si".

"E non sappiamo dove..."

"...andare".

Attraversiamo paesi fermi agli anni Cinquanta e Sessanta, Elvis ovunque e anche la gente sembra rimasta a quell'epoca, forse ingenuamente felice. Adolescenti oramai vecchi, affezionati a quei bazar che chiamano pompe di benzina, con insegne dei tempi della Guerra fredda e straripanti di oggetti abbandonati dalle mode, confusamente accatastati.

Sosta a Seligman, gran bistecca per Andrea, fish and chips per me.

Prima di dormire cerco di fare due chiacchiere scritte.

COME TI SENTI OGGI?

Andrea non si muove, è andato a mirtilli nei suoi boschi inventati.

Alle volte è doloroso sentirsi ai margini, vorrei tanto trovare il varco che mi lasci passare attraverso quell'intreccio spinoso e sorprenderlo che gioca felice in una radura. Non sarebbe anche per me un bel luogo dove riposare?

Fatico ad accettare che ci sia un limite invalicabile. Che Andrea sia irraggiungibile.

Alla fine mi rispondo da solo, sperando di indovinare. È come avere una vita doppia, una forma di gravidanza non biologica. Andrea mi segue sempre con un sorriso. Vuol dire che va bene così. Spero.

Allora spengo. Buona notte.

Il messaggio è arrivato nel cuore della notte ed è rimasto in attesa. Non me lo aspettavo. Poche righe di Lorenzo, un caro amico volato a Tulum, in Messico, una decina di anni fa.

Ti stai avvicinando, scrive. Dai, lasciati andare, fai il salto, vieni nella parte latina. Un salto vero, non il Messico di frontiera, non fermarti a Tijuana, lì sognano soltanto di diventare americani. Risparmiati di varcare quel confine che sembra il muro di una prigione. L'umanità sarà tutta matta, ma qui, nel Messico dei Maya, trovi ancora un po' di cuore. Qui si ricomincia.

Sì, tutti che vogliono ricominciare.

Il Pacifico non si agita. Ci sta aspettando. Ci attrae come una grande, liquida, calamita. Los Angeles è una meta finalmente a portata anche se sarà necessaria una tappa intermedia.

Visioni di California mi distraggono, partono fantasie e non noto subito una stranezza, proprio sul bordo della strada. Andrea mi fa segno con la mano.

Un signore che pedala nel deserto. Una piccola bicicletta con minuscole e grasse ruote, un cappello calcato sul capo e una stazza da sagrestano pigro. No, questo lo dobbiamo fermare! Avanza sicuro tra gli arbusti, lungo una sottile pista di polvere gialla, rallentiamo sino ad affiancarlo.

Non ho mai visto nessuno nel deserto con la bicicletta, gli urlo. Fermo la moto sul ciglio. Andrea scende e lo insegue. L'uomo si volta a guardarci.

Se andaste più spesso per deserti ne vedreste di cose strane, dice. Non ha un goccio di sudore.

Il deserto è fatto per le cose strane, insiste. Scruta Andrea che pare volerlo spingere.

Altolà pupo!, gli dice e Andrea di colpo si allunga trattenendo il respiro.

Lei ha qualche dollaro da investire?, mi fa sbuffando.

Dipende, rispondo.

Ho un ottimo progetto.

"Qui, nel deserto?"

"Vorrei costruire un hotel per turisti. Niente a che vedere con San Marcos in the Desert, ideato da quell'incapace di Frank Lloyd Wright. Quello non sapeva niente di deserti. Razza di damerino!"

"Quanto le serve?"

"Li ha cinquantamila?"

"No".

"Ventimila?"

"Nemmeno".

"Ma viene nel deserto senza il becco di un quattrino? Lei è un damerino squattrinato peggio di

Wright! Senta, le interessa un business sul popcorn caramellato? Ho delle idee..."

"Direi di no. Dove sta andando?"

"Lascio il furgone indietro, al paesino, e me la faccio in bicicletta. Io ho lavorato una vita circondato dal deserto, non posso stare senza. Sto andando da quella cicciona di Linda".

"Da Linda?"

"Avanti, tra qualche miglio. Se vi fermate ditele che George sta arrivando. Mah, lei lo sa che prima o dopo arrivo..."

"E se le capitasse qualcosa, sotto questo sole?"

Pensi per sé, fa George che tenta di ripartire.

Questa volta Andrea lo spinge dalla schiena.

Sembra la partenza di uno dei primi, e impossibili, voli d'aeroplano.

George alza una mano e ringrazia.

Ripartiamo, e la strada diventa tremolante per i quaranta gradi, l'aria danza e contorce le linee bianche. Come una visione appare l'insegna del Linda's Café, un piccolo bar governato da un donnone così mastodontico che nemmeno Andrea, che è un esperto di abbracci, riesce a cingerlo in un colpo solo. Ci prova, ma s'appropria solo di una frazione di Linda, diciamo un quarto del totale.

George la saluta, dico, sta arrivando con la sua bicicletta.

"Non gli si è bucata una gomma? Viene qui solo a chiedere soldi per le sue idee strampalate!"

Linda, straordinariamente vitale, guizza ai quattro angoli con insospettabile agilità nonostante l'abbondanza corporea. Prende sottobraccio Andrea, lo trascina tra i tavoli, gli fa un sacco di domande.

"Sei stato bravo ad arrivare qui. Ti ha portato quel brutto signore lì? O guidi tu la macchina?

"Lascia perdere la macchina, meglio la moto, nel deserto".

Ma siamo in moto!, protesto.

"Zitto lei! Che ne sa di moto da deserto?"

Srotolo una mappa, ho qualche incertezza su come proseguire. Nel frattempo bevo caffè freddo, un bicchiere da mezzo litro pieno di ghiaccio. Ha un sapore inebriante come tutte le cose quando c'è simpatia nell'aria. Linda, che tiene scrupolosamente d'occhio i tavoli, si ferma a osservare la cartina.

Las Vegas, dice, è proprio il posto giusto per due viaggiatori come voi. No, Las Vegas?, con Andrea?, troppa confusione per lui. Ma Linda ha un tono così particolare che mi fermo a pensare, dice Las Vegas come se parlasse di un luogo di fiabe, dice Las Vegas come se non ci fosse niente di pericoloso, dice Las Vegas perché ci guarda e pensa che due così conciati, con il nostro sguardo e la nostra andatura, non si faranno accecare dalle luci della città.

Avevo detto ad Andrea che sarebbe stato un giro sempre al massimo. "Andre, vuoi che ci andiamo?" Inutile chiederlo: la risposta è sì. E allora... una notte a Las Vegas.

Riprendiamo la strada esaltati e viaggiando parlo ad Andrea della città del gioco. Ci sono tutti i giochi, dico, slot machine, questo lo so, e poi ci devono essere giochi con le carte, la roulette, sai, c'è una pallina che gira, ci sono dei numeri, il rosso e il nero, lui mi ripete più volte rosso e ride di cuore.

In tre ore arriviamo a destinazione correndo su un'autostrada che è un inferno perché la temperatura non molla di un grado. Non incrociamo nemmeno una macchina, solo lucertole e fili d'erba carbonizzata. La moto fa i capricci e forse ci annuncia che schiatterà prima di noi.

Entriamo in Las Vegas che è ancora giorno, gran casino e traffico impazzito. Ci piazziamo nel cuore della città, all'hotel Montecarlo, signorile, efficiente, un poco algido. Salendo in camera mi assale un senso di nausea, lo stomaco è in subbuglio. Mi lancio sul letto, musica al minimo, luce bassa, riposo. Andrea se ne sta tranquillo, in silenzio. Mi affido a una doccia, convinto che l'acqua calda lavi via la stanchezza. Va meglio, a parte qualche residuo, vorrei rimanere ancora un po' ma Andrea comincia a scalpitare. Ok, vietato star male.

La città è un mondo elettrico che sfavilla in ogni angolo. È un formicaio di occasioni d'ogni sorta, c'è da perdere la testa e un poco la perdiamo. Spettacoli, casinò, casini. Riusciamo a giocare con qualche slot machine. Andrea infila delle combinazioni e vince una manciata di monete: è eccitato e felice, esplora danzando ogni minimo angolo della sala. Qui finisce che sbanca le slot, invece giochiamo nuovamente e a furia di riprovare riconsegniamo l'intera vincita. Un bel pareggio.

Anche qui Andrea è attratto da dettagli, scenette improvvise. Lo acciuffano le fotografie esposte all'entrata di decine e decine di cappelle dove si celebrano matrimoni veloci come uno spuntino.

Sbalorditi passiamo in rassegna le fotografie degli sposi che hanno contratto un legame appeso alle lancette dei secondi. Assortimento incredibile: uomini altissimi con donne bassissime, signori con costume da vichingo, esseri paffuti, ipertiroidei, distinte signore con una campana di bronzo tra le mani, una coppia che pronuncia il sì sopra biciclette acrobatiche, uno sposo con il paracadute. Questa mi sembra l'immagine di un uomo prudente.

Prendiamo fiato seduti in piazza San Marco, circondati da gondolieri donne che remano su un mini Canal Grande. I turisti fotografano le bellezze lagunari, mattoni da supermercato senza il fascino del tempo che ricama l'originale.

Dopo una decina di castelli, piramidi, palme, faraoni, una dozzina di Minnie, un carnevale brasiliano, un corteo di Harley, una squadra di football luminescente, siamo frastornati. Abbiamo visto più di quanto si possa immagazzinare. Io almeno.

Scappiamo a letto, è notte inoltrata.

IL BACIO ALLA SPOSA

La città sembra un leone addormentato. Un leone con i neon spenti. Las Vegas senza effetti elettrici non è la stessa cosa.

Ci incolliamo sui binari di una highway per duecentocinquanta chilometri.

Cotti, sonnecchiamo sotto una delle rare piante, vicino a una stazione di servizio, guardando lo sfondo tremolante che ci circonda.

Poi tagliamo di tre ore la distanza da Los Angeles, attraversando un paesaggio popolato solo da giganteschi tralicci per una California tutta elettrica.

Ci risucchia un imbuto di traffico intenso, con strade a quattro e cinque corsie. Galleggiamo come sugheri e non capiamo più in quale direzione stiamo andando. Dobbiamo affidarci al navigatore che, da grande amico quale è diventato, ci porta dritti a Santa Monica.

Eccoci. Per un istante mi sembra impossibile che l'acqua che ci sta davanti sia il Pacifico.

Andrea è ancora aggrappato a me, non mette i piedi a terra. Esito anch'io. Siamo arrivati. Arrivati, Andre.

Mi sforzo di immaginare qualche gesto solenne. Andrea scende dalla moto sollevando platealmente la gamba da grillo. È subito sulla punta dei piedi.

Ci facciamo largo attraverso una folla di asiatici, mediorientali, omaccioni biondi e militari in libera uscita, finché non siamo proprio sulla riva.

"Andre, questo è l'Oceano Pacifico".

"Pacifico, questo è Andrea".

"Vuoi dirgli qualcosa? È stato facile o difficile arrivare sin qui?"

"Facile".

"Chi guidava la moto?"

"Io!"

"Dai Andre, diciamocelo: Siamo degli eroi!"

"Eroi, papà".

Gira su se stesso. Si lancia in una piccola danza della pioggia, uno spontaneo rito di ringraziamento.

Ci guardano. Chiediamo se possono farci una foto. L'autostima è alle stelle, la stanchezza anche. Ce l'abbiamo fatta, non abbiamo paura di niente.

Prima di partire ero passato anche dal nostro medico di famiglia, Barnard, e gli avevo raccontato cosa mi avevano detto i medici che seguivano Andrea.

"Dicono che troppi cambiamenti e troppe emozioni non faranno bene ad Andrea".

"È possibile".

"Possibile o sicuro?"

"Possibile. Non è che l'uomo è così semplice da poterlo misurare con l'aritmetica".

"Secondo te, rispettare Andrea significa tenerlo al riparo dal mondo o portarlo a riempirsi gli occhi?"

Il dottore mi aveva guardato di traverso.

"Se tu avessi un figlio come Andrea, come ti comporteresti?"

"Ma io non ho un figlio come Andrea" aveva sospirato.

"Devo arrangiarmi, quindi..."

"A certi pazienti, quelli che cominciano a contare i giorni, dico che forse cambiare vita li aiuterebbe. Cambiare, alle volte, è una medicina. Però quasi nessuno mi dà retta".

Ecco, Barnard, io ti ho dato retta.

Entriamo in un albergo con occhi brillanti e felici. Purtroppo è al completo perché c'è una grande fiera, non so di che cosa. Ma dai, sempre fiere, anche quando arrivano gli eroi!

Ci invitano a cercare altrove, lo facciamo, setacciamo senza risparmio di forze e alla fine siamo degli eroi sporchi e sfiniti. Per trovare posto ci dobbiamo allontanare di venti o trenta chilometri, ci dicono, oppure tentare negli hotel di lusso. Se proprio ci mettono alle corde, vista l'occasione, noi alziamo il tiro! Bussiamo alla porta del Ritz Carlton, sembriamo due vagabondi, stropicciati, con la moto infangata. Andrea sul volto ha dei segni neri da minatore sardo. Ci dirigiamo verso la reception mentre i facchini rimangono a bocca spalancata. I clienti borbottano sorpresi, ma eleganti.

Hai visto Andre, qui i clienti sono talmente ricchi che sembrano vestiti da matrimonio. In effetti il Carlton era quasi completamente riservato per una maestosa cerimonia nuziale. La sposa e lo sposo appaiono d'incanto nei pressi della reception. Il clima è festoso, rilassato, una cordialità di soffice e profumata bambagia.

Io mi metto in fila e Andrea, invece, si lancia sulla sposa. La riconosce per via del bel vestito azzurro e la bacia, con schiocco, sulla bocca. Signora mia, ti metti un vestito che è un facile bersaglio, non puoi pensare che un abile bombardiere non ti sganci un bacio! La signora allarga le braccia e tenta di arrendersi, lo sposo le corre incontro come un grizzly a cui stanno rubando la compagna dopo otto anni di Montagne Rocciose, in solitaria. Sorpresa: Andrea bacia anche lui.

L'uomo, più della novella sposa, coglie la situazione e scoppia a ridere. Gli ospiti sono disorientati: pensano a un colpo di teatro, a un figlio segreto giunto a baciare la madre prima del fatidico sì. Potrebbe essere, Andrea è giovane e la futura sposa è una bella quarantenne. Le donne presenti hanno un brivido di perfida curiosità, gli uomini ammiccano. Un mormorio si diffonde ovunque. Fortunatamente Andrea spara raffiche di baci a altezza di donna colpendo qualche altra damigella. Quindi il ragazzo o è un provocatore stipendiato dalla Lega Antimatrimonio o è un simpatico baciatore stimolato dalla luna piena.

Andrea, vieni qua! urlo, ma qualcuno di rimando

mi intima di spostare la moto, e un momento! ci servirebbe una camera, supplico. No, prima sposti la moto e spieghi a suo figlio che questo è un ficus e non un materasso! Suo figlio strappa le foglie!

D'accordo: Andre, molla il vegetale, però noi cerchiamo una stanza, veniamo dall'altra parte dell'America, abbiamo corso per migliaia di chilometri e siamo, appena appena, provati.

La responsabile della reception, rimasta sino a quel momento imperturbabile mentre le sue truppe tentavano di contenerci, alza un sopracciglio divertita.

"Il ragazzo è suo figlio?" chiede ma capisco che vuole sapere cos'ha Andrea.

"È un ragazzo autistico".

Un po' per simpatia e un po' per metterci in quarantena, ci prende sotto la sua protezione e ci accompagna in una stanza da principi. Ci voleva...

Sistemati a nuovo, puliti e rinfrescati, sembriamo due lord e non i viaggiatori scassati di poche ore prima. E come due lord ordiniamo un whiskey per me e acqua purissima per Andrea. Guardiamo il mondo con una certa sufficienza. Siamo o no sull'oceano? Dal bar arriva il rumore fitto di tante chiacchiere, ma per due lord come noi questo fine serata è una comoda poltrona e la convinzione di aver fatto molto. Anzi moltissimo.

E adesso?

LOS ANGELES

Spalanco gli occhi e senza apparente motivo mi assale uno strano disagio. L'entusiasmo di aver raggiunto un altro oceano è evaporato. Ho la sensazione di non essere per niente arrivato. Distrattamente penso che potremmo risalire verso nord lungo la costa, ne dicono un gran bene. Vedere Portland e magari arrivare sino al Canada. Facendo tappa a Seattle.

Distrattamente. Non è un pensiero che muove qualcosa dentro.

Il cielo è ancora grigio, non mi va di prendere la moto. Camminiamo in cerca di un locale per fare colazione. Mentre una cameriera prende l'ordine, Andrea si alza, ispeziona il bancone, sposta e rovescia qualcosa facendo irritare il proprietario. Lo vedo afferrare il braccio di Andrea e cercare di tenerlo. Non è facile come pensava. Andrea non si divincola però porta il corpo all'indietro per allontanarsi e la manovra ha il suo effetto. L'uomo, inaspettatamente, viene tirato in avanti e allora impreca a mezza voce.

Mi preparo, come spesso accade, ai rimproveri:

quando capiscono che sono io a essere responsabile di Andrea, si premurano di informarmi che ha fatto questo, ha fatto quello. Di solito rispondo, a volte sto in silenzio, altre volte li mando a quel paese, dipende da come mi prendono, dipende da come mi sento.

Dal tavolo urlo che è un ragazzo autistico, i clienti si voltano verso di me e la cameriera rimane a bocca aperta.

È un ragazzo autistico!, ma l'avvertimento non sembra placare il proprietario che guarda con fastidio l'espressione sul volto di Andrea.

"Stare in pace" dice lui, l'uomo non comprende, non gli piace nemmeno il suono di quell'invito.

Ora mi incazzo, penso, e sono già al bancone, lo prendo per il braccio e dico: "Si vergogni!"

"Che vuole?"

"È mio figlio. Ha qualche lieve problema..."

Dev'essere, per tutti e due, una giornata storta. Il proprietario non si calma. Io nemmeno.

Ci sfidiamo con lo sguardo.

Affiora un mezzo pensiero, in entrambi, di darcele di santa ragione. Poi lui si ritrae. Scuote le spalle e finge di ignorarmi, come se fosse una questione tutta sua e non mi dovesse riguardare: eccolo qui, il solito padre che rincorre il figlio dopo che ha combinato un guaio, pensa che qualcuno glielo voglia rubare: e se lo tenga stretto!, chi vuole che se lo prenda? Non l'ha detto, ma l'ho capito dallo sguardo.

Il sole è ancora timido. La spiaggia è una sorta di grande piazza, un luogo d'incontro: si discute, si gioca, si fa yoga. Gli innamorati si baciano, i mimi s'impietriscono, barche a vela sfrecciano parallele alla riva, yellow cab arrivano e ripartono carichi di clienti. Andrea è serioso, ha trovato una mazza da baseball di plastica e fa qualche sortilegio, camminando lungo il marciapiede.

Penso: cosa credevi? Che correndo avresti seminato l'autismo? Che si sarebbe stancato di inseguirti? *Toc toc*, lui bussa, *toc toc* ogni mattina, lui è annidato così in profondità...

Però io non ho mai creduto a Barnard, il nostro dottore, quando mi diceva che l'autismo ha cause genetiche.

Una volta era tutto psicologia e adesso tutto genetica, gli obiettavo. A seconda della moda.

"Vero. In passato si tendeva a dare la colpa ai genitori, in particolare alla madre che non dà abbastanza calore, la cosiddetta madre frigorifero... A me pare più plausibile che sia scritto nei geni".

"Ma le persone autistiche non hanno famiglia, quasi mai hanno figli. Com'è che l'autismo si diffonde sempre di più anziché diminuire?"

"Perché a furia di studiare comprendiamo meglio il fenomeno, e inquadriamo più correttamente i casi".

"Quindi se continuiamo con gli studi potremmo addirittura scoprire che almeno la metà degli umani sono autistici o quasi o che lo diventeremo tutti..."

"Dai!"

"Barnard, quella dei geni è una colpa senza ammissione di colpa. I geni glieli diamo noi a questi ragazzi. Non li comperiamo in bottega. Per quale motivo non gli diamo roba buona? Siamo pessimi spacciatori di geni. Perché?"

Andiamo a prendere la Harley e ci perdiamo, finendo in una zona di Los Angeles che sembra messicana. Andrea sfila tra le bancarelle, alto e visibilissimo. Si guarda intorno, mi cerca, ma poi, d'un tratto, parte di corsa, fende la gente che si scansa senza dar segni di fastidio. Taglia correndo strati di merci colorate, camicie, cappelli, chitarre, peperoncini, frutta. C'è un gran formicolio umano, eppure non sento la stessa frenesia di altri luoghi. Andrea si è fermato davanti a dei ragazzi che giocano a carte. Segue i loro movimenti, vorrebbe avvicinarsi ancora di più.

Mi torna in mente l'invito del mio amico Lorenzo: salta il fosso, vieni in America latina...

"Andrea, li facciamo due passi in Messico?"

Stavolta non mi ascolta, è attentissimo ad altre cose. Insisto: che ne dici del Messico? O vuoi tornare? Pensi che possa bastare?

Rimane in silenzio.

"Abbiamo paura del Messico?"

"No papà".

Dai, un po' di paura ce l'abbiamo...

Ecco quello sguardo, come se mi guardasse da una montagna.

La mattinata è fredda. Voglio ascoltare Lorenzo. Faremo un salto grande, oltre la muraglia del confine, fino al cuore del Messico. Dovremo consegnare la motocicletta, spedire a casa giubbotti, tute antipioggia, la borsa che stava sul serbatoio, maglioni. E naturalmente acquistare i biglietti dell'aereo. Non dimenticherei nemmeno una lavanderia, in modo da riportare gli altri indumenti alla civiltà. Ma faremo tutto con calma.

In albergo, non incontriamo nessuno degli invitati al matrimonio del giorno prima. Sono rimasti solo gli sposi. Ma forse dormono, ci dice la ragazza della reception, e ci sorride, complice.

Gironzoliamo per Santa Monica, ci sono un sacco di attrazioni, spettacoli improvvisati e acrobati che si allenano. Fa troppo freddo per stenderci in spiaggia, e per Andrea l'unica alternativa accettabile è 'viaggiare con la moto'. Attraversiamo Los Angeles in lungo e in largo, Melrose, Ocean Drive, Hollywood, Sunset Boulevard, la Walk of Fame e altri posti famosi che abbiamo scovato per caso. O ci hanno scovati loro. Anche se non fa differenza.

Abbiamo riconsegnato la Harley. È stata veramente dura, sono tornato almeno cinque volte per controllare che fosse tutto a posto, se non avessi provocato qualche frattura invisibile. Andrea l'ha persino baciata, come se fosse stata davvero il nostro cavallo, il quattro zampe forte e fidato che ci ha sopportato in groppa per oltre novemila chilometri. Ci eravamo sinceramente affezionati.

Andre, adesso siamo a piedi, gli ho detto.

"Piedi..."

In punta di piedi.

Il tempo non è migliorato per nulla. Abbiamo cercato una lavanderia. La gente, dopo aver infilato nella macchina i propri capi di vestiario, se ne va in giro o si siede tranquillamente a leggersi un libro. Noi siamo rimasti lì a guardarci attorno. Andrea, incollato all'oblò, seguiva con lo sguardo il turbinio dell'acqua, le giravolte degli indumenti, la schiuma che affiorava sul vetro. Sono rimasto incantato anch'io, a chiedermi cosa lo colpisse, cosa si componesse nella sua mente. Un po' ipnotico lo è, lo ammetto, ma io riuscivo a concentrarmi al massimo per qualche manciata di secondi mentre Andrea sembrava entrare in risonanza, quel movimento diventava un attrattore e il mondo intero ruotava come un cestello. Una donna, arrivata per riprendersi la biancheria, vedendolo con il viso fisso sull'oblò, me lo ha indicato.

"Ha visto cosa sta facendo quello?"

"Osserva un mondo parallelo. C'è un buco nero dentro la lavatrice".

"Mi sta dicendo che quella storia dei buchi neri che ci mettono in contatto con altri universi è vera...?"

"Assolutamente. Il ragazzo deve averne intravisto uno".

"E pensare che quella lavatrice è la mia preferita!"

"Allora potrebbe rilavare il bucato..."

"Lo farò!"

"Ma serve un gettone speciale" e le ho regalato una moneta da due euro. Quando ci vuole ci vuole.

Sistemo gli indumenti negli zaini. Allora, da che parte è il Messico? Da dove cominciamo? Facile: da un biglietto aereo. Domani ci alzeremo presto, andremo in aeroporto e faremo tutto lì, come verrà. Da domani sarà Centro America. Siamo sull'orlo di un addio, ne abbiamo vissuti di piccoli addii. Uno per ciascun luogo in cui ci siamo fermati per più di un giorno, il lasso di tempo necessario a stabilire un piccolo cordone ombelicale, a provare emozioni e collezionare ricordi.

Sei pronto Andre?

Pronto, papà.

La navicella spaziale devia dalla rotta di rientro, accendiamo i razzi supplementari e cerchiamo un altro sistema stellare! Il nostro familiare Cape Canaveral non sarà d'accordo: fare mattane va bene ma questa del Messico è strepitosa, una faccenda da 30 febbraio, ma quelli lì, mi pare di sentirli, cosa vorranno dimostrare?, cosa gli abbiamo fatto per scappare così lontano? Niente, si sa, non è che siamo in fuga, siamo anatre a cui hanno scassato la bussola, anzi, una bussola, in Messico, ci farebbe proprio comodo.

Ultima notte negli States: il nostro contratto cinematografico è scaduto. L'America sparpagliata e lontana dalle sue coste è solo spazio e ancora spazio, a tratti bello e struggente, a tratti anonimo e inconsistente, ti mette fame e non ti sazia. Cosa rimarrà in noi?

Solo la sensazione di starsene seduti su una faglia di malinconia?

Sto preparando i bagagli e Andrea scompare. Lo trovo in bagno a fissare l'acqua del water: è lì che si specchia, immobile, e io gli dico dai, sbrighiamoci, il Messico è in trepidante attesa. Niente da fare. Quando va così, bisogna lasciare che lo stato d'animo si consumi, come se dovesse portare a termine un lavoro complicato e nessuno deve distoglierlo dallo scopo. Forse è anche un modo per non partire. Questa volta il cambiamento sembra irritarlo. Poi, all'improvviso, ogni cosa pare trovare il suo posto. La sua immagine riflessa gli piace o il buco invisibile dello scarico è stato riparato. Andrea è di nuovo con me.

Il taxista che ci conduce all'aeroporto non è molto informato sul Messico, quasi non ci fosse niente di interessante oltre la frontiera.

Ci precipitiamo verso i tabelloni delle partenze: Mexico City, Cancun, La Paz, Loreto, Guadalajara.

Guadalajara... questo sì che è un nome bellissimo da pronunciare. Mi regala un ricordo che era rimasto seppellito da quando ero bambino: Messico 1970, mondiali di calcio, io e mio padre a guardarci Brasile-Inghilterra dallo stadio di Guadalajara, un'aranciata, quel silenzio emozionato del bel calcio, l'Inghilterra che vacilla, sarà il caldo, sarà per il Brasile o Pelé che ci lasciava sempre a bocca aperta. Mio padre s'infervora, in quella partita tifava per il Brasile che giocava come una furia. All'improvviso qualcuno suona al campanello, lui esita, suonano ancora, io faccio per alzarmi e lui sbuffa, no aspetta, vado io: in pochi secondi si perde la più bella parata che io abbia mai visto. Gordon Banks, portiere inglese, neutralizza un colpo di testa di Pelé. Parata impossibile, diranno dopo.

Mio padre rientra e non so cosa dirgli, non ho il coraggio di raccontare quello che ho appena visto. Lo capisce dal mio sguardo: hanno fatto gol?, chiede. No dico, però Pelé ha tirato in porta e il portiere è volato da un palo all'altro. Volato?, mi chiede. Papà, l'ho visto volare come un uccello.

Vedi, mi ha detto, non sempre servono le ali per fare grandi cose.

Guadalajara, allora! C'è pure un volo a breve con la Delta Airline.

Ci infiliamo in una coda interminabile al banco della Delta. Andrea non si può definire un cliente disciplinato e siamo immersi in una umanità vociante, i passeggeri sono iperattivi, i bagagli montagne insormontabili tenuti con il nastro adesivo. Scoppiano piccoli litigi, il clima è elettrico e il personale pensa ad altro. È una situazione scoraggiante e quasi mi pento di essere venuto all'aeroporto così, alla ventura. Scopriamo pure, quando è il nostro turno, che non ci sono posti per Guadalajara.

Si mette male, però non dispero: ci spostiamo di mezzo aeroporto e incappiamo in un'altra compagnia che effettua voli per Guadalajara, la Mexicana. La biglietteria è vuota, siamo gli unici clienti allo sportello. Dall'inferno di Delta al paradiso di Mexicana. Il personale è gentilissimo, troviamo due comodi posti. Mi viene persino un sospetto: ma arriveranno a destinazione i voli della Mexicana? È tutto vero? Naturalmente, ma mancano quattro ore alla partenza.

In piena transvolata pulisco il culo di Andrea che ha deciso di farla tra le nuvole del Messico. Non tornava più dal bagno. Ho bussato a lungo, prima che aprisse. A queste quote una certa agitazione ti prende. Riporto l'igiene ai suoi debiti splendori e mi accorgo che ha un taglio sul labbro inferiore, sanguina. Gli chiedo se gli fa male, non risponde, corrucciando appena la bocca. È difficile che si lamenti per un male fisico. L'anno scorso si era ustionato una gamba appoggiandola allo scappamento della moto: una bolla da non credere. Nemmeno un sussurro. L'ho scoperto solo a bolla scoppiata. I ragazzi autistici hanno una incredibile tolleranza del dolore e la soglia di Andrea dev'essere altissima. Da piccolo scappava a piedi scalzi per il viale di sassi appuntiti e non sentiva nemmeno il solletico. Io che cercavo di inseguirlo mi dovevo fermare dopo pochi passi. Il dolore è un campanello d'allarme, ci avvisa di un pericolo, ci abitua ad avere dei limiti. Forse lui non li sente, questi limiti, forse il campanello d'allarme non suona. Mi perdo in questi pensieri. Con il fazzoletto tengo premuto il labbro e quando lo tolgo non sanguina più. Vedi? Passa.

L'aereo scende di quota, ci avviciniamo. È incredibile questo senso di flusso. Si scende, bagagli a tracolla, non sono passate nemmeno due ore e camminiamo in un altro universo: alle dieci di sera siamo in una stupenda piazza nel centro della città, mangiamo carne, guacamole e tequila all'aperto e ascoltiamo musica, respirando l'odore del Messico. Gli Stati Uniti ormai sono alle nostre spalle. La loro ricchezza, la loro materialità, il cotone delle loro maglie. Il Messico ha un'altra taglia.

Stamattina le strade di Guadalajara ci salutano con un signore che suona la chitarra, accompagnato dall'anziana madre che canta e tiene un vecchio pentolino giallo per le offerte. Un'immagine struggente e non priva di simpatia. Lamento e ardore.

Siamo facile preda di una pasteleria: finalmente un buon caffè latino per me e dolce per Andrea.

Pregustiamo una giornata morbida, messicana. Ci concediamo persino di prendere una carrozza per visitare la città, ci sentiamo un po' come gli americani che girano in gondola a Venezia. Chiedo al conducente se conosce un'agenzia viaggi affidabile e quello, dondolando, ci scarica di fronte a un ufficio dove un gentilissimo operatore, un baffo così sottile da sembrare disegnato a matita, ci convince che il Messico è in discesa e si arriva facilmente ovunque.

Anche a Panama?, chiedo.

Soprattutto a Panama, señor, risponde, e sono certo che avrebbe risposto, a diversa domanda, soprattutto in Patagonia, señor. È il suo lavoro. A guardarlo meglio è il ritratto di Diego de la Vega, lo Zorro nella serie televisiva. Provo l'impulso di chiedergli se tira di spada. Indica delle località sulla mappa. Non sono interessato a Città del Messico, dico. Naturalmente concorda con me: la capitale è sempre più caotica, un abile ruffiano davvero. Però ci sono Acapulco, Puerto Escondido, irrinunciabili. Poi potrebbe prendere un aereo a Oaxaca, fare solo un brevissimo scalo a Città del Messico e da lì...

"Da lì?"

"Non vuole andare a Panama?"

Io scherzavo, ma rispondo che non mi dispiacerebbe.

"E il Guatemala?"

Perché no? Oramai l'America latina si spalanca davanti a noi, i confini erano solo le nostre paure. Zorro mi mostra, senza risparmio di dettagli, come andare sino a Panama. Interessante, ci penserò. Per il momento ci accordiamo per una macchina a noleggio sino a Oaxaca, poi volo per Città del Messico e da lì ad Antigua, Guatemala.

Passeggiamo per le vie della città, stiamo bene, tra me e Andrea sento felicità e sintonia.

Bancarelle, merci, persino una manifestazione con tanto di bandiere sventolanti. Segni di vitalità, ma non ci vuole molto per vedere anche quelli della povertà, una compagna di viaggio che temo ci seguirà senza tanta discrezione. Un intero asilo di bambini chiede l'elemosina per la strada, piccoli abitanti del marciapiede. Ragazzini di otto o nove anni si offrono di pulire le scarpe per pochi pesos. Metto cinquanta pesos in mano ad Andrea.

"Portali a quei due signori".

Esita.

"Quei due, a piedi nudi".

Uno sta su una carrozzella, le gambe magre e paralizzate, mentre il suo compagno è costretto a manovre impossibili: solleva faticosamente la carrozzella e la mette di traverso per avanzare. È un'immagine che toglie il respiro: uomini di cinquanta o sessanta anni che conquistano un metro dopo l'altro come se scalassero montagne, con la stessa difficoltà. Ti osservano con occhi scuri e profondi. Vedo Andrea porgere i soldi, li guarda un solo brevissimo istante. Ringraziano con grandi sorrisi e inchini finché scompariamo dalla loro vista, quasi avessimo fatto il dono più grande del mondo. Quattro euro!

Dopo aver consegnato i soldi Andrea si abbandona alle sue stranezze. I messicani lo osservano mentre salta, batte le mani e strappa le solite foglie. Ognuno ha occhi per ciò che considera inconsueto. Lo chiamo per cercare di spiegargli che non incontreremo troppe luci accecanti, che qui la povertà può tagliare l'esistenza come le forbici un filo.

In apparenza non mi segue, però so che immagazzina quello che gli dico. Perché i due mendicanti li avrà anche guardati furtivamente ma se ne è impresso l'immagine dentro di sé, e ricorderà ogni dettaglio di quell'incontro per chissà quanto tempo.

La sera è piena di nuvole, ceniamo al riparo di portici antichi, tavolini circondati da mariachis, suonatori in elegante divisa scura, violini e chitarre.

Uno di loro ha un volto intenso, canta come se stesse sulla punta di un campanile in cima all'Everest. Sorseggio un coctelito di aguardiente e succo di frutta, Andrea una bottiglia d'acqua.

La notte mette in scena un temporale spettacolare, squarci di lampi e tuoni come tamburi. In albergo scrivo, navigo in rete, Andrea è tranquillo.

Non riesco a prendere sonno, non riesco a scendere in profondità. Dalla finestra scruto la magia delle strie liquide quando, in un istante, passano sotto i lampioni. Seguendo quelle chiazze di luce scorgo gente che vive in strada, arrabattandosi come può sotto quel diluvio. Penso ad Andrea: se un giorno rimanesse senza qualcuno che si prenda cura di lui... è così che andrebbe a finire?

Vedo un povero cristo che si trascina. Quando anche lui entra nel cono di luce di un lampione, mi sembra di scorgerne il volto segnato da righe nere, come se avesse pianto lacrime di carbone. Brandelli di sacchi di plastica gli fanno da impermeabile. I movimenti sono lenti, rigidi, minimi. Batte il palmo delle mani cinque o sei volte di fila contro le vetrate dell'albergo, ripetendo il gesto a intervalli di un minuto. Cammina come una pietra e batte. Sono gesti così simili a quelli di Andrea, è come se entrambi seguissero una nenia che devono avere nella testa. Chissà chi è quell'uomo, quanti anni ha, come vive e cosa mangia, dove dorme. Parlerà mai con qualcuno? È possibile che ci siano persone che vivono così?

Mi sento perduto davanti a queste cose.

Noi in un albergo, al caldo, con i letti, acqua a volontà, il frigo e tutto il resto. E a volte mi lamento anche!

L'istinto è di scendere, prendere questa persona e portarla da noi, dargli conforto: lo metto sotto una doccia calda, gli trovo una maglia, lo sistemo un poco. Voglio fare qualcosa per lui. Se l'ho visto proprio questa notte, ci deve essere un motivo. Guardo Andrea, dorme. Mi vesto, prendo il k-way e scendo in strada. Non lo scorgo più. Impossibile! Avanzava così lentamente e si è volatilizzato! Corro per qualche metro, dove può essere finito se la strada è così diritta e vuota? Torno in camera, abbattuto. Andrea continua a dormire: si gira nel letto, è irrequieto, forse sogna.

Guardo un'ultima volta dalla finestra, però sento che quella figura è passata, che i nostri tempi si sono sfiorati, le nostre vite sono già lontane.

Mi alzo stordito, la notte mi ha lasciato un gusto amaro. Andrea, al contrario di me, è in ottima forma. Attivo e pronto per la giornata. Immagino che abbia un grande appetito. Avanti, come sempre.

Ottima colazione al bar: il caffè è una carica esplosiva, le due ragazze dietro il bancone ci tempestano di domande, di dove siete, dove andate, ma come, tutti soli, senza donne, non vi annoiate? Su, assaggia questo dolce, e incredibilmente Andrea lo prende, un dolce bianco che non credevo gli potesse piacere, non ha mai mangiato dolci di quel colore. Per prudenza lo assaggio anch'io ed è buonissimo. Andrea ne prende persino un'altra fetta.

In macchina, partiti. Guido per undici ore attraverso montagne e paesini. Agglomerati di poche persone, paesaggi agrari del nostro passato, con gli animali che attraversano la strada, carri trainati da muli, bambini nudi che corrono nelle viuzze, gente abbigliata alla meno peggio. Lo spazio tra un paese e l'altro, come in certe parti degli States del resto, è costellato di costruzioni squinternate, un disordine che in Messico è più traballante, rattoppato, pieno di fili tesi, a cominciare dalle ragnatele elettriche sopra le case e dentro ai piccoli centri.

Per un paio d'ore stiamo in coda a camion scassati che trasportano maiali, osserviamo culi di maiale che oscillano a ogni curva. Sul bordo della strada cucinano il pollo in larghe padelle d'alluminio, ha un'aria così buona, lasciamo che i maiali vadano per la loro strada.

Assaporiamo il pollo più succoso del mondo con gli occhi chiusi, è un piacere assoluto e un ottimo sistema per sentirci igienicamente a posto. Attenti per la strada, señor, dice la donna che ci ha appena passato il pollo. Più avanti incontrerete un tratto molto pericoloso, si mette una mano sulla bocca, narcotrafficanti, bisbiglia. Assaltano i viaggiatori.

Speriamo bene, le dico, non abbiamo granché da farci rubare.

È il nostro viaggio a portarci in posti dove non dovremmo andare, ci chiamano anche luoghi desolati, solitari, ai margini delle mappe. Sarà un caso, ma tutte le persone che incontriamo sono aperte, gentili e cordiali.

Ecco, la benzina mi è uscita di mente, così rimaniamo quasi a secco nel bel mezzo di una distesa montuosa. Il navigatore ci informa che il primo distributore è a cento chilometri. Guardo Andrea: siamo spacciati!

Avvisto degli operai intenti a rappezzare il manto stradale e mi fermo a chiedere: la mia aria allarmata sembra divertirli. No, quello del benzinaio è un mestiere che non cresce bene sotto questo sole, mi confermano, asciugandosi le mani sulla tuta. Mi osservano attentamente, si guardano, decidono che merito fiducia. Una speranza c'è, dicono allora, abilissimi creatori di suspence: a trenta chilometri dovrebbe esserci un paesino dove dovrebbe abitare un tizio che dicono commerci con la benzina. Dovrebbe? Dicono? A volte c'è ma non è detto. Capisco che il tipo deve fare scorta di alcune taniche e tiene la benzina come un bene prezioso per i viandanti distratti.

Meglio di niente, se solo fosse possibile sapere quanti automobilisti distratti come noi sono già andati a bussare alle taniche del tizio. Il carburante può esserci in abbondanza o nemmeno una goccia. Magari il tipo si è dimenticato di riempire le taniche e ha pensato ai cavoli suoi, mandando a quel paese il guadagno e ogni altra preoccupazione. Proseguiamo, sperando che il serbatoio abbia ancora qualche millilitro di benzina per portarci alla meta. Anche stavolta la fortuna è con noi, spingiamo la macchina per due o trecento metri al massimo. Niente male.

Non è neanche un paesino, sono quattro case: chiediamo dell'uomo della benzina, ma appaiono facce pensierose, quasi avessimo chiesto dov'è il chirurgo della mano. Señor di qua e señor di là, è andato, è partito, ha i suoi affari, chi può dirlo: concludono il ragionamento con la certezza che deve tornare.

"Entro l'anno?"
"Questo è sicuro, señor".
A quest'ora, in questo posto, non è cosa da poco.
Aspettiamo seduti a gambe incrociate su una panca, come due aviatori planati su una nuvola di nulla, pieni di voglia di volare e vuoti di benzina. La gente ci guarda e di ora in ora allarga le braccia, dicendo che arriva, l'uomo della benzina arriva sempre. A un certo punto mi dico che quello se l'è bevuta la benzina, o è andato nel deserto e se l'è bruciata tutta, in un falò propiziatorio e dissipativo. Valli a capire, i messicani.
Invece di colpo appare un vecchio furgoncino sgangherato, trasporta una mezza dozzina di taniche arrugginite, risalenti alla Seconda guerra mondiale. Lo guida un ometto silenzioso. Ci ascolta, pensa, valuta, formula un prezzo e senza attendere risposta torna alle sue faccende. Scarica le taniche sotto una tettoia di pali e lamiere, che probabilmente è casa sua. Il prezzo è più del doppio di quello consueto. Anzi quasi il triplo. Vorrei contrattare.
"Señor, la benzina è troppo cara".
"Se non fosse cara, non la venderei, señor. Che ci faccio qui, a vendere benzina al suo prezzo normale, invece di andarmene a spasso in Patagonia? Lei che farebbe al mio posto?"
"Quello che fa lei, señor".
"Mi dà ragione?"
"Sì, señor".
"Allora le farò un grosso sconto".
Comperiamo trenta litri e l'ometto ce ne offre due

in omaggio, incassa il denaro, ci versa la benzina con scrupolo chirurgico e ci saluta.

Ripartiamo. Mi piacerebbe arrivare ad Acapulco, ma calcolo che manchi ancora un bel pezzo di strada. Forse vale la pena di fare uno sforzo, consulto il vicecomandante e lui risponde: "Avanti papà".

Arriviamo in una caotica Acapulco verso le otto di sera, con il buio. Grattacieli illuminati, traffico, giusto per far dimenticare le casupole lungo il tragitto. Siamo affamati e ci imbattiamo in un ristorante italiano, mangiamo bene e conosciamo il proprietario, un calabrese di cinquant'anni. Giovanni passa la serata con noi, dopo settimane che non parlo italiano è piacevole essere trascinato in una chiacchierata come tra vecchi amici. Scopriamo di essere nati lo stesso giorno.

È strano: non sono io a raccontare l'Italia di questi giorni, ma lui a ricordare il paese di trent'anni prima, la sua vecchia Alfa GT, i capelli lunghi, le discoteche, una donna sposata di cui s'era innamorato e dalla quale, per non mettersi nei guai, era fuggito. Perché quando ti metti d'impegno i guai ti trovano.

Sorride con commozione quando comincia a giocare con Andrea, si lascia andare e confida che ha un figlio bipolare.

"La malattia di un figlio ha una potenza incredibile" dice Giovanni.

"E se molli è finita".

"Sapessi quanto ho pianto..."

"Io no?" mormoro.

Gli racconto di un viaggio a Siena. Andrea ci era rimasto tre giorni con la madre, per una serie di esami che avevano definitivamente confermato la diagnosi, e io stavo andando a riprenderli. Per trecento chilometri ho riempito la macchina di urla e lacrime.

È stato il mio modo di entrare sino in fondo nella realtà. Però in quel momento ho capito che non avrei vissuto con un continuo pianto senza lacrime, con una smorfia o con un ghigno. Davanti a questa prova della vita avrei imparato a sorridere: l'avrei affrontata con fatica, ma anche con responsabilità, con intenzione. Con positività. Non sarei rimasto lì a inghiottire vicoli ciechi in salsa di palude.

Stiracchiamenti, sbadigli, solletico sotto i piedi di Andrea. I messaggi arrivati durante la notte non sono altrettanto rilassati, l'improvvisa sterzata verso sud ha sorpreso parenti e amici.

"Ma conoscete la strada?"

"La tequila la vendevano anche negli States!"

"Pensate di ritornare o vi devo raggiungere io?"

"Non dimenticate di portarci due sombreri".

Hanno le loro ragioni, ma è il viaggio che si sta disegnando il tragitto da solo.

"Bravi, a questo punto non potete non venire a Tulum".

"Dai, venite a Tulum..."

"Vi stiamo aspettando, a Tulum naturalmente!"

Questo invece è Lorenzo, che vorrebbe trascinarci ancora più in là.

Ad Acapulco la spiaggia è molto ripida, le onde arrivano enormi e potenti sino a riva. Te ne stai in piedi sul bagnasciuga con l'acqua alle ginocchia, l'onda arriva, ti alza e ti tiene sospeso. Stupendo e ipnotico,

Andrea si fa sollevare senza sosta. Non è solo resistenza, e nemmeno ripetizione ossessiva. È felice. Una felicità fisica, immediata e viscerale, la felicità di un pinguino che guizza, di una megattera che salta sul mare, di un albatro in alto nell'aria, dimenticato dalla gravità.

Passiamo tutta la mattina a mollo, poi andiamo a mangiare qualcosa in uno dei tanti chioschi lungo la spiaggia.

Andrea, che in fatto di cibo è un conservatore, si divora due hot dog. Io mi lascio tentare da un piatto invitante, pesce e insalate variopinte. Niente male, penso, il sapore fa sognare, molto esotico, diverso dalle solite combinazioni. Sto mangiando un autentico pezzo di Messico. Chiudo gli occhi e vedo chitarre, sombreri, tequila e la povertà mi sembra addirittura caramellata.

Oh, il cibo autoctono!

Arriva un gruppetto di ragazzini scortati da una giovane donna. Si mettono a giocare con le onde, lei non li perde d'occhio un attimo, li rimprovera quando nota comportamenti troppo aggressivi o quando mostrano troppa confidenza con l'oceano. Li chiama uno a uno, li racchiude in un piccolo recinto di attenzioni. S'accorge di Andrea, che si è avvicinato, lo segue con lo sguardo, capisce che c'è qualcosa di strano. Cerca di attirare la sua attenzione. Andrea la ignora. È già in mezzo ai ragazzini, solamente svetta. Inizia una specie di danza: tutti lo imitano saltando nello stesso momento, sembrano un branco di marmotte che si solleva prima del pericolo. Poi arriva l'onda e li sconquassa. La maestrina comincia ad agitarsi, cerca di chiamarli, vanamente. Capisce che Andrea sta con me, mi guarda come per dire, adesso mi aiuti, almeno. Si sente molto responsabile. Urlo ad Andrea di calmarsi. La maestrina, sentendo questo nome, spalanca gli occhi perché è anche il suo.

Andrea prende in simpatia uno dei ragazzini più piccoli, lo solleva e lo lancia tra le onde. Non so cosa avviene tra di loro, condividono qualcosa. Non dicono nulla e si parlano.

"Andrea, fai attenzione al bambino!" ma sono un tuffo dietro l'altro.

La maestrina mi chiede cos'ha esattamente Andrea. Ascolta molto colpita. Mi dice che il buon dio ci mette alla prova.

"Come se dio fosse un ingegnere dei materiali? Per capire se abbiamo dei difetti nascosti o un punto di rottura?"

Annuisce.

Capisco che ognuno di noi, per navigare nel flusso della vita, si costruisce come può dei remi e l'unica cosa davvero importante sarebbe non sbatterci quei remi sulla testa l'un con l'altro.

La sera, quando usciamo nelle vie, siamo travolti: un'attività sfrenata, il rumore infernale della musica sparata ad altissimo volume dai locali. Ci sono più ubriachi che persone nate in giorni dispari. Anche a Las Vegas c'era molta confusione, ma in confronto a questa sembrava l'erboristeria di un convento. Siamo circondati dal caos allo stato puro, subissati da inviti a entrare in ogni locale a luci rosse: chissà se l'elastico tra me e Andrea reggerà in questa bolgia. Sulla porta dei locali si sbracciano, decantano gli spettacoli in modo molto esplicito. Andrea di fronte a qualche cartellone si mostra interessato, tocca le figure, ha un occhietto di un certo tipo e subito qualche marpione cerca di accalappiarlo. Ascolta, non so cosa capisce, ma la mimica è inequivocabile. Dico, con fermezza, di no. Andre, per questo mi sembra un po' presto.

Nel rifugio della nostra stanza, mi stendo sul letto a consultare le mappe: Andre, si potrebbe fare un salto a Puerto Escondido. Lui si nasconde ma noi lo scoviamo. Lo scoviamo?

"Un po' sì".

Puerto Escondido lo scoveremo pure, ma non dietro l'angolo. Viaggiamo su strade strette e colorate, seguendo la linea di costa. I controlli contro il narcotraffico sono frequentissimi, ci fermano quattro volte. Perquisiscono l'auto con i cani antidroga e i mitra rimangono spianati durante tutta l'operazione. I poliziotti sono ragazzini armati, hanno negli occhi lampi di paura e sono davvero differenti da quei mastodontici poliziotti americani, arroganti e sicuri di sé, macchine per incutere paura solo con lo sguardo.

Arriviamo a Puerto Escondido nel primo pomeriggio, dopo otto ore di macchina. Ci precipitiamo in spiaggia, Andrea salta di nuovo tra le onde, felice. Io sento, all'improvviso, il mio stomaco che protesta: "Ma cosa hai mangiato? Fegato di opossum alla veneziana?"

Mi torna alla mente il piatto di pesce sulla spiaggia di Acapulco. Lui. È come avere una strizzata violenta nella pancia, parte un dolore che mi fa piegare in due e la testa mi scoppia, persino la vista si annebbia. Vedo a malapena Andrea che gioca nell'acqua. Con fatica cerco di ragionare, dobbiamo sistemarci per dormire e prima ancora Andrea deve mangiare qualcosa. Mi contorco, al pensiero del cibo, come una biscia. Schifo! Mi trascino sino a una pizzeria, naturalmente napoletana, il pizzaiolo che ci accoglie sembra un simpatico brigante. Appena seduti sento che sto per crollare. Ah, la meraviglia dei piatti di pesce sulle spiagge di Acapulco! Mi viene da vomitare, resisto. Dopo cena ci sistemiamo nel primo alberghetto che incontriamo. La camera è arrabattata, se non altro c'è un ventilatore, entriamo e chiudo la porta a chiave. In camera Andrea mi chiede subito di uscire. Cerco di capire cosa vuole: un dannatissimo gelato. Devo confessare che non ce la faccio proprio.

Crollo sul letto, vestito. Con fatica ricordo ad Andrea di lavarsi i denti e di spogliarsi. È una situazione completamente nuova: ahi, mi dico, è arrivato! È il momento in cui sei fritto e chissà Andrea come reagirà, magari apre la porta, capisce di dover chiedere aiuto, magari esce e urla aiuto!, anzi crede di urlare aiuto!, invece non dice niente, tocca la pancia al primo che incontra e questo pensa a uno scherzo. Invece questa volta è un appello: significa mio papà sta male!

Nascondo la chiave sotto il cuscino, ma non mi basta: "Andre, non uscire ti prego".

Mi impegno per respirare meglio, l'aria del ventilatore è magica, mi arriva come una carezza e fa scivolare via il panico. Però, se solo sposto un dito, tutta la stanza mi gira attorno. Buio...

Sono le quattro di notte quando riemergo. Andrea è sul letto vestito e sveglio, riesco a trascinarmi in bagno, mi ributto a letto, dormi Andre, sussurro. Lui si muove appena, mi pare tranquillo. Lotto contro immagini caotiche nella mente: vedo Andrea con la mamma, sono nel prato davanti a casa, Andrea è fermo con un pezzo di Lego in mano. Gira il Lego sempre allo stesso modo e ripete sempre la stessa parola "la la la la la", la mamma rimane ipnotizzata, Andrea continua con lo stesso gesto, lei si piega, come se avesse ricevuto un pugno allo stomaco, le viene da vomitare...

Di nuovo buio profondo.

Corpo calloso più piccolo, amigdala e sistema limbico con riduzioni neuronali. Un mio conoscente aveva consegnato suo figlio, affetto da autismo, a sofisticati esami cerebrali. Ricordo tutti i nomi di quei pezzetti di cervello, lui mi leggeva le carte e m'interrogava con lo sguardo: possibile? Così tanta confusione? Chissà cosa abbiamo anche noi, dentro, dicevo. Per sorreggerci a vicenda. Che quelle macchine non riescono a fotografare un sorriso.

Apro gli occhi e vedo Andrea addormentato sul letto, non si è tolto nemmeno un calzino. Il pensiero che abbia vegliato su di me mi commuove, ma lo stomaco protesta. Provo ad alzarmi: metto un passo davanti all'altro, barcollo. La stanza oscilla e sembra immensa. Ai piedi del letto briciole di carta, finissime. Forse il peggio è passato: l'esorcismo dei pezzi di carta è potente. Vado in bagno in cerca di acqua e non ce n'è un filo. Mi arrabbio, mi dico che dobbiamo trovare subito un altro alloggio. Però dovrei risalire in macchina e non mi sento proprio il Senna della situazione. Andrea si riscuote, balza dal letto e mi osserva con una certa preoccupazione.

"Dai, non sono ancora morto".

"Morto papà".

"Che facciamo? Qui non si sta per niente bene".

In macchina, dice Andrea. Accidenti, dico, non vedi come sono ridotto? Sei sicuro? Ripartiamo?

"Con la macchina, a fare un giro fino in fondo".

Ecco: forse Andrea ha sin troppa fiducia nelle mie forze. Andrea, sul serio? Guarda che mi toccherà legare le mani al volante, altrimenti le braccia mi scivoleranno a terra, non so nemmeno se riuscirò a schiacciare il freno e la frizione. Se ci attraversa la strada un alce messicano e io tiro dritto? Ti fidi a salire in macchina con me?

Sorride e sorride: impossibile resistere. Carichiamo gli zaini con grande fatica, i movimenti sono rallentati e Andrea mi aiuta a modo suo.

Guido a piedi nudi, ho bisogno di non sentire costrizioni, l'aria condizionata rende sopportabile il caldo sfiancante. Andrea, di tanto in tanto, si volta verso di me e mi accarezza una gamba. Mi sembra di ritrovare un po' di energia. Lentamente ci spostiamo nella direzione di Oaxaca.

La strada corre tra le montagne, un serpente di curve crivellato di buche per trecento chilometri. Sei lunghissime ore di viaggio. Bevo solo acqua per tutto il giorno, Andrea si accontenta della carne secca che vendono su banchetti improvvisati lungo la strada, una piadina con la carne mi sembra un ottimo pranzo per lui.

Nonostante il malessere, il viaggio è tranquillo. Non abbiamo detto nulla e mi sento come se avessimo parlato per ore. Due viaggiatori, tanti pensieri, ciascuno nella propria testa, tanti sguardi che dicono siamo vicini, siamo assieme.

A Oaxaca scegliamo un hotel in centro. La città è piena di colori, un'architettura che ha attraversato il tempo e la storia. Edifici di pietra, grandi portici. Il patio, nelle abitazioni più prestigiose, è un giardino dell'Eden, molto curato e ricco di vegetazione, anche con preziose rarità del mondo botanico. Attraversiamo alcune piazze, per respirare l'aria di questo Messico coloniale, pieno di piccola gente seduta, di banchetti con oggetti artigianali, di uomini con il cappello bianco e donne con vestiti sgargianti, di occhi scuri e non sai mai quanto malinconici. Tanti piedi in movimento, tanti sacchi sulle spalle e ceste con galline e tacchini, scatole di biscotti e bomboloni al cioccolato. Forse per questo l'appetito bussa: Andrea si sbafa carne e patate, mentre io spiego al cameriere la mia condizione. Sorride, pensa e poi si illumina, come se avesse trovato la grande soluzione. Riappare dieci minuti dopo con una minestra di pollo e riso. Il brodo della nonna, il piccolo ospedale di famiglia: roba calda, riposo, qualche carezza.

Mi sento decisamente meglio, il veleno del pesce di Acapulco è sparito. Ho dormito dieci ore di fila. Non accadeva da tempo. Mi sono fatto curare da sogni d'ogni tipo.

Mi alzo e cerco di scuotere Andrea, che resta disteso, anche se ha gli occhi aperti. È assorto. Forse il mio malessere lo ha colpito più di quanto pensassi.

Cerco nella tasca dello zaino e leggo uno dei suoi scritti.

MI PARE CHE IN QUESTI GIORNI PARLI MENO.
In confusione è la mia testa.
COSA SUCCEDE QUANDO LA TUA TESTA È IN CONFUSIONE?
Vedo le parole e non riesco a dirle
C'È QUALCOSA CHE TI PREOCCUPA?
Paura di non controllarmi. Ansia ho se non riesco tu mi odi.
DAI ANDRE, NON ESAGERIAMO CON PAROLE COME ANSIA E ODIO. PROVIAMO INVECE A REAGIRE SENZA LAMENTARCI.

```
Papà hei tu no confuso. Io male sto.
Non è facile sentirsi pecora nera.
VEDRAI CHE VINCIAMO QUESTA COSA. IO
TI SONO VICINO.
Grazie scusami. Andrea vuole parla-
re. Non riesco a dire le parole. Sto
male.
HAI ANCHE MALE FISICO?
Male la testa.
```

Lo accarezzo e gli chiedo se ha mal di testa.

"No" risponde secco.

"Stai bene?"

"Sì, bene".

Ma quando usciamo si precipita a sminuzzare foglie come se volesse trovarci qualcosa di nascosto.

Lo abbraccio e gli dico sai, sono guarito, e ci rimettiamo in moto. Con la macchina, come piace a te. Apro sul selciato della piazza centrale la nostra grande mappa. Gli faccio vedere dov'è il Guatemala. Siamo così presi da quest'impegno cartografico da attirare un gruppetto di olandesi. Sono ragazzi alti, barba ispida, anche loro con dozzine di mappe sottomano. Forse credono di avere di fronte degli esperti viaggiatori e chiedono consigli su come attraversare il Centro America e perdersi lungo la cordigliera delle Ande. Anche a noi farebbero comodo dei consigli. Dicono di essere stufi delle basse quote dell'Olanda, vogliono sentire l'aria rarefatta, la scarsità di ossigeno, provare a correre più forte degli indios della Bolivia a quattromila metri. Ridono, lo sanno che perderanno. Che non siamo capaci di competere, per via dei nostri polmoni e delle nostre gambe. Scommettiamo una ventina di euro sul risultato. Io punto contro gli olandesi, non è per sfiducia. Se ci ritroveremo, vedremo come è andata.

"E voi dove siete diretti?" ci chiedono.

"In Guatemala".

"E dopo?"

"Vedremo. Siamo attratti da Panama".

Mappe aperte, dita che scivolano sulla carta, sulle capitali, sopra i confini: Honduras, Nicaragua, Costarica, Panama.

Gli olandesi decidono che sarebbero passati per il Nicaragua.

Buena suerte, ragazzi.

Ci salutiamo.

La serata per le vie di Oaxaca è deliziosa, avvolti da danze e gente che suona ovunque, nei locali, su un palco allestito in piazza.

Comodamente seduti, racconto ad Andrea che un amico che si è trasferito in Messico, Lorenzo, continua a inviare messaggi per convincerci a infilare Tulum, dove abita, nel nostro vagabondare. Riapro la cartina: significherebbe rientrare in Messico dal Guatemala e risalirlo per un po' lungo la costa caraibica. Altrimenti, se non ci va, si continua a scendere verso sud, verso Panama.

"Che dici, Andre?"

"Sì".

"Sì a cosa?"

"No".

"Allora non andiamo a Tulum?"
"No".
"Ci andiamo sì o no?"
"Sì".
Non se ne viene fuori. Per alcuni minuti è un alternarsi di sì e no.
"Non vorrai che lanciamo una monetina per decidere?"
"Sì".
Benissimo, Andre, allora lanciamo la monetina, gli dico. Testa si continua in direzione sud, croce risaliamo verso Tulum. Andrea lancia ed esce croce. Tulum, ritorneremo in Messico.
Andre, hai dato una bella spinta al viaggio: Guatemala, Belize, Messico di nuovo. Sognando un autobus per Panama...

Il volo è ottimo sino a Città del Messico. Spilucchiamo qualcosa in aeroporto in attesa di imbarcarci per Città del Guatemala. Mentre camminiamo verso il nostro gate Andrea mi chiede il maglione. Strano, non fa affatto freddo, si sta bene in maglietta.

Siamo seduti in tranquilla attesa e, come in un record mondiale di eruzione lavica, parte una vomitata. All'improvviso, senza alcun segnale. Panico. Andrea sta male, ha gli occhi lucidi. Una ragazza si avvicina e gli offre dell'acqua e un chewing gum. Altri, schifati, si allontanano. Il personale arriva per pulire. Chiedo scusa in tutte le lingue, stendo Andrea su una poltrona e mi rendo conto che è iniziato l'imbarco. Impazzisco nel trambusto e lui, in soli dieci minuti, sembra uscito da una sala operatoria meglio di com'era entrato: sorride, ha l'occhio sveglio e gli va anche di scherzare.

"Dannato imbroglione!" gli dico, contento che sia passato.

Mi piacerebbe capire meglio come funzionano queste cose. Certo, quel po' di freddo che ha avuto era un segnale. Forse ha mangiato troppo in fretta. Lui è così, ti tiene sul filo, con un po' di ansia.

In aereo ci rannicchiamo, in attesa del Guatemala.

Lo sbarco scorre liscio e sereno, arriviamo per primi ai passaporti, il personale è gentile e simpatico, ci aiutano anche per le cose più semplici, troviamo subito un'auto a noleggio.

Città del Guatemala, invece, ci respinge in poche ore: scappiamo a gambe levate verso la vecchia capitale, Antigua. Immagino l'incontro con una bellissima e vecchia signora: La muy noble y muy leal ciudad de Santiago de los caballeros de Guatemala! La definivano così, dico ad Andrea, leggendo un depliant. Pensa alla targa dell'automobile, ci sarebbe voluta l'intera fiancata.

Un'ora di strada, avvolti da nuvole tanto basse da sembrare nebbia fitta: il temporale è un aerosol di gocce minutissime. A duemila metri di altitudine l'umidità ci fa rimpiangere di non avere le branchie.

Antigua è una città sopravvissuta a tremendi terremoti, abbandonata ma mai del tutto, ancora piena di fascino: strade di pietra scura, fiancheggiate da palme, portici, case a un piano, fontane e lavatoi. Gli alberghi sono vecchi palazzi ristrutturati. Scegliamo un edificio coloniale del centro: impiegati, facchini e cameriere sembrano comparse di film d'ambientazione. Ci accompagnano in una stanza enorme, con muri e finestre per giganti.

Usciamo a passeggiare sotto la pioggia persistente, ci ripariamo sotto i portici. Andrea tallona una coppia di signori. Sembrano spiritosi. Entrambi mimano gesti di ali, schioccano le dita, gonfiano le gote come rospi. Sono americani e comunicano in spagnolo. Non vogliono usare l'inglese perché, a sentire l'uomo, sono ex agenti della CIA. Sorrido. Vuoi vedere che abbiamo trovato dei mattacchioni, penso. Anche Andrea è un agente della CIA, controbatto. Davvero?, esclama la donna, fissandolo con insistenza. Ci invitano a bere qualcosa in un locale. Già, operazioni in Medio Oriente, lo mandano tra i giovani iraniani per insegnare loro un codice segreto basato sui colori. Guarda come prendono piede certe storie: i due si fanno attentissimi. Un codice sui colori per vincere la repressione degli ayatollah?

"Naturale".

Andrea, seduto a capotavola, si abbraccia il collo con la mano sinistra e assume quell'aria leggermente sospettosa che potrebbe proprio caratterizzare un agente segreto di diciassette anni.

Così per dire, fa l'uomo, non si potrebbe avere un esempio di questo codice cromatico?

Andre, il signore vuole conoscere il tuo codice segreto. Lui sta zitto. Non so se sia disponibile, dico. Trovo un foglio, lo passo ad Andrea e lui lo spezzetta molecola dopo molecola. Poi, con il pennarello che ci presta il proprietario del locale, inizia a fare una miriade di puntini di diversa intensità.

Li sparpagliamo per Teheran, aggiungo. Ogni pezzetto di carta contiene un numero ben preciso di puntini chiari e puntini scuri. Quello è il codice. Sembrano pezzetti di carta abbandonati, invece contengono messaggi di libertà.

I due americani sono perplessi, cercano di contare i puntini, strizzano la bocca. Siamo tutti a zonzo per il mondo. Siamo tutti a caccia di storie.

Fuori sempre pioggia e adesso è buio pesto.

Ci lasciamo traghettare nel ritorno attraversando isole di suoni. Andrea saltella contento. È così contento che, davanti a un locale, abbraccia un ragazzo e gli schiaccia la pancia. Un'azione improvvisa e veloce. Il ragazzo si sente soverchiato e reagisce come se fosse in pericolo di vita. Respinge Andrea con tutta la sua forza e lo catapulta sopra il cofano di un'auto. Lui non apre bocca, non lancia nessun grido d'allarme. Si chiude sempre, quando lo contrastano con decisione. Arrivano altri giovani per dargli man forte e si trovano di fronte l'espressione sconsolata di Andrea, quel sorriso pallido.

"Es un chico con autismo!" urlo a squarciagola.

Loro parlottano, si spingono, rimangono in silenzio a guardare un ragazzo spaventato. Si scusano, non sanno più cosa fare.

Ci allontaniamo. I movimenti di Andrea sono frenetici, strofina con foga le mani. Lo stringo e lo tranquillizzo. Gli racconto delle mie baruffe, da bambino, quante ne ho prese e poi si diventa grandi, s'impara a non arrivare a scontri inutili, ma se serve si sta a schiena dritta. Solo uno stupido combatte per nulla. Lo tengo sottobraccio. Fingo di dargli dei pugni. Andrea, adesso te le do, gli dico scherzando.

"Due teghe, papà" e comincia a scappare. Lo rincorro, lo sgambetto da dietro, sarebbe fallo da espulsione. Ma lui si rialza di scatto. Corriamo fino a perdere il fiato.

In albergo vorrei provare a farmi raccontare qualcosa.

Andrea rimane a lungo nel bagno e sento l'acqua aprirsi e chiudersi molte volte.

Allora cerco tra i suoi biglietti, ne trovo uno scritto a dicembre. Mi avvicino al suo letto e lo leggo a voce alta.

CIAO ANDREA, COM'È ANDATA LA GIORNATA OGGI?
Agitato
PERCHÉ SEI AGITATO?
Stanco di non controllare andrea. Crisi fuori controllo. Chiedo scusa a tutti andrea sta male di non controllo capace. Ciao papà
ASPETTA ANDRE. DOBBIAMO LAVORARE SUL CONTROLLO LO SAI. PROVA A DIRMI PERCHÉ SCHIACCI LA PANCIA A TUTTI.
Sento la pancia di persone per conoscere chi mi sta vicino. Mi presento alle persone toccandole e sto tranquillo.

PERÒ LO SAI CHE ALLA GENTE DÀ FASTIDIO.
Sono cosciente ma se andrea non tocca vedo confusione e KO per andrea che si agita.
MA NON PUOI TOCCARE LA SPALLA ANZICHÉ LA PANCIA?
Mi piace pancia.
LO CAPISCI O NO CHE DAI FASTIDIO?
Lo capisci che non posso controllarmi?
NON DEVI MAI SMETTERE DI PROVARCI
Faccio le prove di controllarmi ogni giorno
RIESCI A DIRMI CHE PROVE FAI?
Devo mettere in ordine tante cose e aspetto finché non resisto più e sto male. Prolungo i tempi e miglioro.
VUOI CHIEDERMI QUALCOSA?
Andrea chiede aiuto testa confusa male sto
CHE AIUTO VUOI?
A guarire mia condizione di autismo. Sono stanco di stare così.

Lo so Andre, lo so.

Andremo nel regno dell'arcobaleno e degli apostoli: i dodici paesetti affacciati sul lago Atitlan ne portano il nome. Ci hanno raccontato meraviglie di questa zona.

Il tempo è pessimo, sbagliamo strada più volte, il navigatore ci tradisce vergognosamente.

Ci perdiamo, ecco cosa succede, e finiamo sommersi da povertà e degrado, catapecchie lungo la strada, bambini malvestiti e una rissa molto violenta, con un povero cristo steso a terra e preso a calci davanti ai nostri occhi. Cerchiamo, con una certa ansia, informazioni per riprendere la nostra rotta. Le persone sono gentili, nonostante i vistosi machete alla cintola, e si sforzano di orientarci in questa che dovrebbe essere una terra benedetta. Seguiamo le indicazioni senza lasciarci scoraggiare dalle frane e dai massi che lambiscono la carreggiata. Cosa sarà successo? Metà del territorio sembra bastonata da un gigante impazzito, l'altra metà appare e scompare tra tornanti, nebbia e pioggia.

Andre, qui non è una passeggiata, mi scappa da dire.

"Passeggiata bella" ma scruta anche lui.

Per fortuna procediamo a velocità ridotta, per fortuna non finiamo in un baratro. Il ponte davanti a noi è franato. Avvisi zero. Inchiodo a pochi metri dal vuoto. Sgrano gli occhi: mi sembra impossibile. Forse ci sono pericoli maggiori qua attorno. Forse questo ponte crollato è solo un pericolo in più. Allora un po' di paura mi viene: dove siamo finiti?

Valuto che il lago non sia distante, ancora una cinquantina di chilometri. Scendiamo dalla macchina a fissare quell'ostacolo insuperabile. Andrea lancia un sasso. Fermo, gli dico: mi pare di sentire un motore. Una vecchia jeep avanza di gran carriera. Alzo le braccia per segnalare il pericolo. Non accenna a rallentare. Miseria. Un pazzo suicida! Scansati, Andrea. Frenata potente, americana, e dalla jeep spunta la testolina di un ometto, sospettoso, indagatore. Ci scruta a lungo prima di parlare.

"Que pasa?"

"Señor, ci siamo persi. Qui la strada è crollata. Come si arriva ad Atitlan?"

Il tipo nella macchina ride tranquillo, che razza di fifoni questi turisti, penserà e mi risponde beffardo "Siga me, siga me". Fidarsi? Che alternative abbiamo? Guardo Andrea e lo seguiamo. S'infila con l'auto lungo una stradina di terra che passa sotto il ponte. Senza più badare a noi, punta il veicolo dritto e a buona velocità verso l'acqua. Accidenti, penso, questo non è un suicida solitario, cerca compagnia. Dove va?

Lo vedo allontanarsi pericolosamente, rischiamo

di rimanere lì, ancora soli. Allora avanti. Il tizio entra nel fiume, trattengo il respiro e mi aspetto il peggio, mi avvicino all'acqua con gli occhi sbarrati e il piede sul freno. Il guidatore pazzo attraversa e arriva sull'altra sponda. Il fondale è basso, eppure non sembrava.

Andre, cosa facciamo? Uno-due-tre via! Anche noi ci lanciamo come dei lagunari in esercitazione, cercando di seguire lo stesso tratto percorso dall'altra macchina. Attraverso, ma in apnea. Mi affianco al personaggio e vedo che ride soddisfatto. Mavaffan', però ci ha salvati e ci accompagna fino alla meta: è andata.

Sulle rive del lago Atitlan cominciamo a intravedere i villaggi. Lussuosa miseria sino al paesino di Santiago. Grigie abitazioni condite da un pioggia insistente che ha innalzato le acque del lago, ricoprendo le rive, i pontili. Andrea non resiste e insegue, piedi a mollo, un gruppetto di donne che guada un marciapiede allagato, il cucciolo d'orca che insidia le foche. Lo nota, inevitabilmente, un ragazzo che si offre di farci da guida. Mi ispira un'istintiva fiducia, forse ne abbiamo bisogno.

La guida improvvisata ci conduce in un bugigattolo dove mangiamo un panino: masticare mi scioglie un po' dalla tensione. Ci racconta di una frana che è caduta pochi mesi fa e ha distrutto ogni cosa e ucciso molte persone, tra cui parecchi bambini. Anche la cognata è morta con i suoi sei figli. Non puoi nemmeno credere a tanta sventura, si ha quasi il bisogno di pensare che raccontino bugie, bugie per noi viandanti dal mondo ricco.

Un po' abbattuti decidiamo di proseguire verso Chichicastenango, un paese famoso per il suo mercato e non so cos'altro.

Chiediamo informazioni: per Chichicastenango ci vogliono tre ore, poi un'ora e dopo qualche decina di chilometri ancora quattro ore. Non si capisce nulla, ognuno dice una cosa diversa, nessuno vuole ammettere che non sa e allora spara la prima cosa che gli passa per la mente: tergiversano, sembrano misurare lo spazio a spanne, ti chiedono quanto corre la macchina e se hai fretta. Forse è un effetto latinoamericano, i paesi si spostano ogni qualvolta qualcuno li nomina: alle quattro del pomeriggio sono a otto chilometri, alle cinque a trenta, l'orologio e i paesi si rincorrono senza sosta.

Arriviamo a Chichicastenango che imbrunisce e anche qui, immediatamente, ci viene incontro un giovane. Siamo riconoscibilissimi. Sono in molti i ragazzi che aspettano i turisti per offrirsi di fare da guida. Il nostro si presenta: si chiama Vittorio, ha diciotto anni ed è un diretto discendente dei Maya. È molto gioviale, ci indica rapidamente un albergo dove possiamo anche cenare, propone una lenta passeggiata al mercato l'indomani mattina. È l'uomo delle soluzioni in un posto in cui ci sentiamo, per la prima volta, smarriti.

L'albergo che Vittorio ci ha procurato è un monastero del Settecento, maestoso ed elegante, con il patio che pare una serra, impreziosito da macchie di buganvillee fiorite e affollato di pappagalli, liberi e coloratissimi. Svolazzano all'improvviso, con forti battiti d'ali, e poi ci osservano ruotando il capo. Saliamo le scale tra due file di monaci di pietra. In camera c'è persino il camino, che viene acceso per la notte. È un luogo piacevole e strano, lanciamo gli zaini sul letto e subito Andrea migliora l'esistenza sbilenca dei cuscini.

La viabilità così incerta mi spinge a chiedere informazioni sul tragitto che avevo studiato sulle mappe. Uno dei ragazzi alla reception, Guillermo, parla un poco l'italiano, come secondo lavoro fa la guida turistica e mi fa capire che la nostra idea di visitare i templi maya è improponibile perché non c'è più la strada, distrutta dall'alluvione. Ci suggerisce di cambiare programma, trasmette sicurezza e alla fine ci rechiamo a mangiare tutti assieme: io, Andrea, Vittorio e Guillermo.

Andrea ne combina di tutti i colori con i camerieri, mentre noi parliamo dei Maya che hanno lasciato in questo posto tracce profondissime. Ascolto storie di vulcani, di terre che ballano, di guerriglia, di identità antiche.

All'improvviso il coltello, il piatto, l'acqua diventano parole maya. Vittorio ci spiega che è l'unica lingua che parlano gli anziani del paese. Soprattutto gli sciamani. Sono perplesso: sciamani? Esistono ancora? Loro s'infervorano: solo a Chichicastenango ce ne sono più di trecento. Praticano riti ogni giorno, in vari luoghi.

Ci alziamo da tavola con Vittorio che recita piccole nenie nella lingua dei Maya e usciamo nel nero più nero. Non c'è un filo di luce, né stelle né luna. Le poche scintille sono focolari improvvisati per terra dove cucinano il cibo per il mercato di domani. La pioggia sottile, persistente, costringe le persone a muoversi incappucciate, rendendo impenetrabili tutti quelli che incontriamo. Siamo affondati nei secoli. Sarà suggestione, ma sento il pericolo. Afferro più volte il buio cercando il corpo di Andrea per accertarmi che mi sia vicino. Gente vestita di stracci ci chiede qualsiasi cosa. Mi colpisce un anziano perché è nudo, ricoperto solo con poche plastiche sbrecciate che vorrebbero sembrare un paio di pantaloni e una maglia.

Mi guarda e dice: "Ehi, señor, buonasera".

"Buonasera, come si chiama?"

"Io sono Batista".

"Tutto bene?"

"Grazie a dio, tutto bene".

"Mi scusi señor, non vorrei sembrare scortese ma a guardarla non si direbbe..."

"Señor, potrebbe anche andare peggio. Se mangiassi sarebbe meglio. Sa, con certi lussi non bisogna esagerare, però ogni tanto..."

"Qui cucinano la carne e del pane. Prenda pure, offro io".

Passiamo un po' di tempo con lui. Dice di avere quarantatré anni, è più giovane di me. È fatto di cuoio secco e ha così pochi denti che dentro avrà più aria che sangue.

Mangia pianissimo, per non essere sopraffatto dai sapori. Gli occhi sono velati.

Andrea mi sfugge, devo tenerlo d'occhio continuamente. Oggi non ha avuto una buona giornata. Non è tanto la confusione che mi preoccupa quanto che non lo sento, è più smarrito del solito, parla pochissimo, tocca molto, strappa tutto quello che gli arriva sottomano.

Mi chiedo se questo mondo che stiamo attraversando non sia troppo denso, troppo carico per lui. Il Nordamerica era una terra in gran parte vuota e gli impulsi sensoriali più netti, per certi aspetti più semplici. Questo è un pianeta intricato, chissà quante sensazioni gli arrivano.

Rientriamo in camera, il camino riscalda. Ascoltiamo la musica davanti al fuoco, lo bacio, lo abbraccio. Buonanotte Andre.

Colori, colori e colori: è il grande mercato promesso da Vittorio. È esplosa la luce, ha smesso di piovere, le branchie non servono più: la terra è tornata compatta, solida e rassicurante.

Attorno a noi abbracci, richiami, saluti fraterni, uno spirito comunitario a cui non siamo abituati. Si respira pacatezza, ecco, persone misurate, sobrie, attente alle loro mercanzie, rispettose quando acquistano e quando chiedono informazioni.

Dopo i discorsi di ieri sera a tavola, Vittorio vuole mostrarci i luoghi in cui avvengono i riti sciamanici, qualcosa s'intravede anche dentro una chiesa, piccoli altari, luci, fasci di candele, gestualità inconsuete e incomprensibili. Grande spiritualità.

È un'emozione molto forte, anche Andrea ne è colpito.

Vittorio nota con gioia il nostro interesse e ci conduce in cima a una collina, un percorso tra bancarelle e animali. Ci muoviamo dentro una scia di persone silenziose, cerco di sapere se riusciremo ad assistere a qualche rito. Vittorio non ne è sicuro, l'ora è tarda, i riti avvengono spesso all'alba e sono già terminati. Infatti ne restano solo le tracce, persone ancora assorte, candele accese.

Vittorio vuole assolutamente farci incontrare uno sciamano. Non ho la più pallida idea di come possa presentarsi, fisicamente, uno sciamano. Vittorio ne parla con un'enfasi tale che mi aspetto di far visita a un capo di stato, immagino un personaggio di spicco, la sobria eleganza, l'abitazione se non lussuosa, importante.

Invece arriviamo a una casupola di due metri per quattro, fango e pietra, uno spazio che noi useremmo per un piccolo magazzino, quei ripostigli di campagna dove si mettono gli attrezzi, le cassette delle patate e i sacchi di concime. Vittorio ci fa entrare, rimaniamo sulla porta a guardare un signore anziano che cura una donna come facevano un tempo i nostri manipolatori. Ci chiede con gentilezza cosa vogliamo. Nonostante l'aspetto dimesso, l'intensità dei suoi occhi è una calamita e spontaneamente, dal cuore, gli chiedo: desidererei un rito per mio figlio. Lo sciamano mi fissa e mi fa capire che deve chiedermi molte cose. Io parlo in spagnolo e lui nella lingua dei Maya. Vittorio traduce.

Come si chiama suo figlio? Quando è nato? Il nome della madre? Da quando è così? Ha fratelli o sorelle? Cosa mangia? Capisce le cose che gli si dicono? Disegna? Scrive? Dorme poco o tanto? È calmo o è violento? Si lascia abbracciare?

Cancello, d'impulso, diagnosi, cartelle, farmaci, elettroencefalogrammi. Racconto cose semplici, dirette.

Lo sciamano mi ascolta con attenzione.

Mi parli di lui come padre...

La frase mi sorprende. Non cerco ricordi, né misurazioni delle mie difficoltà quotidiane con Andrea. Gli voglio molto bene, lo dichiaro a voce alta, con convinzione.

Lo sciamano mastica in silenzio le mie parole. Con lo sguardo perlustro la stanza, piena di strani oggetti e di libri consunti, sparsi ovunque. Leggo alcuni titoli: *Calendario maya, Il libro degli sciamani, Il libro infernale, Il libro dell'occulto, La magia nera.* Dove siamo finiti?

Quando si rivolge di nuovo a me, è per concordare l'orario del rito: fra due ore, presso il cimitero del paese. Sobbalzo. Al cimitero? Cimitero? Mi giro in tutte le direzioni, guardo Vittorio, guardo Andrea. Siamo sicuri? Va bene che qui i cimiteri non saranno come lì, cioè a casa nostra, sarà una concezione completamente diversa, ma insomma, sono in imbarazzo. Eppure lo sciamano è serissimo e imperturbabile. Vittorio non batte ciglio. Andrea nemmeno.

"Andrea, di cosa abbiamo paura?"

"Di niente papà!"

"Allora si fa!"

Con l'aiuto di Vittorio ho appuntato tutto quello di cui avremo bisogno per il rito: uova, sigari, sigarette, candele, vari tipi di olio, liquore, profumi. Ci muoviamo per comperare la mercanzia che verrà bruciata. Scelgo con cura ogni cosa, le uova devono essere fresche, preferisco candele colorate, mi informo sulla qualità dell'olio e sulle marche di sigari e sigarette. Annuso diversi profumi.

Riempio due sacchetti e osservo, con perplessità, l'insieme bizzarro che ho accumulato. Perché no? Rivedo i mille tentativi che abbiamo fatto per migliorare la condizione di Andrea. Non ci siamo risparmiati niente. Abbiamo bussato alla porta della medicina ufficiale e abbiamo percorso sentieri a lato, più tortuosi, sempre con grande speranza. Non riesco nemmeno a contare gli insuccessi, eppure non ci siamo abbattuti, abbiamo guardato avanti. Cosa potrebbe togliere questo rito, a quello che abbiamo già fatto? O cosa potrebbe aggiungere? Chissà.

È quasi ora. Il tragitto verso il cimitero è lento, camminiamo in fila indiana. Sento lo stomaco stringersi. Saliamo il pendio di una collina e capisco che non ci avviciniamo a un luogo di tristezza. Non è solo un volume di terra che contiene le ossa di chi ha vissuto. I morti, dalla sommità del colle, dominano il territorio. Il cimitero è un piccolo villaggio, con strade e giardini, altari multicolori. È affollato, molte persone circondano le piccole abitazioni dei morti, altre partecipano ai riti che avvengono ovunque, riempiendo l'aria di canti e preghiere rituali. Di tanto in tanto si sente qualche botto, si aprono fuochi d'artificio, la gente si scuote, ma non si spaventa. Siamo immersi in un'atmosfera surreale.

Vittorio ci conduce dallo sciamano. Moltissime persone lo salutano e gli baciano le mani. L'uomo non mostra alcun compiacimento, anzi ha un gesto e un istante per tutti. È sereno e misurato. Ci sorride e ci fa capire, attraverso Vittorio, che dobbiamo rimanere in meditazione davanti al suo altare. Svuotare la mente, e io non so se questo sia possibile con Andrea, se davvero si possa rallentare quell'ottovolante dove viaggiano i suoi pensieri. Bisbiglio piano: Andre, svuota la mente. Poi rimaniamo in silenzio. Lo sciamano prepara un falò e vi depone pian piano gli oggetti che ci siamo procurati. Qualcosa crepita e guizza tra le fiamme, lo sciamano inizia a pregare. Ci benedice un centinaio di volte. Temo che questo sia un segnale della difficoltà, l'abbondanza di benedizioni rivela uno sforzo al di là delle sue possibilità. Bagna i cappelli di Andrea con i profumi e vuole che gli metta le mani sopra gli occhi chiusi. Sento le sue ciglia che vibrano. Mi invita a fumare un sigaro ciclopico che non si consuma mai e quasi mi stordisce. Se qualcuno, dall'esterno, potesse osservare attraverso la nuvola di fumo e suoni, ci vedrebbe seduti all'ombra di un grosso albero, assorti. Devo tenere chiusi, nuovamente, gli occhi ad Andrea e lo sciamano, per tre volte, sputa del liquore sul suo capo e sul mio.

Sono passate ore. Emergiamo da fondali profondi. Siamo una miscela di polvere, sudore, profumi, fumo, liquore, incenso, sputi e chissà cos'altro. Andrea si libera, si muove, osserva il falò che brucia. Trova piccoli sassi e pezzi di legno e li lancia nel fuoco. Non so interpretarne lo sguardo. È intenso, lucido, ma non capisco. Abbracciamo lo sciamano.

Scendiamo dalla collina del cimitero, io per ultimo a chiudere la fila. La sensazione di aver guardato lontano è solo suggestione? Basta accendere candele, ascoltare preghiere, sentirsi vicini ad altre persone: basta questo per smuovere un certo tipo di emozioni? Inusuali. Le proveremmo sempre, se fossimo qui? O le proviamo perché riusciamo ad aprire una breccia nella nostra vita piena di calcoli e di razionalità? Accade perché ci concediamo una pausa, un cambiamento di ritmo?

I saluti sono lunghissimi.

Riprendiamo il viaggio lungo la panamericana, ancora case e baracche sul ciglio della strada, i segni della franosità del territorio, continue deviazioni. Ritorniamo ad Antigua, scegliamo un nuovo albergo, depositiamo la macchina, facciamo il biglietto per il minibus che domani ci porterà a Puerto Barrios. Da lì ci imbarcheremo per Livingston. L'abbiamo deciso così, durante la cena a Chichicastenango. Guillermo ci ha raccontato che a Livingston c'è un autentico crogiolo etnico, molti abitanti sono Garifuna, una affascinante miscela umana effetto delle deportazioni di schiavi dall'Africa. È un buon punto di partenza per risalire la Costa Caraibica, e arrivare a Tulum. Andiamo a conoscere i Garifuna!, ho detto ad Andrea: sai, è stato un ciclo, liberi-schiavi-un po' più liberi. Spiego che c'è una possibilità nella vita.

Un po' meno schiavi, si può.

SBARCO A LIVINGSTON

Andrea sta cercando di riempire gli zaini. Apre le cerniere, le chiude per riaprirle subito, sposta gli indumenti seguendo criteri solo suoi. A un certo punto mi sale l'arrabbiatura: possibile che non riesca a infilare per bene una maglia, possibile? Poi mi calmo, ci scherziamo: anch'io sposto qualcosa, apro e chiudo un paio di volte uno zaino. Andrea ride per il mio teatrino.

Portiamo fuori i bagagli, ci attende un pulmino che ci condurrà alla stazione degli autobus per Puerto Barrios. Gli altri passeggeri sono già pronti: tre ragazzi danesi e due ragazze australiane. Ci hanno lasciato un posto vicino all'autista, dove mi sistemo io, e un posto dietro vicino alle ragazze, dove si siede Andrea. Le conquista e ha subito tutta la loro attenzione.

Abbiamo percorso appena mezzo chilometro e mi rendo conto che lo zaino con i documenti, il telefono e altre cose, non c'è. Doveva portarlo Andrea, lo investo molto accigliato: dove hai lasciato lo zaino? Lui mi guarda con un'aria così innocente che i nostri compagni di viaggio mi osservano come per dire: e tu dov'eri? Un'alleanza di ferro. Mi batto la testa: dietrofront.

Dopo un'ora di viaggio scendiamo davanti alla stazione degli autobus, anzi delle corriere, perché appaiono le nostre corriere del passato, grosse e panciute, fumanti. Ci sono lunghe file alle biglietterie, lente e abbastanza disciplinate. Purtroppo la magica corriera per Puerto Barrios dovrebbe partire alle tredici e mancano solo pochi minuti, non ce la faremo mai. Dobbiamo avere un'espressione tremenda, perché dal nulla spunta un uomo con pantaloni neri, camicia bianca e cartellino al collo. Ci chiede dove siamo diretti. Puerto Barrios?, state tranquilli e si precipita a bloccare la corriera, invitando l'autista ad aspettare, si catapulta alla biglietteria saltando la fila, carica gli zaini sul bus e ci fa salire. Non posso esimermi da una adeguata ricompensa.

Cinque ore di corriera. Questo diceva la tabella di marcia. A un certo punto Andrea si sposta nei sedili in fondo, che si sono via via liberati, e io rimango davanti. Viaggiamo divisi sino a destinazione. È il pezzo di strada, dalla partenza, in cui siamo più lontani. La corriera ci lascia lungo uno stradone che conduce al molo, il muelle, come lo chiamano qui. Recuperiamo gli zaini e camminiamo un po', le gambe indolenzite dal lungo viaggio tra i sedili stretti della corriera. Il caldo è soffocante, l'unico ristoro è un baracchino in fondo al molo con le bibite nell'acqua di un secchio. Fortunatamente la partenza è quasi immediata, una lancia scivola sulle onde, veloce come un razzo.

A Livingston non si arriva via terra, i parchi e le riserve che la circondano sono invalicabili. Questa barca è l'unico modo per raggiungerla. All'attracco il trambusto è grande, viaggiatori che cercano di districare i bagagli, la barca che oscilla, tutti che spingono per scendere mentre Andrea non vuole saperne di rimettere i piedi sul solido. Strofina le mani, segue le corde, fissa alcuni bidoni d'acqua. Siamo un po' in difficoltà, ma un quintale di uomo, compresi i capelli rasta, si accorge di noi e ci viene in aiuto. Afferra i nostri zaini, capisce al volo la situazione di Andrea, sorride rassicurante. Ci scambiamo uno sguardo, non occorre parlare, è un salvagente sicuro. Amici, sono Ricardo, e se avete bisogno vi trovo una buona sistemazione e vi consiglio dove mangiare, le spiagge più belle. La sua risata è aperta, accogliente: lui ha bisogno di noi e noi di lui. Sento che ci sarà vicino come un'ombra, inseparabile. Lasciamo i bagagli in un albergo di legno dipinto e cominciamo a esplorare il centro con Ricardo. Ovunque gente dalla pelle scurissima e tanta atmosfera giamaicana: Bob Marley impera nelle vetrine e nei locali.

La sera Ricardo ci invita a seguirlo a un concerto, c'è un gruppo che suona, decine di persone, birra e un clima spensierato. La gente avvolge Andrea come una pelle e lui si butta nella mischia, tocca e si fa toccare, salta tutta la sera, abbraccia e bacia chi vuole.

C'è tanta vicinanza, più di quanta ne potremmo trovare nelle terre che vantano progresso e civiltà.

Le sette del mattino e Andrea è già in piedi, sprizza energia. Il computer è rimasto acceso tutta la notte. Mi passano tante cose per la testa. Scriviamo, dico ad Andrea. Il tono è deciso e sistemo una sedia, lui si accomoda, io mi metto dietro. Gli prendo leggermente la mano. Cerco di tenere quel contatto impalpabile come un gas. Batto sui tasti.

ANDRE DIMMI QUALCOSA DELL'ESPERIENZA CON LO SCIAMANO...

La mano di Andrea si muove, pugno dal cuore e scivola, lenta ma senza esitazioni.

Uomini siamo uguali di spirito resto io sciamano come lui
MA COSA HAI SENTITO?
Sputato addosso ho sentito fitte sul cuore male di pancia

Ho la tachicardia, ma mi sembra di essere leggero come una libellula. Adesso chiudo gli occhi quando

Andrea scrive e li riapro pieno di sorpresa. Sento un cordone ombelicale.

COME HAI VISSUTO L'ESPERIENZA DEL RITO?
Troppo fuori mi sono sentito le loro anime addosso
L'HAI VISSUTO MALE?
Tanto forte ma sono esperienze uniche
QUINDI LA RISPOSTA È...
Ora bene
ALLORA, LÌ NON È STATO FACILE...
Buon ricordo

So che ricorda ogni cosa alla perfezione, ogni dettaglio. Per questo mi lancio.

E COSA MI DICI DI NEW ORLEANS?
Strade di musica belle passeggiate sulla citta grande fiume
Patatine buone
E DI TUTTI GLI HOT DOG CHE HAI MANGIATO COSA DICI?
Buono gustoso hot dog.
HAI VOLUTO LASCIARE LA BACCHETTA MAGICA IN HOTEL A NEW ORLEANS... C'È UN MOTIVO?
Ricordo bello di papa e andrea resta li andiamo a prendere bacchetta domani

L'HAI LASCIATA LÌ PER QUALCUNO?
La per papa e andrea quando andiamo la ancora.
E SECONDO TE TORNIAMO DOMANI?
No. Andrea piace tornare ancora.
E LA GENTE CHE C'ERA IN GIRO…
Tanti pensieri della gente in giro per le strade andrea vede e sente.
MI FAI UN ESEMPIO?
Papa pensieri di liberta responsabilità di figlio difficile, papa vive avventura
E DEI SIGNORI DEL BED AND BREAKFAST DI AMARILLO CHE MI DICI?
Ci torniamo dai signori con casa bella
MA COME TI SEMBRAVANO LORO DUE?
Simpatici e soli e pazzi ci vedevano
OK, ADESSO DIMMI QUALCOSA DEL "COYOTE UGLY" DI DENVER
Locale di grandi mi piace divertito anche tu
E IL BUTTAFUORI GROSSO E NERO CON IL QUALE HAI FATTO AMICIZIA…
Grossi muscoli con cuore buono amico mio
E LA RAGAZZA BIONDA CHE HAI CONOSCIUTO?
Ragazza bella e dolce con papà e andrea

COSA TI RIMANE DI QUELLA SERATA?
Abbracci e i baci. Buio e ridi. Mi piace fare passeggiate per città. Basta
ABBIAMO CORSO PER 500 CHILOMETRI PER ARRIVARE SINO ALLE LUCI DI LAS VEGAS. COSA TI È SEMBRATO?
Bello giro lungo per arrivare nella città dei giochi
COSA TI È PIACIUTO DI PIU' DI LAS VEGAS?
Ragazze belle tante luci citta di uomini che rincorrono fortuna
ANDRE, VORREI SAPERE COME HAI PASSATO LA NOTTE A PUERTO ESCONDIDO QUANDO SONO STATO MALE E SONO PRATICAMENTE SVENUTO.
Vegliavo
MA SEI SEMPRE STATO SVEGLIO?
Sveglio sono stato a guardarti. So che dormendo si guarisce e andrea è stato vicino.

Sono inebriato, un'ubriacatura di parole. Quanto tempo sarà passato? Un'ora? Quasi due. Andrea si accarezza le dita.

Con calma infinita scendiamo a bere acqua gasata e caffè e ci incamminiamo verso il mare.

Ci raggiunge una piccola carovana: Ricardo porta con sé un donnone, una parente, ci dice, e questa trascina una ragazzina che sostiene di essere una sua nipote. Lo strano trio vuole accompagnarci sino a un posto magico, il luogo delle sette cascate, dove l'energia dell'acqua e la bellezza della natura si fondono.

Lungo il percorso incrociamo gruppetti di persone che avanzano barcollando. Espressioni trasognate e braccia abbandonate lungo il corpo. Ubriachi, sussurro, ma Ricardo s'inalbera: vudu. Quattro giorni e quattro notti in compagnia degli spiriti. Peccato, Andre dico io. Fossimo arrivati prima avremmo partecipato anche noi. Questo mi pare manchi nella nostra lista, vero? Ricardo devia e ci dice: Venite con me. Ci inoltriamo in una zona di fitta vegetazione sino ad arrivare nei pressi di una grande capanna circondata da altre casupole. Ci sono parecchie persone, uomini, donne, anche bambini. Ricardo li interroga, li invita a spiegare la loro esperienza. Non vuole assolutamente che io creda di essermi imbattuto in banalissimi postumi da sbornia. Le persone in effetti raccontano d'aver bevuto intere bottiglie, ma non per loro volontà, per volontà degli spiriti, sono gli spiriti che s'impossessano di loro obbligandoli a dissipare ogni goccia d'energia. Quando gli spiriti lo decidono, il corpo ritorna alla propria spossata normalità. Come non fosse accaduto nulla.

Sono perplesso, ma l'idea mi colpisce, la associo alla calma improvvisa di Andrea dopo episodi emotivamente complicati: confusione, scoppio, quiete. Vuoto apparente.

Tra gli altri spicca un uomo che sembra un leader, ci osserva a lungo in modo penetrante, ci scava.

Emana una grande energia, un carisma che si trasmette a pelle. Cerca di parlare ma subito lo sguardo si perde, come se fossimo diventati all'improvviso invisibili, le sue parole rimbalzano da un tempo remoto. Poi crolla su un'amaca.

Vudu, ripete Ricardo, guidandoci verso le sette cascate. È un lussuoso centro benessere completamente selvatico, a disposizione di tutti: ci abbandoniamo a un lungo massaggio, lieve con alcuni getti d'acqua, vigoroso con altri e sonoro come il ceffone di una mamma arrabbiata. Alterniamo i trattamenti, spostandoci di cascata in cascata.

Ricardo gioca a spruzzarsi con Andrea, il suo trasporto per lui è palpabile. Ha chiesto mille particolari sulla sua storia, mi ha spiegato che sente i suoi pensieri, che Andrea vede cose che noi non vediamo, che bisogna ascoltarlo e seguirlo.

Nel pomeriggio, in centro, incappiamo nell'unico italiano di Livingston. Sta davanti al suo ristorante e ci riconosce da un miglio di distanza. Si sbraccia per attirare la nostra attenzione. Ci invita nel locale, ci offre da bere, Andrea gli sposta lo spostabile, mentre lui comincia a raccontare la sua vita dalla prima comunione in poi. Riesco a fermarlo, chiedendogli un consiglio su come proseguire per Tulum.

"No problem!" Pensa e ripensa: prendete una lancia e arrivate a Punta Gorda e poi autobus per Belize City, anzi no, vi raccomando al comandante di una barca che fa scalo direttamente in Belize, dogana no problem, poi vi do un contatto per noleggiare un aereo privato così potrete visitare anche l'isola di San Pedro.

"Imperdibile".

Imperdibile...

"Se ve lo dice un vostro connazionale, fidatevi! Tranquilli".

Andrea ha afferrato un pomposo menù e vuole portarlo con sé. No, questo non si sbriciola Andre, gli dico.

Domani lasceremo Livingston. Ricardo, il rasta, è ormai nostro fratello. Ci porta a conoscere la sua famiglia. Ci trattano come personaggi importanti, si stringono decine di mani, sorrisi con gli occhi, auguri per ogni tipo di evenienza. Contro il mal di denti e il mal d'ossa. Il mal del dolore, che non ho capito dove sia.

E mi fanno bere l'impossibile.

Fermi come ancore sul molo ad aspettare che la lancia decida di salpare. Per tre ore, dalle nove a mezzogiorno. Fermo è un termine azzardato se riferito ad Andrea: corre in lungo e in largo, sul bordo del molo, e il timore che scivoli in acqua mi procura colpi apoplettici a ripetizione. Lui invece è tranquillissimo, è un equilibrista, cammina senza guardare, oppure fissando il cielo e due o tre orizzonti. Scatta e si ferma sull'orlo, oscillando. Non ce la faccio più: lo prendo e lo tengo stretto. Insomma, perché non si parte? chiedo a tutti quelli che passano. Colpa dell'emigrazione, colpa del capitano, colpa della dogana. Alla fine colpa di nessuno, e si va.

A bordo siamo io, Andrea, due tedeschi, due ragazze bionde, non so di quale paese, e una decina di belizegni, grossi, alti e non molto gentili. Ci guardano con un sottile fastidio, chiacchierano fitto fitto, secondo me parlano proprio di noi, i turisti. Può darsi che abbiano le loro buone ragioni. Potremmo anche non sembrare simpatici.

Sbarchiamo, dogana e taxi in direzione del piccolo aeroporto, seguendo le indicazioni dell'italiano di

Livingston. Prenotiamo un volo alle sedici e pranziamo in un ristorante del centro. C'è del pesce, mi torna in mente quello di Puerto Escondido, ma ho fiducia. Andrea carne e patate. Coca e birra.

L'aereo sembra una macchinina, una Topolino a quattro posti, io seduto a fianco del pilota e Andrea dietro. Si alza in volo come un uccellino timido, galleggia chiedendo aiuto alle correnti. Sotto di noi il plastico di fiumi e foreste; non mi volto a guardare Andrea perché sento che è immobile, si lascia cullare dal rollio, e non vorrei rovinare questo momento di abbandono silenzioso. Il benessere si diffonde come un flusso di particelle. Poi scendiamo a balzi, tagliando l'aria con le ali, verso l'aeroporto di Belize City. Riprendiamo il cielo in compagnia chiassosa, altri sette passeggeri che scattano fotografie come se fosse questione di vita o di morte ed è un sollievo sbarcare a San Pedro.

L'isola è molto turistica, troppo turistica, e questo ci rende schizzinosi, evitiamo le sistemazioni più pacchiane, scartiamo un albergo dietro l'altro sino a quando non ne troviamo uno sulla spiaggia, elegantemente sobrio. Alla sera, davanti a una pizza, Andrea carezza e bacia due ragazze belizegne, con una tranquillità che la fa sembrare una cosa normalissima. Le ragazze chiedono se anche lui, come il personaggio di *Rain Man*, sia capace di memorizzare un sacco di dati o se sappia fare calcoli astronomici. Capisco. Molti hanno solo questa idea dell'autismo. Allora ci giochiamo. Ci diamo delle arie, come due sbruffoni da circo: parlo molto dell'Italia e di Venezia, racconto che io e Andrea, grazie alle sue doti, stiamo lavorando a un progetto importante: numerare tutti i gradini dei ponti di Venezia. Se un malintenzionato, un giorno, ne rubasse qualcuno, grazie al nostro studio le autorità se ne accorgerebbero immediatamente. Noi salviamo gli scalini di Venezia, dico. Le ragazze ridono, un po' divertite, o forse perché sembriamo davvero due saltimbanchi. Siamo stropicciati, un poco stanchi. Andrea scruta rapido, con quegli occhi luminosi che vogliono dire mille cose.

Usciamo, e lo vedo sicuro di sé, tanto che gli chiedo di decidere da che parte andare. Che mi faccia da guida. Da che parte è l'albergo Andre?, gli chiedo. "Fino in fondo" risponde.

"Destra o sinistra?"

"La destra".

Lo seguo e a ogni bivio faccio scegliere a lui la direzione. Decide sempre velocemente. Alcune scelte sembrano appropriate, altre sono decisamente fuorvianti e comincio a pensare che ci perderemo. Finiamo, per tre volte di fila, in luoghi inverosimili.

"E adesso? Come si torna all'albergo?" esclamo, perché davvero non saprei come ritrovare la strada. Vedo Andrea ripartire determinato. Lo seguo senza fiatare. Ha delle mappe in testa e nonostante alcune, per me, illogiche deviazioni, arriviamo all'hotel. Non sempre, tra due punti, è necessario far passare una retta... ma a volte sì.

Eravamo a un concerto di Vasco Rossi, cinquantamila persone in un enorme parco. Il tempo di tuffarsi in una canzone e Andrea è sparito. Lo cerchiamo, io e un amico, faticando a farci strada tra un intrico di migliaia di corpi, perdendo ben presto ogni riferimento. A metà spettacolo, quando noi ormai ci aggiriamo sfiduciati, mandando sms agli amici che ci aspettano, d'un tratto vedo emergere la sua testa sulle altre: traccia una linea perfettamente dritta, aprendo la folla inesorabile come un treno sul binario. Lo rincorriamo, ed è lui a riportarci con precisione geometrica al punto di partenza.

Scorbutici, quelli di San Pedro. Ci avevano avvertito, per cui non soffriamo dello stile del luogo. Il mare non è strepitoso o forse non siamo dello spirito giusto, la giornata ingrigisce senza un motivo e rimaniamo tutto il giorno, pigramente, in spiaggia. Pausa per uno spuntino in un chiosco.

Ci sentiamo apostrofare, in spagnolo:

"Italiani o francesi?"

Mi giro e, lì per lì, non riesco a vedere chi ci ha fatto la domanda, guardo verso il bancone e non presto attenzione a una serie di bassi sedili rivolti verso la spiaggia.

Siete italiani, sento e allora la vedo: è una signora bassa pure lei, anzi bassissima, anzi è una nana con sorrisone e costume da bagno bianco. Sta bevendo qualcosa. Nota la mia sorpresa, si alza e viene verso il nostro tavolino.

Andrea rimane un poco interdetto e poi l'abbraccia e quasi la solleva da terra.

Quella sgambetta lievemente, ma intervengo per rimettere le cose a posto.

Si chiama Manuela, è un avvocato di Bilbao, per

metà in vacanza e per un quarto in missione speciale.

E l'altro quarto?, chiedo.

"Lo impiego per attività biologiche standard".

Cerco di capire di cosa si occupi e mi risponde: "Non di diritti umani".

"Perché ne abbiamo sin troppi?"

L'avvocato scoppia a ridere.

"Cos'ha suo figlio?"

"È autistico".

"Non dovrei dirlo io, data la mia stazza, ma è una bella sfortuna".

M'irrigidisco e lei, sensibilissima, se ne accorge subito.

"No, non pensi che la mia sia una frase discriminatoria!"

"Ah, no?"

"Senta, se lei fosse un cane, non le piacerebbe rosicchiare un osso?"

"Credo di sì".

"E invece le danno quelle poltiglie puzzolenti in scatola oppure crocchette secche che ti viene l'ugola riarsa e anche se sei un onesto cane di casa berresti una pinta di birra. Capisce? È per il nostro bene. Ti amano, ti allevano, ti selezionano e ti trasformano, così sei costretto ad accettare cose che per te sono nocive. Capisce con che razza di normalità abbiamo a che fare noi diversi? Cani compresi, naturalmente".

E si lancia in una vivace dissertazione sulla normalità, sul fatto che sia una mera convenzione, che essere normali non significhi poi nulla sul piano qualitativo: essere normex significa solo avere un minimo di istruzioni per l'uso.

Sorrido, me lo dico sempre a casa, quando rimango da solo, improvvisamente libero di decidere se uscire con gli amici o sdraiarmi sul divano: troppo facile la vita, senza Andrea!

I normex, come tutti quelli che vivono troppo facilmente, prosegue lei imperterrita, non sopportano la diversità, non capiscono per davvero cosa significhi spendere in vita più di quanto si guadagni con essa, che si corre verso un traguardo sempre con le scarpe di piombo, certo, poverini i normali, non riescono proprio ad apprezzare certi inceppi della vita, sa, hanno cose così alte e creative a cui badare: gli acquisti a rate e, naturalmente, una dozzina di conflitti, un paio di bombe sul Giappone, qualche decina di sterminii religiosi, perché lei l'ha mai visto un ragazzo autistico comandare un massacro, un imbroglio, un'oppressione sui propri simili? Se li immagina un consesso di azionisti, una seduta parlamentare, se i partecipanti fossero tutti autistici? Si rende conto di quanti meno guai si produrrebbero?

Non si è nemmeno d'accordo su come chiamarli, i figli come il suo: disabili, diversamente abili, handicappati... gli eufemismi si sprecano. Io trovo che sarebbe più chiaro usare la parola dipendenti. Nel senso che dipendono da qualcuno, chi più chi meno. So bene che i dipendenti sono centinaia di milioni sul pianeta. Però questi particolari dipendenti non smettono mai di esserlo, non vanno mai, per così dire, in pensione. Nemmeno hanno un bel sindacato che li tuteli, una corporazione che li protegga. Sa, i dipendenti non devono certo imporre il loro controllo sul pianeta, la loro dittatura. Gli basterebbe fare meno fatica, avere qualche giorno di ferie, magari qualche piccola gratificazione.

"Allora si occupa proprio di diritti umani!"

No, mi occupo di altre sciocchezze e trangugia il bicchiere che s'è portata con sé. Dev'essere molto alcolico. Scende dalla sedia, con lo stesso impegno che ci aveva messo per salire, strizza l'occhio ad Andrea, dice di passare un giorno per Bilbao.

"Ciao italiani..."

Torniamo sulla spiaggia. A essere sinceri, in Belize l'energia non ci pare intensa come altrove. È un luogo che si lascia attraversare, lo diresti fatto di niente. Certe terre mettono il fuoco dentro, certi nani allargano gli orizzonti.

Domani ripartiamo. Domani si va a Tulum.

Arriveremo a Tulum con la corriera e prima dovremo imbarcarci per Chetumal, passare la dogana messicana augurandoci che non sia troppo caotica. Tutto chiaro. Apro gli occhi non appena mi sembra di aver riepilogato quello che ci aspetta.

È ancora presto. Spalanco le finestre, entrano gli odori del mare e le prime luci del giorno. Su dalle brande!, dico ad Andrea che si gira dall'altra parte. Invece dobbiamo sbrigarci, la barca non aspetta certo i pigroni. Andrea una volta in piedi incredibilmente è una saetta. Non si immerge in nessuno dei suoi riti, non apre o chiude qualcosa, è presente. Facciamo colazione in tutta fretta. Raggiungiamo il pontile con largo anticipo e ci sistemiamo proprio accanto al comandante dell'imbarcazione. Un'ora di viaggio spensierato, prendendo il sole e guardando le onde. Andrea è felicissimo, ride, si diverte e io con lui, ci abbracciamo spesso. Fosse sempre così la nostra vita...

Sul molo di Chetumal sbrighiamo velocemente le formalità doganali, nessun problema a parte i funzionari che non smettono di sorvegliare Andrea. La corriera per Tulum parte in orario, dondolando, la porta rimane un po' aperta e uno spiffero ci accompagna per gran parte del viaggio. I nostri compagni hanno un'aria assorta, come se lo spostamento fosse anche una scelta di vita, qualcosa di importante e impegnativo.

Andiamo a Tulum, da Lorenzo, perché ci ha invitato con insistenza fraterna. È bello sapere che ci sono dei nodi d'amicizia sopra l'immensità dei territori che stiamo attraversando, piccole baie per prendere fiato. O forse rivedere una persona cara è una buona tisana per l'umore, e questo basta.

Provo a telefonare più volte, usando il numero che Lorenzo mi ha spedito. Non risponde e mi rendo conto che ho pochi altri riferimenti per rintracciarlo: il nome di una località e di un hotel che dovrebbe sorgere accanto alla sua abitazione. Precisi come sempre. Sta diventando il nostro stile.

Scommetto, con Andrea, che lo troviamo.

"Troviamo Lorenzo?"

"No".

"Come no? E cosa facciamo se non lo troviamo?"

"Bagno in mare".

Benone.

Scendiamo dalla corriera e potremmo, per davvero, esserci smarriti. Mal che vada troveremo un passaggio per Cancun, lì c'è un aeroporto. Le persone che ci vedono impalati alla fermata ci osservano, chiedo informazioni in base a quello che so ma ricevo solo dinieghi, nessuno ha idea di dove sia il posto che stiamo cercando. Si rivolga a un taxista, consiglia un signore con un grande cappello bianco. Ottima idea! E il taxista, señor?

Non lo sa. Vabbè, ma allora...

Andrea, abbiamo urgente bisogno di un taxista. Setacciamo l'abitato e lo troviamo, serenamente addormentato in macchina dietro un cartellone pubblicitario.

Nemmeno lui ha mai sentito nominare i luoghi di cui gli parlo. Andrea, nel frattempo, gira attorno al taxi, sembra tenerlo in ostaggio. L'uomo si fa scrupolo e svolge una piccola indagine, suona qualche campanello, entra in diversi locali e riesce a sapere che forse, probabilmente, chissà, c'è una stradina, venti chilometri più in là, che potrebbe condurre all'hotel in questione. Vamos, señor?

Vamos.

Colpo di fortuna. È proprio quello l'hotel. Lorenzo, assieme a sua moglie e due amici italiani, vede comparire all'orizzonte una coppia di vagabondi con lo zaino sulle spalle e una borsa colma di vestiti sporchi tra le braccia. C'è da sperare che non lasciamo una scia particolarmente odorosa. Spalancano gli occhi: la sorpresa è grande.

Abbracci, saluti, complimenti, siete stanchi? Il posto è meraviglioso. Lorenzo e la moglie sono così gentili che ci aiutano a sistemarci e poi ci accompagnano in spiaggia, il modo migliore per disintossicarci dalla fatica.

Quasi mi addormento sulla sabbia, perdendomi in fantasticherie.

Andrea è immerso nell'acqua e ha tra le mani una

boccetta scura, quelle per i medicinali. Ha anche un grosso cucchiaio di rame.

"Vuoi un po' di sciroppo papà?"

"Sciroppo?"

"È buono".

"Non ho bisogno di sciroppo".

"Un cucchiaio di sciroppo iovadovia. Vuoi un po' di iovadovia?"

"No! No..."

Mi sveglio e cristo! Che desiderio avrei di parlare a ruota libera con Andrea, chiacchiere su chiacchiere magari senza senso, di hot dog e salse rosse, di strisce pedonali, di fari spenti, parlare anche della sua adolescenza trascorsa dentro l'autismo, dei suoi desideri e sentire da lui come sta, senza farmelo raccontare dai dottori o semplicemente immaginarlo. Di desideri, vorrei parlare di desideri.

TULUM

Un'abbuffata di casalinga quotidianità: ecco un buon motivo per deviare, se di deviazione si può parlare in questo viaggio di anse e tornanti. Lo dice anche Lorenzo: vi ho chiesto di venire perché immaginavo il vostro bisogno di riposare in una casa per qualche giorno. Una casa di cura, aggiunge e sorride. Ci conosciamo da molto tempo, anche se Lorenzo ha lasciato l'Italia da anni e ci sentiamo solo attraverso l'etere.

Una casa di cura per matti?, chiedo e credo di scherzare ma Lorenzo è serissimo, l'ho trovato cambiato, certo si cambia, anch'io gli sarò sembrato cambiato. Sostiene, convinto, che un amico deve percepire in anticipo i bisogni dell'amico e se lui può servire a qualcosa, in questo viaggio, è a farci sentire in famiglia.

E famiglia sia! Non si sente un rumore per casa, eppure quando ci alziamo e scendiamo per la colazione troviamo il tavolo della cucina ben preparato, la moglie di Lorenzo che scalda il latte, una moka che bolle, pane tostato, Lorenzo che rovista nel frigo alla ricerca di marmellate e burro, un mazzo di fiori gialli tra tazze e piattini, barattoli di vetro con zollette di zucchero di quattro o cinque colori. Lorenzo ci fa segno di non parlare e ci indica le sedie, ci accomodiamo, Andrea esita ma poi si butta appena vede alcune fette di torta scura che potrebbe essere super cioccolato.

Quotidianità: afferrare una tazza, sorseggiare un caffè come si deve dopo esserci lavati i denti in un bagno tutto nostro, davanti a uno specchio, con il tempo di fare smorfie e sorrisi. Andrea pare apprezzare molto: beve a grandi sorsi, morsica la torta, semina briciole, si alza e chiude un armadietto, si rialza e lo riapre, fruga, sposta, si risiede. La moglie di Lorenzo non fiata e lui nemmeno: ospitalità.

Il pranzo è ancora più sontuoso. Lorenzo apparecchia con cura la tavola, sceglie i bicchieri, mostra e non mostra le bottiglie di vino, perché vuole farmi una sorpresa, annusa un tappo e rovescia gli occhi, simulando estasi alcolica.

Andrea non sta più nella pelle: grandi salti per la stanza e sguardi luminosi rivolti a piatti, posate, bicchieri, le sedie perfettamente allineate. E tutte le attenzioni della padrona di casa, ti piace questo o quello, un tovagliolo da ripiegare, i dettagli del tavolo da finire di apparecchiare: la saliera, l'olio, le fette di pane che vanno perfettamente sovrapposte, i coltelli orientati nello stesso verso. E il frigo, che si apre e si chiude con un rumore soffice. Un paradiso di certezze. Forse Andrea avrebbe preferito una seggiola in riva al mare, nello stesso posto, sempre la stessa onda su cui tuffarsi, all'infinito. Movimenti ripetitivi: strategie di difesa dalle vibrazioni del mondo? O altro: messaggi, burle?

Al mare, nel pomeriggio, mi stendo al sole, una solida serenità mi invade, nonostante qualche crampo allo stomaco. Certo, non posso pensare che la tensione si annulli completamente. Anzi, proprio quando la situazione si alleggerisce e l'adrenalina viene meno, il corpo un poco presenta il conto.

La serata al ristorante diventa, inaspettatamente, un delirio. Andrea, con un semplice cono di gelato tra le mani, trasforma se stesso e le cose che lo circondano in pitture astratte. Al cioccolato, naturalmente. Non riesce a trattenersi. Un'enorme confusione piombata sopra una bolla di tranquillità. Un poco mi fa infuriare.

Dopo aver consumato interi pacchi di tovaglioli e aver ristabilito una specie di tregua appiccicosa, Lorenzo e sua moglie cercano di starmi vicino, vorrebbero capire, saperne di più su Andrea. Mi chiedono come sia potuto accadere e quanto ci abbia cambiato. Giuro che vorrei spiegare per filo e per segno ogni cosa, cosa sia successo di preciso ad Andrea e cosa, oggi, ci sia nella sua testa.

Mi trovo a guardare le mani, cerco parole, non ho una risposta certa, solo supposizioni.

Per un genitore è già difficile interiorizzare il concetto che suo figlio abbia una mente particolare, figuriamoci quando si trova di fronte "i misteri della mente autistica". Come fai a capire? Come puoi far tua una simile categoria?

Tutti noi abbiamo elaborato, da millenni e millenni, complicati filtri per difenderci dal flusso degli eventi. Siamo pieni di calendari, orologi, convinzioni religiose, creme antirughe, auricolari contro il dolore altrui, biglietti per il paradiso e il purgatorio. Accettiamo i cambiamenti con moderazione e quelli di grande portata meglio che accadano una o due volte al secolo. Non a casa nostra. C'è più di qualche goccia di autismo in ognuno di noi.

Dell'autismo si sa molto e non si sa nulla. Una parte delle persone autistiche ha qualche particolare abilità e non sappiamo perché. Non è chiaro perché le dimensioni cerebrali siano anomale. Non è chiaro nemmeno perché gli autistici siano più pignoli dei pignoli normali e, forse, più refrattari ai cambiamenti di una diva che non vuole invecchiare. Sappiamo di più delle galassie lontane, dei buchi neri, della struttura più recondita della materia.

Non è che l'autismo è un problema con troppe variabili? Una sfida troppo difficile? O non ci interessa abbastanza?

Nel frattempo procedo a vista, con tenacia, ma a vista.

Tre giorni di relax volati in un soffio. Mi trovo a pensare che vivendo così, a contatto per tanto tempo, senza sosta, e dividendo ogni singola emozione, la percezione della diversità di Andrea è diventata più intima. Cercando di portare Andrea nel mio mondo, forse sono solo riuscito a fare un piccolo passo nel suo: un po' più autistico credo di esserlo diventato.

Ieri, con gli amici, abbiamo parlato a lungo di questo viaggio. Loro sono convinti che la principale motivazione fosse un mio bisogno di libertà.

"Non hai sentito un profumo strano, le settimane o i mesi prima di partire?

"Qualcosa dentro, quasi nella pancia".

"Sì, credo di averlo provato".

"Ecco" esclama Lorenzo "quello è il bisogno di libertà!"

"Credi che sia venuto qui solo per un bisogno mio?"

"Ma il tuo e quello di Andrea non si potranno mai separare. Dai, siete un lichene: un'alga e un fungo appiccicati assieme..."

Andrea è l'alga, di sicuro.

Ma uniti l'alga e il fungo sono tenaci, aggiunge, non li puoi separare, e come se avesse detto buongiorno o buonasera, cambia discorso e si lancia in un lungo elogio del Costarica e di Panama. Foreste, parchi, alberi dai legni preziosi, carovane di navi. Un'esperienza da non perdere.

E noi non ce la perderemo.

La moglie di Lorenzo si prende Andrea sottobraccio, prima di salutarci. Lui le appoggia le mani sulla pancia.

"Ti piace la mia pancia?"

"Sì".

"Stai attento a papà, mi raccomando".

"Raccomando..."

"Te lo raccomando. Lo proteggerai?"

"Sì. Papà bello".

Si baciano.

Un amico di Lorenzo ci accompagna all'aeroporto di Cancun e via di nuovo, dopo abbracci, saluti e promessa di tornare.

Per un soffio non perdiamo il volo, il gate indicato è quello sbagliato, ci chiamano con gli altoparlanti. In aereo consultiamo mappe nuovissime, comperate con Lorenzo.

Andrea è seduto dietro, lo saluto, mi saluta, mi assopisco. Mi sento schiacciare la pancia, apro gli occhi e vedo Andrea che mi guarda.

Tra poco saremo a destinazione e dovremo trovare l'auto, l'hotel e decidere il percorso sino a Panama: cose ormai banalissime, semplici come bere un bicchiere d'acqua. Che esperti viaggiatori siamo diventati.

Tanto esperti che a San José non riusciamo a trovare l'auto per proseguire. Cioè: l'auto si trova, ma non è possibile arrivare fino a Panama. Negli stati del Centro America non è lecito passare da un paese all'altro con mezzi a noleggio. Bisogna lasciarli al confine. Risolviamo l'intoppo affidandoci a una compagnia che ha una consociata a Panama: possiamo restituire l'auto al confine del Costarica e prenderne in consegna un'altra per proseguire fino alla capitale. L'impiegata gentilissima che cura la pratica ha capito lo stato di Andrea e quando usciamo mi sussurra che è il mio angelo. Devo sentirmi fortunato ad avere un figlio così perché è un regalo del cielo.

Molti ci elogiano per il modo in cui affrontiamo le situazioni. Sono convinti che Andrea sia una persona felice, capace di vivere dentro due dimensioni, quella terrena e un'altra che non riesco ancora a comprendere del tutto.

Sì, forse sono fortunato. Ma su Andrea bisogna essere più prudenti. Io mi immergo nella sua vita ogni giorno, non i dieci minuti che intravedono gli altri. Credo che soffra, e sarei felice soltanto se riuscissi a liberarlo da questa prigione che lo circonda. Altro che scomodare gli angeli!

La mattinata a San José scorre veloce. Esploriamo i dintorni, ci allontaniamo pian piano seguendo strade secondarie, lunghi segmenti sterrati, filiformi: la vegetazione quasi nasconde la vista del cielo e sembra di infilarsi in budelli oscuri. Andrea scruta attraverso il finestrino l'intreccio fitto degli alberi, gli arriva la forza vitale della foresta, siamo affascinati e disorientati allo stesso tempo. Che strano, penso, le piante sono vita pura, stanno con le radici, cercano l'acqua, usano la luce. Nessun filtro, la vita come viene, diretta. Strana, strana la vita pura.

Spuntano, all'improvviso, ponticelli sospesi sopra orridi con acque torrentizie e li attraversiamo inventandoci un esorcismo. Viandanti appiedati ci chiedono un passaggio, li accogliamo volentieri. Ci aiutano a evitare strade troppo dissestate, a raddrizzare il tragitto, che si è fatto sin troppo ondivago. Raccontano di buon grado le loro vicende quotidiane, senza enfasi, come se non dovesse davvero interessarci, come se raccontassero a se stessi, ricapitolando. Caracolliamo su stradine accompagnati da speranze per un piccolo affare, la nascita di un nipote, l'acquisto di una protesi acustica di seconda mano. Ma dovrò farla benedire, señor, chissà che parolacce ha sentito sull'orecchio di prima. Nessuno sa qualcosa di preciso su Panama, dicono che è un'altra terra, che rubano di tutto e non bisogna fidarsi dei taxisti.

Arriviamo a Jaco, di nuovo sulla costa del Pacifico. Si sta facendo buio, dobbiamo assolutamente trovare un posto dove dormire. Ci sistemiamo in un albergo senza fronzoli, davvero economico e molto pulito. Troviamo un ristorante argentino. Mentre cerco un tavolo, Andrea perlustra il locale. Batte le mani e corre verso il fondo della sala. C'è una ragazza seduta a un tavolino con un cesto di foglie di palma. Le intreccia a una velocità impressionante. Osserva Andrea senza fermare la danza delle dita. Gli mostra una piccola farfalla, poi, non vedendo reazione, estrae dal fondo del cesto altri animaletti intrecciati. Andrea le tocca all'improvviso la pancia, lei lancia un gridolino e lui insiste. Io sono a pochi passi, e le comunico qual è il problema. Vuole sapere cosa sia l'autismo. Per quanto possa sembrare strano, spiegarlo in spagnolo è più semplice che nella mia lingua: è racchiuso in un universo tutto suo, ha una sua coscienza del nostro mondo e desidera stabilire relazioni, ma i suoi ponti lo conducono altrove. La invito al nostro tavolo e lei cerca di parlare con Andrea, che continua a sorridere beato. Scopro che è nata nel 1993, lo stesso anno di Andrea, addirittura nello stesso mese. Annuncia che costruirà per noi un veliero. Promette di stupirci. Riesce miracolosamente a lavorare con Andrea avvinghiato al suo braccio. Fissiamo in silenzio le sue dita che sembrano aghi sottili e piccole pinze: scivolano tra le foglie che cambiano forma e compare lo scafo, un albero maestro pieno di vele, ampie in basso e minuscole in alto. Il veliero pesa un soffio, quasi galleggia nell'aria. Lo depone nel mezzo del tavolo. Si ferma ancora un po' con noi, Andrea solleva il veliero e lo lascia fluttuare, lo riprende e lo lascia di nuovo, è un gioco irresistibile, poi scarica su di lei una cartucciera di baci. La ragazza è incantata: chissà cosa le proporrà adesso questo cavaliere. Ma lui di colpo si alza, si allontana, gira per il locale. Quando torna al tavolo, si dedica al dolce come se lei non esistesse. Lei non sa più cosa fare, e se ne va.

Andrea rimane solo.

Ancora una volta.

Nuvole di coccodrilli, señor".
"Nuvole?"
"Nuvole. E una città rimasta a cent'anni fa".
Ci parlano così bene di Porto Jimenez che decidiamo di andarci.
Piove, il sole fa capolino solo verso le undici. Scopriamo che è ferragosto e festeggiamo con un bagno in una splendida spiaggia, quasi deserta. Corro sulla sabbia per sgranchirmi un po'.
Quando ripartiamo cade qualche goccia, venuta ad avvertirci che sta arrivando un intenso temporale. Guidare diventa molto difficoltoso. All'ennesimo posto di blocco ci fanno vuotare l'auto e ci perquisiscono. I cani ci annusano come un osso da bollito e i poliziotti sono duri e scontrosi. Andrea afferra fulmineo il berretto di uno di loro e se lo mette in testa. Complimenti, Andre, ottima idea!
I poliziotti non gradiscono per nulla questa confidenza, ci circondano e spianano i mitra. C'è un attimo di silenzio. Fortunatamente qualcuno riesce a immaginare quanto ridicoli apparirebbero il giorno seguente sui giornali: pericoloso ragazzo autistico

sbaraglia posto di blocco dopo aver rubato il berretto agli agenti. Agito le mani per dire che non è successo nulla, trovo l'alleanza di un poliziotto più esperto. Il nervosismo si stempera e si passa dal rischio di fucilazione a una foto ricordo. Andre, poi ti mando il conto delle coronarie.

Piove insistentemente. La tristezza comincia a fiaccarci. Sarei tentato di rifare la strada al contrario, ma sarebbe una fatica immane. Girovaghiamo, cerchiamo inutilmente qualche coordinata, perdiamo energia con l'unico risultato di sparire nella foresta. Animali sbucano all'improvviso, ci sembra di riconoscere una specie di cinghiale, uccellini a stormo, colibrì o mosconi ronzanti e altri esseri dotati di molle. Andrea sobbalza a ogni guizzo e quelli si lanciano da una parete verde alla muraglia di alberi dall'altra parte.

Dormiremo sopra un albero, dico, e guardo Andrea. Dai, ci leghiamo con una corda, cerco di scherzare.

Poi, sulla destra, notiamo un viottolo che non dovrebbe esserci, i bordi rifilati come in un parco cittadino, e sbuca il contorno di un edificio, uno spigolo, pezzi di tetto, mezza insegna.

Appare una costruzione lussuosa e capiamo che si tratta di un hotel.

La prima reazione è pensare a uno scenario di cartapesta, i resti di un film hollywoodiano girato nella foresta centroamericana. Invece è l'Iguana, a dare ascolto all'insegna: lusso circondato da alberi maestosi, voli di pappagalli, un'entrata tutta fiori e piante grasse, enormemente grasse e piene di boccioli.

Siamo finiti grazie al caso, vai a parlare male di lui, in un hotel per ricconi che desiderano dormire cullati dalle fronde. Ci sistemano in una stanza da sogno, ci avvertono che se vogliamo rilassarci c'è una Jacuzzi all'aperto. E io che mi vedevo già a manovrare con Andrea per costruirci un riparo di fortuna. Certo, ci saremmo divertiti, ma nemmeno piangiamo trovandoci a mollo, circondati da tre signorine americane che, tra un drink e l'altro, ci guardano con occhi melliflui. Piove, però. Non si può avere tutto. Cavolo Andrea, le americane non sono neanche male. Anzi, in tutta sincerità, sono delle sventole formidabili. Non mi ascolta, si lascia andare tra le bolle, si immerge e rimane sommerso. Una delle tre, che lo aveva osservato con molta attenzione, chiede se lo avessi mai portato a fare qualche terapia con l'acqua.

"Ho capito subito che il ragazzo è particolare. Non dalla postura, perché non ho visto mani cadenti, spalle piegate, schiena curva, occhi di diversa intensità. Il corpo è libero ma non la mente".

"A che terapie si riferisce?"

Sorride, con l'aria di confidarmi un segreto. Un paio di volte all'anno si sottopone a un trattamento singolare. Miriam, così si chiama, sostiene che lo usassero per selezionare i piloti per le missioni spaziali. Ti fanno immergere al buio in una vasca piena di un liquido denso, e ti lasciano a galleggiare sui tuoi pensieri. Miriam dice che lei riesce a rimanerci anche due o tre ore. I pensieri scappano, e allora lei parla con suo padre da giovane. Dice di aver visto come lei stessa morirà.

L'ascolto, affascinato ma non convinto.

A suo figlio potrebbe giovare, insiste lei. Lo faccia provare.

Andrea schiaccia le bolle sulla superficie dell'acqua, sbatte i piedi. Schizza le americane che, sin troppo gentilmente, ci invitano a cenare con loro.

"Accettiamo l'invito di queste ragazze?"

Ragazze belle, dice Andrea.

Le americane sono incuriosite, ma si esprimono con molta prudenza, non direbbero mai cose spiacevoli di fronte ad Andrea.

"Sa una cosa? Gli scienziati sostengono che siamo tutti diversi e invece ci stiamo sempre più omologando. Di questo passo le uniche isole di diversità rimarranno le persone come suo figlio".

Immagino sia un complimento, dico.

"Volevo dire che una grande sinfonia contiene tante sfumature". Le americane ci chiedono di poter guardare le fotografie del viaggio e si divertono a commentare con Andrea gli scatti negli States. Soprattutto New Orleans. Ridono dei nostri brevi filmati.

Siamo nel bel mezzo di un cupo diluvio, eppure la serata assume una grande leggerezza. Le tre americane si rivelano eccentriche musiciste e a cena conclusa, in un angolo del ristorante, estraggono dalla custodia due violini e una viola. Tre donne che attraversano l'America latina suonando. Piove e siamo cullati dai violini. Non resisto, e con Andrea decidiamo che meritano un omaggio. Scelgo tre fiori dal bouquet sopra il nostro tavolo e spiego ad Andrea come consegnarne uno a ciascuna. Lo fa alla perfezione e aggiunge, di suo, qualche bacio. Italiani romantici, dice una delle violiniste. Ringrazio Andrea per aver eseguito in modo impeccabile e gli dico: "Meglio di un cavaliere!"

Lui è tranquillissimo. Che pacchia, stasera. È la vita, sarà pure una talpa che avanza a zigzag ma ogni tanto emerge alla luce. Caspita Andre, non ho mai passato una vacanza come questa: lunghissima, imprevedibile. Ti ho già detto che sei il miglior compagno di viaggio che abbia mai avuto?

CHE BELLA BARACCA

Battiti d'ali, grida di animali: la foresta si muove prestissimo. Guardo l'orologio: quasi le sei. Andrea è già sveglio, in ascolto. Meglio così, dobbiamo alzarci, perché per arrivare a Panama ci vogliono quasi cinque ore. A mezzogiorno ci aspettano al confine per il cambio dell'auto.

Il viaggio è tranquillo, abbiamo fatto un callo strepitoso alle buche e alle numerosissime imperfezioni della strada. Dopo un paio d'ore, proprio sul ciglio, vediamo una casupola così mal ridotta che non voglio pensare che qualcuno la usi come abitazione. Dopo l'hotel Iguana, soprattutto. Le pareti sono pezzi di legno d'ogni forma, il tetto è una crosta di lamiere sbilenche. Scorgo un paio di maiali legati al palo e questo non è, per niente, un indizio a favore di un rudere abbandonato. Aspetta, mi dico, non è possibile che si possa vivere lì dentro. Quei maiali così magri e tristi...

Dalla baracca esce un tipo sui cinquant'anni. È vestito malamente, piuttosto sporco, e fa un cenno con la mano. Lieve, niente di invadente. Come a dire: esisto, per quel che posso. M'ingarbuglio con la retromarcia, sale uno strano effetto dallo stomaco. Supero la baracca e nello specchietto retrovisore mi sembra di vedere ancora quel movimento della mano. Che si fa? Mi ha trasmesso qualcosa. Guardo Andrea: mi conosci! Torniamo indietro.

Sentendo di nuovo la macchina escono altre due persone, e ci troviamo con tre uomini schierati, come una truppa di fanti in rassegna. Salutano sommessamente, lo sguardo gentile. Il più alto fa le presentazioni: sono due fratelli e il terzo è un tipo svampito, che vive con loro. Ci porge in continuazione la mano per stringerla. Capisco che non possiedono quasi nulla, poche galline che corrono libere e i maiali legati, il loro conto in banca. Dietro la casupola la foresta, fitta, incombente. Deve essere difficile strappare un pezzo di terra e coltivarlo.

Ci invitano a entrare. Si mettono le mani sul cuore, l'uomo un poco svampito, appena possibile, mi prende la mia e non la lascia. Alla fine lo vediamo. Anzi, ci viene un tuffo al cuore prima ancora di mettere a fuoco la figura. Sopra un materasso liso, meno d'una caricatura di letto, se ne sta disteso un ragazzo che avrà vent'anni.

Gli altri si affannano a spiegarci che è invalido e ci mostrano le gambe, anchilosate. Non riesce a camminare, si issa aggrappandosi ai pali della stanza con le mani, che sembrano artigli. Stringe, senza mollarla mai, una bottiglia di plastica da mezzo litro, la tiene come avesse con sé un animaletto da compagnia.

Lo osservo, ne guardo i movimenti, anche quello

degli occhi, e riconosco in quel ragazzo i segni dell'autismo. Muove le mani proprio come Andrea, rivedo gli scatti del capo e una scarica di rabbia mi brucia i polmoni. L'autismo che si somma a tutto il resto: fortuna aggiunta a fortuna! Respiro a fatica, mi guardo attorno incredulo. Interrogo con lo sguardo gli adulti, sperando che mi dicano che quel ragazzo non passa tutta la sua esistenza tra quel letto e i pali a cui si aggrappa. No, no, penso: avete una vecchia jeep da qualche parte, io non l'ho vista e forse la nascondete perché il fisco non vi scopra, avete una jeep, caricate il ragazzo e ogni giorno vi fate un bel giro per la foresta a guardare gli alberi dal basso, inseguite i pappagalli e anche il ragazzo allunga le mani per prenderli. Quando non siete nella foresta, nelle belle giornate, il ragazzo se ne sta seduto al sole su una comoda poltrona, saluta le macchine, i camionisti si fermano e raccontano come va il mondo, perché sono gentili e non hanno fretta, lui ascolta, magari sorride e mi auguro, ma proprio tanto, che qui non piova mai, perché non voglio pensare a cosa può accadere quando piove, come potrà reagire disteso sul giaciglio diventato una zattera che galleggia sull'acqua, mentre gli adulti si arrabattano per procurarsi da vivere e lui potrà solo chiamare all'appello i suoi marinai: aiuto, aiuto, venite in soccorso e i due maiali arriveranno di corsa per cercare di salpare e salvargli l'anima. Mi vengono i brividi. Sono completamente disarmato.

Ci dicono che Jorge ha ventidue anni, ma non riesco a capire di chi sia figlio, perché il dialogo è borbottante e, del resto, tutti e tre gli uomini sono affettuosi con lui. Lo abbraccio e l'emozione che provo è travolgente. E lui? Ride. Sì, ride. Dannato Jorge, penso, stai così conciato e i tuoi occhi sono pieni di felicità. Come se ti raccontassimo chissà che barzellette o fiabe bellissime o fossimo, al tuo sguardo, creature ridicole come mai ne avevi viste prima. Ride di cuore, siamo in una catapecchia e ci pare di essere invitati a una festa di compleanno.

Andrea, nel frattempo, ha messo in ordine un po' di oggetti, raddrizzato un calendario vecchio e macilento e rovistato in una scatola piena di viti e bulloni. Ha continuato ad abbracciare tutti. Osserva con occhi attenti, chissà che fotografie sta scattando.

Sarà per la semplicità disarmante degli uomini, per gli abbracci ricambiati, per gli occhi di Jorge, per il placido ondeggiare dei maiali, ma il tempo vola. Mi sento parte di una piccola comunità di fratelli. È impossibile proseguire, rimaniamo con loro tutta la mattinata. Il distacco è faticoso. Lasciamo un po' di denaro e alcune maglie per Jorge. Non ci hanno chiesto nulla e ci ringraziano come avessimo regalato un pezzo di cielo.

Per il resto del viaggio sentiamo un peso al cuore, sembriamo paralizzati, anche Andrea si è ritirato in profondità. Poi riaffiora come se niente fosse, una stazione di servizio come un'altra.

Percepiamo il confine di Panama prima di vederlo. C'è una grande quantità di macchine e i camion più vecchi dell'universo, non si contano le marmitte perdute ai lati della strada. Le baracche di meccanici e gommisti, nemmeno. La densità umana è incredibile. Ovunque bancarelle, si vende qualsiasi cosa, bambini che giocano a calcio tra macchine che strombazzano per passare, galline che improvvisamente scappano e sembrano uscite dalle sottane delle donne, vecchiette sedute in attesa di chissà quale evento. Un'umanità che preme, accalcata a perdita d'occhio. Immagino controlli e burocrazia lentissima. Il calore è da fornace, il frastuono è ancora più fastidioso: assordante fusione di centinaia di borbottii, urla, chiacchiere, motori rombanti, clacson striduli, galline spennate. Per farsi capire bisogna gridare di gran gola. Questa volta siamo incastrati per bene. Temo che aspettare qui, con Andrea, sarà una follia.

Per fortuna si appostano, da qualche parte, persone che fanno del confine un'occasione di lavoro: scorgono i turisti in difficoltà con occhio sicuro o, forse, ti annusano a chilometri, puntano lo sguardo dove apparirai. Appena consegnata l'auto ci abborda un uomo. È un gigante in canottiera bianca, tutto sudato, e parla uno spagnolo quasi incomprensibile. Lo assoldo al volo, gli consegno passaporti e soldi. Sparisce tra la folla e un po' di apprensione mi prende: e se filasse via? Qui, nel cuore dell'America latina? Abbraccio Andrea e scherziamo per rassicurarci. Trascorre un tempo che sembra non finire mai e quando già inizio a immaginarci senza macchina, senza soldi e documenti a racimolare qualche spicciolo vendendo guano di gallina, l'uomo in canottiera da lontano agita i passaporti e fa cenno di avvicinarci. Passiamo la dogana senza fare la fila, timbri di qua, timbri di là, lo seguiamo senza sapere dove esattamente ci stia portando. Tutto a posto, siamo a Panama.

Il ragazzo del noleggio auto ci aspetta da ore. Come se non bastasse Andrea si precipita ad abbracciarlo e lui balza all'indietro come una supposta di olio di ricino.

"No tengas miedo. Non aver paura".

All'ufficio del noleggio ci sbattono tra le braccia una super jeep, enorme, con tutti i confort. Non è che la scegliamo, ci danno quella perché quella c'è, e costa anche meno dell'utilitaria che avevamo in Costarica.

Puntiamo alla città di Santiago, qui le strade secondarie sono addirittura terziarie e anche quaternarie e la foresta si scrive in maiuscolo. Gli alberi potrebbero inghiottirci e i ponti, pronti a crollare di sotto, sono frequenti. Un ponte in apparente salute ci mette un certo sospetto: e se fosse finto? Attraversiamo quelle incerte strutture con qualche urlo di troppo. Per Santiago ancora duecento chilometri, coraggio. Una pipì simultanea ci convince a fermarci. Quando lancio un'occhiata alla jeep mi accorgo che una ruota è a terra. Tra buche e scossoni non ci avevo fatto caso. Mi metto all'opera, ma non c'è verso di estrarre la ruota di scorta dal vano dove è fissata. Andrea lancia sassi nel fiume. Tiro quattro calci alla ruota ma quella è figlia di Bruce Willis e non si arrende. Sono quasi sull'orlo di un'azione omicida, quando appaiono alcune biciclette-rottame con dotazione di allegri ragazzotti. Uno di questi studia da meccanico, ed è anche un appassionato di Toyota. I sistemi di sgancio delle ruote di scorta di queste macchine non hanno segreti per lui. Come trovare un esperto di anemoni di mare in un deserto. In un ragionevole lasso di tempo risolviamo l'inghippo.

Che culo, me lo dico da solo. Andrea per due ore ha solo buttato sassi nell'acqua. Molti sassi.

Sta scendendo il buio, i ragazzi ci dicono che per Santiago basta andare dritti: l'unica strada esistente è quella su cui siamo.

Arriviamo alle nove di sera e mi sembra di aver bucato ancora, sento l'auto strana, siamo svegli dalle sei e oggi ne abbiamo viste. Mi fermo al primo hotel che incontriamo. Le ruote sono ok, era solo tensione, l'hotel è accettabile, mangiamo pizza, riusciamo persino a girare un poco per il paesino e fare il tifo durante il secondo tempo di una animatissima partita di calcio. Campo da gioco rigorosamente illuminato a giorno.

In camera doccia per due, denti per due, a letto, con la musica dell'ipod di Andrea in sottofondo, un'occhiata alle foto. Ritorna un'immagine di Jorge, un tuffo al cuore. Lo rivedremo?

Sono definitivamente sfinito, Andre, spero anche tu.

Jorge felice".

"Scusa Andrea, senti Jorge felice?"

"Jorge felice".

"Ma se vive in una baracca di terra e fango, dove piove dentro! Non ha amici, non si può muovere dalla sua branda sporchissima. Non può fare altro che rimanere fermo, da ventidue anni. Come fa a essere felice? E non ti ha fatto male vederlo in quelle condizioni?"

Andrea ha gli occhi spalancati, fugaci, si muove veloce. Mi fa sentire sciocco, incapace di vedere in profondità. Come se lui andasse oltre e io no.

Jorge felice.

Riporto le tazze della colazione al banco. Vorrei prendere fiato. Mi auguro di arrivare a Panama senza altre scosse.

Viaggiamo dolcemente lungo la panamericana, ascoltiamo le radio locali cercando di cogliere il fermento. Quando incontriamo un posto che ci piace, facciamo sosta per bere. Non vedo l'ora di essere sul canale di Panama, uno dei luoghi che mi ha sempre affascinato, sin da bambino. Quel taglio che divide l'America grande dall'America piccola, mescola oceani, oro e argento, fortuna e sfortuna per tanta gente. Uno degli ombelichi del mondo.

Racconto queste cose ad Andrea, con calma, corriamo tra due pareti di roccia che potrebbero proseguire chissà per quanto. Sto ancora parlando, quando sbuchiamo su un ponte e cerco un riferimento con lo sguardo. Pensavo di essere ancora lontano e invece, di colpo, ci siamo sopra, siamo sul ponte de las Americas. Sbando per l'emozione, mentre Andrea punta il dito verso le navi in attesa di attraversare.

Entriamo nella città di Panama che ci appare monumentale e decadente. Parcheggiamo e c'infiliamo in qualche via più simpatica, in cerca di un ristorante, curiosiamo davanti alle vetrine, la folla si addensa e si diluisce come stormi migranti.

Andrea si ferma davanti a una bottega di magliette, io mi sposto di qualche passo, chiedo a un commesso dove si possano mangiare le cose migliori di Panama City, il giovane s'infervora, mi fa una lista lunghissima di ristoranti, consiglia dei piatti, mi giro e non vedo più Andrea. Torno al negozio di magliette, spero che sia entrato. Invece non c'è. Tutt'attorno non lo vedo.

Calma, calma, ho l'elastico, penso a questo: abbiamo l'elastico, so cosa attira Andrea. Mi muovo cercando di mettermi nei suoi panni: non mi avrà visto, sarà tornato indietro oppure avrà attraversato la strada di botto e poi si sarà spostato sull'altro marciapiede. Procedo di negozio in negozio, guardando in ognuno. È così. Una negoziante conferma che pochi minuti prima è entrato un chico strano. È uscito subito. Tira l'elastico, tira l'elastico!

Trenta metri dopo c'è una via laterale, sulla sinistra, ci sono ancora dei negozi. Hanno insegne molto appariscenti, uno è pieno di gabbie di uccellini e vasche di pesci. Stanno chiudendo, dicono che è entrato un ragazzo per un istante. È vicino, mi dico. Lo sento.

Lo vedo apparire alla fine della via, mano nella mano con una donna come se la conoscesse da sempre.

Occhio a papà, gli grido.

Il menino ha fame, esclama la donna.

"Occhio a papà! Andrea, ti ricordi l'elastico?"

"Occhio..."

"Il menino ha fame!"

E va bene, adesso andiamo a mangiare. La donna ci scruta, si rilassa, dice di chiamarsi Joana, è brasiliana. Mi rilasso anch'io.

"Vi piace la carne ai ferri?"

"Perché?"

"Venite con me, c'è una cena brasiliana, siete miei ospiti.

"Andrea, ti chiami Andrea vero? Vuoi mangiare un po' di carne buona?"

"Non capisce il portoghese. Andiamo a mangiare la carne?"

"La carne voglio..."

D'accordo, andiamo.

Io sto dietro perché questa Joana tiene Andrea sottobraccio, lo tiene bello stretto, gli accarezza i capelli e mormora delle cose. Ogni tanto Andrea mi guarda, ha le sopracciglia aggrottate però rimane con lei. Ci fermiamo davanti a una piccola casa gialla. Suona, ci fa entrare, ci presenta a diverse persone, un gruppetto di brasiliani: due ragazze e quattro uomini indaffarati in cucina. Joana è una donna piena di fascino, si muove e si esprime con autorevolezza.

Nessuno chiede come mai siamo capitati lì, siamo con lei e tanto basta. Io cerco di spiegare come stanno le cose a Dea, una delle due ragazze, le racconto del viaggio, qualcosa di Andrea. Ecco perché siete qui!, esclama e mi dice che Joana è capace di sgonfiare l'anima alle persone.

"Sgonfiare l'anima?"

"Joana allevia i pensieri, le preoccupazioni. È la sua professione qui..."

"Una psicologa?"

"Psicologa?" Dea ride di gusto. "Sgonfia l'anima: con le mani, con il silenzio, con l'acqua..."

Durante la cena si mescolano i nostri racconti di viaggio e i ricordi del Brasile, mentre Joana incanta facendoci vivere le strade dell'India, il colore dei cieli del Tibet, una grotta oscura nel ventre di Giava. Da giovane aveva molto camminato e da giovane, dice con una malinconia struggente, mia figlia se n'è andata. Anche quello è un cammino, aggiunge e subito si anima parlando di Roxana, la figlia di sua figlia, che lei ha cresciuto come una madre.

Uno degli uomini, Nazàrio, ci chiede se vogliamo che sbirci nel nostro futuro e io penso alle solite carte, ma vedo che si crea un certo trambusto. Nazàrio sposta le sedie, apre un cassetto e ne tira fuori delle stringhe di metallo grigio. Rovista sotto il lavello sino a quando trova uno di quegli aggeggi che servono per fondere i metalli e fare piccole saldature.

È piombo, dice, mostrandomi le strisce di metallo e ne fa scegliere una a me e una ad Andrea.

Tiene il piombo con una grossa molletta di legno, mentre un altro lo riscalda a fiamma viva. Una donna porta una bacinella d'acqua e Nazàrio fa colare il piombo in una tazza che mantiene inclinata, in modo da far scivolare il metallo fuso verso la bacinella. Il piombo a contatto con l'acqua si solidifica: la mia striscia si trasforma in un lungo filamento contorto e in alcune piccole frittate dai bordi stellati.

Adesso verso il piombo per Andrea, dice Nazàrio.

Lo vedo cambiare altezza rispetto a prima e la massa di piombo che cola è maggiore. Nell'acqua si forma un quasi fiore e un'altra sagoma che ricorda una mano aperta.

Joana prende le mie figure, le osserva e dice: tutto bene, ma sembra avere fretta di studiare quelle di Andrea. Lo guarda e lo accarezza.

"Dove pensate di andare?" chiede all'improvviso la donna.

"Sinceramente non lo so".

Dea s'intromette, ci dice che lavora in un'agenzia

di viaggi e ci invita a passare da lei l'indomani. Mi consegna un biglietto da visita e mi promette di scovare qualche meta interessante per noi.

Vedremo, vedremo...

Ci salutiamo con calore. Joana e Nazàrio ci accompagnano in macchina sino all'albergo.

Per la prima volta Andrea s'addormenta durante il percorso e lo porto a letto quasi di peso.

ROXANA

Mi sveglia il trillo del telefono.
C'è una signora che chiede di noi alla reception, faccio ad Andrea, che mi guarda sgranando gli occhi. Sbadiglia.

"Io scendo, intanto tu preparati, lavati i denti che torno subito".

È Joana.

Non mi saluta nemmeno: "Dov'è il menino?"

"Andrea è in camera".

"Sono rimasta sveglia a pensarci tutta la notte. Devo affidargli una lettera".

"Una lettera? Ma una lettera per chi?"

"Ti spiegherò tutto, ma prima fammi parlare con lui".

"Parlare? Hai visto com'è difficile".

"Lui capirà".

"Joana, non abbiamo bisogno di altre complicazioni".

"Ti ho detto che ci ho pensato, fidati di me".

La guardo, pericolosa non sembra, matta magari sì, ma quante volte hanno dato dei matti anche a noi?

E poi posso sempre dire di no.

"Vado a prenderlo, aspetta qui".

Andrea quando la vede l'abbraccia, lei gli accarezza i capelli a lungo, mormora piccole parole che sono un soffio. Le chiedo se c'è qualcosa che non va, e lei risponde che il menino sa come parlare ai vivi.

Spalanco gli occhi, non capisco dove voglia arrivare, è proprio matta, penso.

"Lui non parla con i morti... Non porta bene parlare con i morti, bisogna comunicare con i vivi" aggiunge lei.

Sono inquieto, rispondo che è vero, non fa discorsi ma comunica.

"Non con le parole, sa trasmettere emozioni".

"Io... dico di sì".

"Anch'io ne sono convinta".

Dopo poco gli chiede, sempre in portoghese, se può portare una lettera a Roxana, la sua unica nipote. Andrea non reagisce.

"Ma dov'è questa Roxana?" chiedo. Non capisco il senso della cosa.

Joana non mi risponde, continua a rivolgersi ad Andrea. Gli dice che non sente Roxana da mesi, è preoccupata perché la sogna imprigionata dietro infinite porte chiuse.

"Ma insomma dove abita, e con chi?" m'intrometto.

"Roxana vive con mio fratello ad Arraial d'Ajuda. Nello stato di Bahia".

"E lui cosa ti dice?"

"Continua a dirmi che va tutto bene. Non sta dicendo la verità. Tu ti fideresti se qualcuno ti raccontasse che tuo figlio sta bene, ma tu non lo senti mai?"

"No, certo che no, ma..."

"Se Andrea consegna la lettera, dà la chiave per aprire le porte".

"In Brasile? E tu vorresti farci andare fin là? No, no, dopo Panama andremo in Venezuela" dico, ed è venuta così, senza pensarci.

Andate ad Arraial, insiste la donna.

"Joana, hai ritrovato Andrea e te ne sono grato, però non devi approfittarne".

Ha uno sguardo intenso e lucido. C'è qualcosa in lei.

Una lettera, mormoro. Portarla mezzo mondo più in là...

Una piccola lettera, dice la donna. L'affido al menino. Estrae una busta bianca. Sulla busta, in stampatello, nome e indirizzo. La porge ad Andrea che tiene la lettera sul palmo della mano. Ci guardiamo tutti.

Prendo la lettera.

Joana si mette la mano sul cuore, stringe le dita di Andrea e se ne va.

Quando restiamo soli, lo guardo: è stata una stupidaggine?

"Cosa facciamo della lettera, Andre?"

"Lettera bella".

Come no...

Cerchiamo l'agenzia della ragazza brasiliana, Dea, non solo per avere informazioni su come proseguire, ma anche per chiarirmi le idee su Joana e quella strana lettera.

Nei locali dell'agenzia Andrea saltella come un'antilope.

Dea e la sua amica ci accolgono calorosamente, hanno già preparato delle proposte di itinerari, ma io le spiazzo chiedendo di Joana.

Dea sa ben poco della storia della donna.

Io metto la lettera di Joana sul tavolo e spiego cosa è accaduto meno di un'ora prima.

Dea spalanca gli occhi, è davvero sorpresa.

Joana, prima di ieri sera, alle vicende di Roxana aveva accennato appena. Mezze frasi, qualche sospiro, niente di più.

È stato Andrea a smuoverle qualcosa dentro, dice. Ci guarda come se fossimo una medicina salvifica. Andrea intanto è diventato delicatissimo, l'agitazione si è sgonfiata e adesso è una libellula.

"Una lettera è importante" commenta Dea.

"Sì, ma non possiamo andare fino in Brasile..."

"Perché, che impegni avete? Non ci hai raccontato che siete viaggiatori avventurosi? Potreste concedervi una strepitosa traversata, fare un salto in Amazzonia, partendo da Manaus. Ho un'ottima offerta per un volo diretto domani mattina" e lo dice con un sorriso che incoraggerebbe un elefante a lanciarsi con il paracadute.

Quasi irresistibile. Quasi.

"Ma non sarà pericoloso? L'Amazzonia..."

"Avete attraversato il Guatemala... non è mica una passeggiata".

Andrea, vuoi che andiamo a Manaus?

"Manaus un po' sì".

"E poi?" chiedo a Dea.

"Trovare il modo di arrivare ad Arraial sarà semplicissimo per tipi come voi".

Un viaggio di carta, ecco: mi ritorna questo pensiero. Intanto mi dedico a Panama. Ritorniamo al ponte, ci spingiamo sino alla punta, per un tratto in mezzo all'oceano. Una fila di navi è in attesa di attraversare il canale. Dalle finestre di un piccolo locale, mangiando pesce e platano con riso, vediamo merci di mezzo mondo transitare da oceano a oceano. C'è una fluida lentezza in quelle operazioni. Immagino i ritmi veloci della produzione, il carico frenetico dei container e poi quella processione sull'acqua, qualcosa di antico. Come tanti bruchi di processionaria. Un filtro, l'ennesimo filtro.

A Panama Viejo ci cattura una mastodontica partita di calcio, piedi assatanati su una palla scassata. Verso sera saliamo ai giardini dell'alto Ancon e dominiamo la città come da un campanile.

Mi stendo sul prato. In tasca mi punge la lettera di Joana. Andrea salta e si abbandona ai suoi riti. La gente lo osserva, qualcuno si mette a ridere, come davanti a un numero da circo.

Chiudo gli occhi e vedo Andrea in una cucina, lo vedo con altre persone, una donna, un bambino,

Andrea che lava i piatti, che tiene il ragazzino tra le braccia, Andrea che prepara una lavatrice, la donna che lo prende per mano e il bambino che rincorre Andrea che scappa, scappa e ride.

Arrivano voci, immagino marinai che gridano dalle navi e parte una fantasia. A volte mi sembra un'enormità, altre un evento così naturale: se Andrea potesse avere un figlio? È bello, forte, sorride sempre, non si oppone mai con cattiveria... chi non vorrebbe un marito così? O un padre così? Io lo amerei, se fossi suo figlio.

Se mi trasmettesse, un giorno, questo desiderio e questa volontà, vorrei avere la forza, la saggezza e la sensibilità necessarie per dare ali a questo sogno. Certo, sarebbe un viaggio ben più importante ed emozionante di quello che stiamo vivendo. Ma per certi viaggi non si parte mai quando si parte. Si parte prima. Molto, molto prima...

Tiro fuori la lettera, osservo la busta in controluce, la annuso persino: penso agli scritti di Andrea. A volte costa una fatica immensa scrivere anche poche parole. Un'immensa fatica sprecata, se nessuno le fa risuonare nella propria mente. Forse non è un caso se questa volta siamo noi a dover fare da tramite. Forse è così che deve andare. Sì, Andrea deve portarla questa lettera. Dannato Brasile, non potevi essere più vicino?

METODO

Ieri sera mi sono comportato molto fiscalmente con Andrea. Domani mattina quando ti alzi:

- non cominciare con i tuoi riti
- non aprire le cerniere
- non svuotare gli zaini
- non scrutare l'acqua nel water
- lavati il viso
- lavati i denti
- vestiti da solo, i vestiti sono nell'armadio.

Ho elencato con precisione le mosse dei prossimi giorni:

- domani si prende l'aereo
- si va a Manaus
- dovremo trovare l'albergo
- rimarremo lì per qualche giorno
- andremo a vedere il Rio delle Amazzoni e la foresta
- non ci fermiamo troppo perché poi dobbiamo andare ad Arraial.

Forse per questo Andrea si sveglia di ottimo umore. Avergli spiegato per filo e per segno i programmi di oggi lo ha messo in uno stato d'animo positivo. Anche se non so davvero cosa succederà, in dettaglio, nei prossimi giorni.

Colazione e ultimo giro con la super jeep. All'aeroporto, in attesa del volo per Manaus, comperiamo uno zaino per sostituirne uno, lacerato per l'uso. Ne ha fatta di strada e ne ha viste di cose. Lo lasciamo come si lascia un amico. Ripongo con cura nel nuovo zaino la lettera da consegnare a Roxana.

Andrea in aereo, per la prima volta, mangia tutto quello che ci portano: riso e pollo, la sua porzione e metà della mia, ci mette sopra le carote e l'insalata. Normalmente non gli piace il cibo confezionato per gli aerei, ma oggi è molto bendisposto. Chissà se cova qualcosa.

Sbarchiamo, troviamo facilmente un'agenzia e il signor Armstrong ci espone la sua offerta con la stessa tecnica che io ho usato con Andrea:

- hotel in centro
- due giorni nella foresta amazzonica
- risalirete il Rio delle Amazzoni
- dormirete una notte in un villaggio indigeno
- starete così a contatto con la natura lussureggiante che dimenticherete le strade e il cemento in un batter d'occhio.

Perfetto, dico.

Forse l'avevo tolta dallo zaino e appoggiata sul comodino. Non ricordo. E non è nemmeno importante: ormai i pezzetti della lettera per Roxana sono sparsi per la stanza. Andrea s'è svegliato prima di me, evidentemente.

"Questa volta no!" urlo. "Non dovevi rompere la lettera!"

"Lettera bella".

"Eh, lettera bella! E adesso? Che figura ci facciamo?"

Raccolgo i frammenti. Guardo Andrea: li rimetterò a posto, uno per uno. Non è che possiamo sbriciolare una lettera che ci è stata affidata! Riconosco delle sillabe, mezza consonante di qua e mezza di là, non combaciano, accidenti Andre ancora più piccoli potevi farli!, niente, non concludo nulla e poi bisogna uscire dall'albergo perché è già ora di partire per la foresta amazzonica. Trovo un sacchetto di plastica trasparente, lo riempio di atomi di lettera, controllo se sia rimasto qualcosa sul pavimento, mi pare di no, nascondo il sacchetto nello zaino.

Corriamo a perdifiato e troviamo il gruppo di

esploratori già schierato davanti all'agenzia: un signore brasiliano che vive da vent'anni a Los Angeles dove gestisce un Irish pub, un ragazzo simpaticissimo e due ragazze, tutti canadesi. La guida ci soppesa a lungo e, prima di partire, ci suggerisce di dotarci di un repellente per le zanzare. Non abbiamo fatto alcuna prevenzione sanitaria per l'Amazzonia, ma ci tranquillizzano. Le zanzare sono un formidabile fastidio e nulla più. Come il temporale violentissimo che ci piomba sulla testa all'improvviso. Entriamo e usciamo dai negozi per cercare riparo e comperare l'antizanzare. Sono così impegnato a cercare il repellente che dimentico di procurarmi un rotolo di scotch o un vasetto di colla per restaurare il manoscritto di Joana.

Cercate l'imbarcadero per il Rio Negro, ci hanno detto, lì vi aspetta la lancia per condurvi nella foresta. Facile, se sai dov'è: noi ci troviamo davanti una distesa di barche colme di frutta, stie di polli, capre, sacchi di cemento, vecchi compressori e uomini secchi in partenza per qualche occupazione di fatica. Per fortuna il comandante ci riconosce e ci chiama a gran voce.

Scivoliamo tra due fiumi che si sfiorano senza mai mescolare le loro acque, una trasparente e l'altra cupa. Immagino creature che guizzano da un'acqua all'altra, sento il greve battito delle pinne nel liquido scuro e la lieve vibrazione nel chiarore. Due mondi, due fasi, un lato opaco e l'altro trasparente. Come i mondi di Andrea. Fisso l'acqua e mi vengono i brividi.

D'un tratto la lancia punta verso la riva, vediamo grosse capanne. Gli indios ci accolgono con gentilezza, senza alcuna deferenza, tornano subito alle rispettive attività. All'ora di pranzo il cibo compare quasi dal nulla: semplice farina, acqua di pozzo e ottima carne secca. Mentre noi mangiamo gli uomini preparano le canoe per una battuta di pesca. Piranha, dicono.

"Andre, peschiamo piranha".

"Belli".

"Chi?"

"Bambini".

Un mulinio di gambe sfreccia per l'accampamento e scompare.

Passiamo un lungo pomeriggio tirando a bordo certi dentini aguzzi, ma i pesci non sembrano terribili come nei film. All'ora di cena arrivano anche tre tedeschi, due ragazzi e una ragazza, che vivono nella foresta da alcune settimane. Alti, spettinati e gemelli. E mirmecologi. Mirme che? Mi spiegano con pazienza che studiano le formiche, quasi non ci credo, ma loro estraggono dallo zaino piccoli contenitori con diversi campioni di insetti. Raccontano che siamo in pieno impero delle formiche, c'è una densità da record. In effetti comincio a sentire un po' di prurito.

I due ragazzi si sono innamorati delle formiche giardiniere, mi dicono commossi che coltivano, sugli alberi, una varietà di orchidee. Ci mostrano le fotografie come se fossero le loro fidanzate, Andrea si avvicina, non sembra per nulla interessato. La gemella dice di aver incontrato formiche guerriere così cazzute che avrebbero messo in difficoltà persino i fustacchioni spartani di Leonida.

Devo sembrare così attento, che quelli si fanno prendere del tutto dal delirio mirmecologico, e con sguardo solenne, come se stessero per fare la rivelazione del secolo, dichiarano che le formiche si comportano come un superorganismo.

"Superorganismo? Ma se sono alte mezzo grano di pepe?"

"Si immagina se tutti i grani di pepe si unissero, che razza di spezia esplosiva ne verrebbe fuori? Ogni formica è come una cellula di un corpo, insieme sono un'enorme cooperativa. Per questo hanno in pugno il futuro..."

"A noi non piacerebbe diventare un superorganismo" dico, ma capisco bene il loro entusiasmo.

Stiamo ancora parlando che cala il buio, come una saracinesca. Niente crepuscolo, niente semaforo giallo: bianco o nero, senza vie di mezzo. Mi guardo attorno, cercando Andrea. Si sarà impressionato per questo cambio di luce tanto repentino? Non vedendolo mi addentro nel villaggio, che è molto animato. Gli indios, in silenzio, preparano le canoe per la caccia al coccodrillo. Recupero Andrea che vagava nel buio come se niente fosse, uno dei suoi intervalli di libertà. A bordo, siamo completamente spaesati, gli occhi si abituano ma scorgiamo a malapena il timoniere che pagaia. Gli indios, che conoscono ogni angolo del fiume, si lanciano in acqua quando vedono due puntini rossi, gli occhi dei coccodrilli, ne stimano la grandezza dalla distanza. Scelgono quelli lunghi meno di un metro, e devono essere così abili da bloccare con una mano le fauci e con l'altra la coda. Altrimenti qualche bel morso ci scappa. Caricano un coccodrillo sulla canoa. Provoca un bel guizzo a noi marinai di continente, abituati a maneggiare appena gatti e canarini. Lo facciamo passare di mano in mano, seguendo attentamente le indicazioni degli indios, ma è come scambiarci un segno di pace con una bomba a mano. Mi raccomando Andre, piano con i baci, gli bisbiglio.

Gli indios si divertono a osservarci, maldestri e frastornati, goffamente intenti a inselvatichirci per qualche ora. Non c'è nulla, invece, di stupidamente rude e primitivo in questo mondo, bisogna affinare i sensi, diventare invisibili.

Al ritorno, si riunisce tutto il villaggio, una cinquantina di persone. Andrea tocca tutti.

Maria, una ragazzina bellissima, gli gira attorno, intimorita e curiosa. Gli adulti ci fanno capire che è un po' sorda e non gli funziona la testa. Lo dicono senza giri di parole, niente abbellimenti. Maria corre avanti e indietro, parla poco e ride moltissimo. Noto anche in lei, sia pure in forma leggera, i tratti tipici dell'autismo. La ragazza inizia a seguirci, noi cerchiamo di farci capire e lei ci osserva con immensi occhi sgranati. È ipnotizzata dalle movenze di Andrea e gli sta alle calcagna.

Altri ragazzini del villaggio si spingono sino alla capanna dove alloggiamo, vogliono che Andrea giochi con loro. Ogni suo gesto riscuote un gradimento strepitoso. I ragazzini, eccitati, lo coinvolgono nelle loro galoppate, una piccola orda attraversa ininterrottamente il villaggio. In testa Andrea e Maria, dietro tutti gli altri. Una giostra gioiosa.

Quando andavo a trovare Andrea alle scuole medie, durante la ricreazione, lo trovavo in un angolo del cortile. Sempre lo stesso angolo, sempre da solo, ad agitare le braccia in aria saltando sulla punta dei piedi. Lì, con i suoi popcorn, con i mandarini o con un pacchetto di grissini. Gli insegnanti si premuravano di raccontare se era stato un buono o cattivo inizio di giornata. Ascoltavo, ma al di là dell'andazzo giornaliero mi feriva, comunque, il suo stato. La consapevolezza che gli altri facevano squadra e lui no. Ho saputo che alcuni compagni gli si avvicinavano e gli ripetevano: quanto fa uno più uno? Dai, uno più uno, è facile! Altre volte lo spintonavano e lo prendevano in giro per le sue stranezze. Non mi veniva nemmeno da sgridarli, la diversità è punibile, se non per legge, per abitudine mentale. È così, per quanto avvilente possa sembrare.

E pensare che qui sembra un capopopolo.

Li vedo che si disegnano a vicenda righe blu sulle braccia e sul viso: Andrea è al settimo cielo.

Chiudiamo la serata seduti vicino alla capanna: i tre gemelli di Berlino, le due canadesi con il loro amico, il turista brasiliano, io e le due guide di Manaus. Si mescolano lingue, accenti, impressioni diverse.

"Domani cosa si fa?" portoghese con netto accento tedesco.

"Domani delfini" portoghese-portoghese.

"Piranha, coccodrilli e adesso delfini: non saranno pericolosi?" inglese.

"Purtroppo la settimana scorsa i delfini hanno sbranato tre viaggiatori" inglese con cadenza portoghese.

"E dove li avete seppelliti?" portoghese con il mio accento italiano.

"Non li abbiamo seppelliti. Cosa pensate che mangino le anaconda?" sghignazzo anglo-porto-italiano.

"Ma qui, senza televisore, senza locali, senza potersi spostare facilmente, come si passano le serate nella foresta?" inglese, un po' portoghese e un po' preoccupato.

Le guide, ammiccando alla componente maschile, con uno sguardo dolcissimo, allargano le braccia: "E cosa si può mai fare, di sera, nella foresta?" e lo dicono in tutte le lingue.

La mirmecologa tedesca prontamente ripesca le formiche, descrive una specie che pare aver rinunciato alla riproduzione sessuale mettendo in soffitta il contributo maschile alle nascite.

Gli uomini borbottano, le ragazze ridono.

Si fa notte e Andrea non vuole ancora rientrare, gironzola tra gli alberi davanti alla nostra capanna e la cuoca, che già lo ha conosciuto, si avvicina per dirmi: "Chiami suo figlio".

"Lasciamolo pure lì, adora stare tra le foglie".

"Meglio di no. Sa, di notte tra gli alberi girano certi serpenti..."

"Andreeeeeeeeee vieni subito quaaaaaa".

Dormiamo in una grande palafitta, sotto di noi strisciano cooperative di anaconda e attorno sfrecciano scimmie e altri simpatici frequentatori del buio. Ci sistemiamo sulle amache, solo una candela per illuminarci. Notte Andre, guarda dove siamo...

Lo vedo addormentarsi di botto. Allora sotto la lampada estraggo la busta con i pezzi della lettera. Ci vorrebbe proprio la colla. La mia amaca per un po' di colla!

Gli indios hanno preparato le canoe, ci porteranno in un punto del fiume dove potremo nuotare accanto ai delfini. Facciamo colazione in tutta fretta. Andrea è molto eccitato all'idea di incontrare quegli splendidi mammiferi. Delfini belli, dice. Ragazze belle: è un momento di gioia.

Il tragitto è abbastanza breve, ma arrivati non se ne parla proprio di tuffarci con lo stile dei massi di piombo. Un istruttore ci prepara, spiegando che i delfini sono molto suscettibili, che non dobbiamo grattargli le scapole e morsicargli l'alluce. Poi, con molta calma, ci accompagna da loro. Riusciamo davvero ad accarezzarli, sono caldi come un neonato, ti inducono dipendenza. Se Andrea potesse salirebbe sul dorso di uno di loro e si farebbe portare in Patagonia. Fatico a trattenerlo. Fratello dei delfini, comandante di una balena: sarebbe questa la sua vita, quella che sente dentro?

Scivoliamo lievi come pulci d'acqua, viaggiamo con il culo a pelo. S'incontrano altre imbarcazioni e ci si sbraccia per salutare, si rimane a lungo a fissare qualche viso che, nell'altra direzione, se ne va chiedendosi chi sei, dove stai andando e se ti rivedrà mai più.

Al villaggio la grande tavola è già apparecchiata, ancora quella farina che ha un sapore indescrivibile. Ne prendi un pizzico, è polverosa e secca, la mangi, ne inghiotti subito un altro senza capire come faccia una semplice farina a essere tanto gustosa. È la farina di Manaus, speciale, dicono. Hanno ragione. È un pranzo d'addio, noi torneremo in città mentre altri proseguiranno nella foresta. Ci salutiamo con molto affetto.

Cerco Maria, mi accorgo che ci sta osservando da lontano, tentiamo di avvicinarci, ma lei corre via, ridendo.

Due ore di canoa, un'ora di lancia e siamo di nuovo a Manaus. L'agenzia ci tiene a offrire una lussuosa doccia come saluto ai clienti. Ne approfittiamo con entusiasmo. Puliti e profumati visitiamo questa città di banchine colme di banane, cataste verdi a perdita d'occhio. Il mercato del pesce è grande come un campo da calcio, mi dicono che è uno dei più importanti dell'intero Sud America. C'è un'incredibile quantità di persone stravaganti, dalle file di compratori infiocchettati con cravatte e camicia bianca che s'accaparrano interi container di pesce da esportare, alla selva di barboni che s'accontenta di un real per l'ennesima cerveza.

Ne prendo una anch'io e Andrea si scola la sua acqua.

"Oh Andre, cosa ti è sembrato di piranha e coccodrilli?"

Sorride. Si allontana, gira attorno ai banchetti carichi di pesce.

E tutte quelle foglie? Ehi, Andre, sto parlando con te.

Avrà colpito solo me la maestosità degli alberi? Quell'immenso utero verde? Se lui vivesse queste esperienze come se stesse giocando nel giardino di casa? Come non fosse mai accaduto nulla. Come se non servissero a nulla.

Avevo messo da parte i biglietti di Andrea man mano che li leggevo. Li prendo, li rompo in piccolissimi pezzi, come fa lui. Li butto in un cestino. Ne è rimasto uno. L'ultimo che mi resta.

Stasera mi prende così. Sarà per questo stato d'animo o per altre impalpabili correnti emotive, ma entro in un'agenzia e chiedo se c'è un volo che ci avvicini ad Arraial d'Ajuda. L'impiegato mi guarda incuriosito: cosa la porta fin là?

Dobbiamo consegnare una lettera, rispondo.

Una lettera?! Ma è a tremila chilometri, la dia a me, la spedisco io la lettera, posso proporle un pacchetto convenientissimo per Fortaleza, Belém oppure Lençois Maranhenses.

Il significato del suo sguardo è chiaro: che uomo è se perde il suo tempo per portare una lettera a Vattelapesca?

Caro signore, dico, la lettera è a pezzetti, non si può spedire una lettera a pezzetti, ha capito? Se avessi tra le mani una lettera intera, forse, gliela darei. Avete francobolli per lettere a pezzetti?

No, risponde l'uomo.

Vede?

Penso che Andrea mi conosce meglio di quello che credo; le sue reazioni non sono mai scontate, magari non potrò discutere con lui di alberi e foglie, ma è lui che finisce sempre per spingermi in una direzione.

L'agente di viaggio si arrende: allora potrebbe volare a Salvador de Bahia e poi noleggiare una macchina, la possiamo prenotare da qui. E non si faccia mancare un po' di posti importanti, lungo il tragitto: Barra Grande, Itacaré... Approfitti. Si diverta.

D'accordo.

Il postino è un lavoro serio, dico ad Andrea e gli strizzo l'occhio.

Il volo per Salvador è alle due di notte.

Ha un po' di scotch?, chiedo.

No.

Colla?

No.

Cielo scuro da attraversare: Andrea è appoggiato al finestrino, io in mezzo e nel posto verso il corridoio si sistema un vecchietto.

"Ha paura dell'aereo, senhor?" mi chiede.

"Sembro spaventato?"

"Ha qualche preoccupazione. Ma non deve essere per l'aereo..."

Se avessi sentito la sua voce per telefono, senza guardarlo in faccia, avrei immaginato un uomo maturo, forse un sessantenne.

Sì, la pelle è quella di una tartaruga, è secco come un alberello cresciuto nelle zone aride, ma gli occhi hanno troppa forza, sono portato a credere che siano di una persona felice.

Sostiene di avere novantadue anni, è stato deliziato da tre mogli e quattordici figli e si reca a Salvador de Bahia per incontrare il più piccolo.

Senhor, gli dico, non riesco a credere che abbia quasi un secolo di vita.

"Perché, senhor? Cent'anni non è una disgrazia" risponde.

"Sembra pieno di energia, senhor. Con tutto il rispetto, uno di novantadue anni non è proprio arzillo come lei".

Ha gli occhi azzurri, quasi trasparenti.

"Non mi sono mai messo un maglione, senhor. Ho pescato per tutta la vita e non ho mai patito né il freddo né gli affetti".

Senhor, aggiunge, la gente pensa che l'amore sia una proprietà degli umani, come il peso per il piombo. Che l'amore venga da sé.

"Invece?"

"Io ho capito che funziona come la temperatura. Puoi andare sotto zero o a cento gradi. A volte bisogna essere distanti e silenziosi, perché ci sono persone che se le tocchi si dividono come il mercurio. Altre volte si deve stare vicini come un respiro. Volendo ne combini di disastri con l'amore".

"E allora?"

"Io ho applicato all'amore una manopolina di mia invenzione, senhor. Capisco quando bisogna alzarla e quando abbassarla. Dipende dalla persona, dipende dal momento.

"L'amore, senhor, è la giusta temperatura per far sbocciare un fiore. Sarà per questo che la morte non mi vuole..."

"La morte vuole tutti, senhor".

"È vero. Ma lei da me vuole anche il segreto della manopolina, e io non glielo voglio dare. E mentre cerca di convincermi, io viaggio. Faccio male?"

"No, senhor, fa benissimo". Ma guarda che tipo!

A Salvador de Bahia, saliamo verso il Pelourinho, un luogo incantato sopra un grandissimo colle. Vent'anni fa era terra di nessuno, nemmeno la polizia osava metterci piede; sarà stato per la malavita o per il fracasso dei tamburi.

Come ci incamminiamo tra le casette colorate, avvolti da magnifici profumi, sentiamo il rullare che arriva da lontano, sale per le strade e ci travolge quando una banda ci passa accanto.

Chiacchierando con un tassista decidiamo l'itinerario da seguire per Arraial. Prima tappa, Barra Grande.

"In un'oretta al massimo sarete lì".

Invece ci vogliono più di quattro ore, certo che le sparano questi brasiliani!

Viaggio bello ma accidentato: il tratto finale di cinquanta chilometri è sterrato, con enormi buche veramente massacranti.

Tento un dialogo con Andrea e ci annodiamo in una storia di mucche e buche.

"Andrea, hai visto le mucche?"

Buche, dice Andrea.

"No Andre, le buche sono queste che ci scassano la macchina. Quelle sono mucche. Ok? Cosa sono queste che ci scassano la macchina?"

Mucche.

"No mucche! Buche! E quelle lì davanti, bianche con quattro zampe?"

Buche.

Fermo la macchina, scendo: eh no, questa faccenda la dobbiamo risolvere! Allora, quelle bianche con le zampe sono mucche e queste per terra sono buche. Cosa sono queste per terra?

Mucche.

Mucche, buche, mucche, buche. Proprio non riusciamo a uscirne. Mi irrito. Calma, calma: grande respiro, accendo una sigaretta, sfiato.

Arriviamo a Barra Grande con il buio e letteralmente sfiniti. Per fortuna, troviamo una buona locanda. Quando uscite, toglietevi le scarpe, ci dicono: qui si può camminare a piedi nudi, le strade sono di sabbia. Andrea sfreccia sulle punte come non mai.

L'asfalto non è stato ancora inventato a Barra. Non vogliono strade moderne perché temono l'assalto dei turisti. Ci tengono alla magia di questo piccolo angolo: la piazza minuscola, le case semplici e fantasiose, un silenzio che pare di sentire le parole dell'oceano arrivare dentro casa e il lieve formicolio di amici e conoscenti, colorato e tranquillo.

Ci fermiamo davanti a una botteguccia per chiedere informazioni sulle spiagge. Appena una donna si ferma per rispondere, Andrea l'abbraccia. Gli dico piano, magari la signora non gradisce, e lei, sorpresa, ci risponde in italiano. Si presenta, si chiama Regina, ha sposato un connazionale e ci tiene subito a dirci che siamo capitati in un paradiso, che vivere a Barra è la cosa più bella che possa capitare. Guarda Andrea, gli sorride, e dice che Barra è il posto giusto per lui, che la gente gli vorrebbe un sacco di bene. Ci porta a vedere spiagge nascoste, beviamo agua de coco e il tempo scivola via. Un bel pomeriggio rilassante. Non per tutti, a dir la verità.

Un ambulante sulla spiaggia vede questo spilungone d'un turista e pregusta una simpatica trattativa e una felice vendita di qualcuno dei suoi oggetti. Provi qualcosa, gli dice e per rafforzare l'invito gli porge una manciata di braccialetti. Andrea lo prende alla lettera. Afferra i braccialetti ma d'un tratto, forse per l'espressione dell'uomo o per chissà quale oscuro segnale, si mette a correre. L'ambulante, spiazzato, dopo un attimo di esitazione, cerca di lanciarsi all'inseguimento. Troppo ardore: inciampa facendo cadere tutta la sua preziosa merce. Io sono a una certa distanza e non posso intervenire. L'ambulante, a terra, strilla. Strilla come un assassinato, ma non ancora defunto. Andrea, sentendo quel pandemonio, accende i deflettori spaziali. Quattro o cinque persone, allarmate dalle urla, pensano, giustamente, che Andrea sia un ladro per davvero e si mettono in caccia con gran clamore. Io raggiungo l'ambulante e gli farfuglio, ansimante, qualche parola di spiegazione. Lui si calma, cerca di richiamare gli inseguitori gridando che non è successo niente, questi si girano increduli, Andrea è oramai un puntolino, vede l'esitazione della piccola folla che gli sta alle calcagna, si ferma.

Ecco, gli inseguitori ridono come matti. L'ambulante mi dice: "Faça atenção ao menino".

Sì, me lo sento dire in tutte le lingue: "Take care of him!", "Pay attention!", "Cuidalo!"

Lo cuido, lo cuido, tranquilli...

Per proseguire dobbiamo ripercorrere cinquanta chilometri di mucche e buche. Le ignoro. Ho imparato la lezione. A Itacaré troviamo una spiaggia immensa e solitaria. Palme, una cascata che scende dal fianco della montagna e finisce quasi nell'oceano, sabbia chiarissima che abbaglia. Oggi riposo assoluto.

Steso all'ombra delle palme mi assale, fortissimo, il desiderio di rileggere i messaggi ricevuti durante questo viaggio.

Chiamo Andrea, perché so che quando guardiamo le foto e i messaggi al computer mostra sempre grande interesse.

Andrea, ci sono anche messaggi di tuo fratello!

"Frate!"

"Totti dice serve un difensore sulla maglia viola no sponsor ma scritta: il calcio è un divertimento Fiorentina compra D'Agostino Boruc e Insúa e vende Keirrison al Barcellona e Gobbi Napoli compra Cavani Milan compra Amelia Yepes e Papastathopoulos Dida e Favalli svincolati e forse Ronaldinho al Flamengo. Roma compra Simplício Adriano e Rosi. Juve compra Bonucci Martínez Pepe e Stolari Lanzafame e Motta e vende Cannavaro. Inter compra Biabiany Castellazzi Coutinho e Faraoni e vende Arnautović Quaresma e Donati al Lecce. Ciao papà".

"Ciao papà. Oggi mi manchi tanto. Ti voglio bene. Saluta Andrea".

"La nostra squadra è arrivata prima nel campionato e ho vinto una medaglia e un pallone, mi dispiace che finisce questa esperienza, un bacio, il tuo campione".

È il figlio dopo Andrea. Non una questione di poco conto. Qualcuno, non proprio dotato di sensibilità, mi ha detto che con i figli mi è andata cinquanta e cinquanta. C'è anche chi la vede così.

Prima di partire, io e il piccolo abbiamo giocato a calcio in casa. La mia porta è sempre quella dell'ingresso e la sua quella che dà sul terrazzo. Ci siamo immaginati un vero campionato con i punti, la classifica cannonieri e abbiamo registrato tutti i risultati su un tabellone. Tra un'azione e l'altra abbiamo discusso della mia partenza con Andrea. Gli ho chiesto di farsi carico di alcune incombenze in casa, so che posso fidarmi e lui si è preso degli impegni solenni. L'ho visto sereno. Ci siamo dati appuntamento il giorno del ritorno: ci racconteremo com'è andata questa strana estate.

Andrea è emozionato e assieme ripetiamo i nomi degli amici che ci hanno scritto.

"Hai visto quanta gente ci segue e ci vuole bene?"

"La gente bella".

"Vuoi che diciamo un grande grazie a tutti?"

"A tutti grazie".

"Lanciamo il nostro grazie nell'oceano in modo che lo trasporti dall'altra parte del mondo?"

Andrea sorride.

Così, su una spiaggia solitaria, due omini guardano le onde, spalancano le braccia, e gridano a gran voce:

"Grazie!"

Eventi improbabili? Ieri sera, a cena, abbiamo incontrato una persona che aveva vissuto ad Arraial. Il signore, vivace e grassoccio, s'è messo a giocare con Andrea davanti al carrello dei dolci.

Da dove venite?, andate a San Paolo o a Rio? e siamo finiti a parlare di Arraial d'Ajuda.

Ci ha descritto con minuzia il territorio, la gente, conosceva Joana, una gran bella donna, e sapeva che se n'era dovuta andare da Arraial. Per colpa di un manigoldo, un violento, un tale Alvaro Dias Barbosa che la perseguitava. Conosceva anche la nipote, Roxana, era da un po' che non la vedeva, lui però passava ad Arraial per affari solo un paio di volte al mese.

E se Joana si fosse presa gioco di noi? Un po' di incertezza mi è caduta addosso.

Sulla strada per Ilhéus ci fermiamo per una sosta, quattro passi sulla spiaggia e, non so davvero perché, io e Andrea mettiamo su una baruffa con i fiocchi.

L'umore si mescola, i chilometri pesano e mi infurio come non mai. Il bisticcio inizia per la sua ossessione di toccare le mie mani: le afferra e le spinge verso di me e poi le molla. Mille volte. Ostacola ogni azione che stai compiendo in quel momento.

Senza volerlo perdo il controllo: perché non è che fili sempre tutto liscio. Non puoi assorbire ogni intoppo con razionalità. Ogni tanto si scoppia.

All'improvviso cola inchiostro, nero di seppia. Le frasi che Andrea ripete e che lo fanno apparire un disco inceppato, l'autonomia personale che fatica a consolidarsi, il dialogo che si spegne facilmente, la sua richiesta di essere morsicato, tirato per i capelli e sempre quel toccare le persone sulla pancia e abbracciarle all'improvviso: tutto questo mi sembra di colpo insopportabile, eterno, al di là delle mie forze. Dentro di me, come una valanga, cresce un insano bisogno di smontare e rimontare Andrea. Comincio a chiedergli cosa vuole fare. Con insistenza. Senza mollare. Come se non lo conoscessi.

"Cosa vuoi fare, Andre, dimmi cosa vuoi fare..."

"Stare qua".

"A fare cosa?"

"Stare qua".

"Sì, ma cosa facciamo qui?"

"Stare qua".

Disco inceppato.

"Stare qua".

"Se vuoi stare qui, senza fare nulla, io vado via e ti lascio da solo". Vorrei da lui delle parole nuove, almeno una. Mi allontano dicendogli: adesso rimani qui da solo!

Andrea non reagisce.

Lo spio rimanendo seduto, a un centinaio di metri, sotto una tettoia ben nascosta dalle palme. Rimane immobile nell'esatto punto dove l'ho lasciato, lo sguardo fisso sull'oceano, un'ora che dura più dell'intero viaggio. I pensieri accelerano e sbandano su brutte curve. Devo essere sincero con me stesso: mi aspettavo qualcosa e adesso mi pare che sia stato tutto inutile. Mi arrovello se serva di più un'infinita pazienza o ruvide rampogne. Nessuno riesce a dirmi quali metodi siano più efficaci con Andrea. Io credo di fare del mio meglio e mi incazzo quando la fa fuori dal vaso.

Lo guardo, piantato come un palo in mezzo alla spiaggia deserta, sotto un sole impietoso, davanti a onde diventate nemiche.

No, mi dico, non posso usare il metro con lui, la scienza esatta. Ci vorrebbe, piuttosto, una teoria dell'errore. Accettarne tanti, assorbirli davvero.

Impreco, ma lo amo. Non so di cosa sia fatto questo amore. Credo che nessun genitore possa rispondere facilmente a questa domanda. A volte è sepolto. A volte è indifferente. A volte è solo amore per se stessi. A volte è semplicemente sentire la vita che ti attraversa: è partita da un punto, tu la prendi in consegna e la passi a qualcuno.

Mi alzo e gli faccio segno. Andrea si precipita, veloce come una saetta. Ha quegli occhi che non puoi sapere, non riesci a capire da quali altezze o distanze lanci i suoi rapidissimi sguardi. Scatto, lo sfido a rincorrermi, corro finché ho fiato. Lui mi supera e non smetterebbe più.

Stiamo facendo pace, come al solito.

Quindici anni di momenti duri. Anche adesso ho un grande amaro in bocca. Non è facile, per niente.

Uscendo dalla spiaggia, cercando la nostra auto, vedo una ragazza che indossa una maglietta con la frase: "Non mollare mai, una speranza c'è sempre". La parola 'sempre' scritta in grande. Che strana parola sempre, così facile, consolatoria o tremenda. Sembrerebbe un'invenzione. Un'invenzione maestosa. Eppure io la sento una speranza, sento che il futuro è ancora nelle nostre mani. Siamo ancora capaci di agire e non subire.

Riprendo a scherzare con Andrea, ci sbafiamo un gelato. Si scivola, poi si cerca di tornare in equilibrio su quel filo sottile. Non che possa scegliere altre, più comode, vie.

Quando arriviamo a Ilhéus, nel tardo pomeriggio, decidiamo di rimettere a lustro l'automobile. La affidiamo a una banda di ragazzini per strada. Lavorano come se lucidassero pietre sacre, ridono e si spingono, sputano sullo straccio quando ripassano i fari dell'auto, sperando che io non li veda. Adesso sembra appena uscita dalla fabbrica.

Questo era l'impero del cacao.

Solchiamo l'ultimo tratto di strada come se fossimo gli ambasciatori di tutti i mangiacioccolato d'Europa.

Cammino per la piazza agitando le braccia, pronuncio le parole magiche: cioccolato al latte, alla nocciola e al gianduia. Andrea si abbraccia in una gioia frenetica: fabbriche di cioccolato e navi ricolme di tavolette come lingotti, disegno nell'aria la forma degli stampi per fare le uova di Pasqua, con la sorpresa, e lì, all'improvviso, ricordo il bruco blu uscito da un super uovo al cioccolato fondente, poi chiamo a raccolta gli ovetti che si scioglie in bocca a ripetizione, le monete dorate a cui non vorrebbe togliere la stagnola, i sacchetti di smarties che ingoia come un pitone. Perché la cioccolata lo accompagna da sempre come un'amica fedele.

Il vecchio bar Vesuvio è tappezzato di foto che ricordano l'epopea del cacao e anche Jorge Amado, che ha vissuto qui. A un tavolo di marmo, all'esterno, c'è una statua dello scrittore, accomodato come un cliente.

"Questo è Jorge, Andre".

"Jorge bello". Per un istante mi viene da precisare che non è quell'altro Jorge, quello che abbiamo lasciato in un tugurio in Costarica. Che ingenuità! Ricorderà per lunghissimo tempo i dettagli di quel giorno.

Ci sediamo come tre avventori abituali, certo Amado non è molto conviviale.

Andrea si appoggia alla sua spalla, sembrano in grande confidenza, a un certo punto sono addirittura guancia a guancia.

"Vuoi dire qualcosa ad Amado?"

"Stare in pace".

ARRAIAL D'AJUDA

Tre informazioni fanno una certezza: chiediamo e persone diverse concordano che siamo a poche decine di chilometri da Arraial.

Il paesaggio lungo la strada è proprio come l'aveva descritto l'uomo incontrato a Ilhéus: troverete un grosso camion abbandonato da anni, baracche contornate da piccole bandiere colorate, comitive di vacche che tagliano la strada senza che i mandriani se ne diano pena, allevamenti di struzzi e vistosi cartelli che annunciano uno dei maggiori obiettivi del governo in quest'area: luce per tutti. L'uomo di Ilhéus conosceva davvero questi luoghi e ha dimostrato di avere un'ottima memoria visiva. Peccato che non ricordasse di aver visto Roxana negli ultimi mesi. Peccato per noi, se ha ragione...

Superiamo la cittadina di Porto Seguro, dove ci tocca attraversare un fiume per poter proseguire verso Arraial. Il traghetto è uno zatterone che carica una ventina di macchine per volta. Sembra la piazza di un mercato: si ascolta musica, si balla, ci sono venditori di cocco e sigarette. Alcune persone salite con noi non sbarcano, rimangono sulla balsa, desidcrano passarc molte ore sospesi tra le rive e proprio questo darà sapore alla giornata.

Le macchine scendono una ruota alla volta, ci sono intoppi di ogni tipo: un furgone che emette fumo come una pentola a vapore, signore che chiacchierano trasformandosi in ostacoli insormontabili, poi scricchiolii, sgasate a vuoto e subito dopo mandrie di buche. Avanziamo lentamente verso Arraial.

Cerchiamo qualche indizio che ci illumini. E lo vediamo. Un cartello arancione con la scritta "Italia" e sotto un uomo seduto su una seggiolona impagliata. Freno. Non può essere un caso.

Senhor, chiedo, come mai quel cartello?

Perché mi piace l'Italia, risponde l'uomo facendosi attento. Voi siete italiani?, ma non aspetta, si illumina ed esclama: "Benvenuti ad Arraial".

Si alza in piedi: sembra per metà un colosso olandese e per l'altra metà un pescatore con la tinta dell'Algarve. "Vi manda Joana?"

Esco dalla macchina, mi presento. Stranamente Andrea rimane immobile al suo posto.

"Dovrei consegnare una lettera alla signorina Roxana".

"Sono Odisseu, fratello di Joana e zio di Roxana. Mia sorella mi ha spiegato la faccenda per telefono. Era sicura che sareste venuti".

"Ed è rimasto sempre qui, ad aspettarci sulla strada?"

"No, ho messo questo cartello qualche giorno fa. Sono il cuoco di un piccolo ristorante, vengo nel tempo libero. Oggi ho avuto fortuna!"

Ritorno alla macchina, cerco nello zaino il sacchettino che contiene le briciole della lettera e glielo metto sotto gli occhi.

L'uomo fissa incredulo quella collezione di coriandoli, e io mi affretto a spiegargli che risistemerò la lettera appena possibile: mio figlio Andrea l'ha, come dire, apprezzata sin troppo.

"Ma prima l'avete letta?" chiede l'uomo che adesso ha un moto di fastidio. Scruta Andrea, gli sembra una brutta azione aver strappato la lettera della sorella.

No, dico sulla difensiva, non mi sarei mai permesso.

"Non è che l'avete letta e dopo l'avete rotta apposta?" È un po' aggressivo.

"Ma che dice?!"

"Sicuro? Perché non si deve leggere la posta degli altri!" mi sovrasta con la sua mole. Le mani come tenaglie, le ciabatte pesanti come i nostri zaini.

Rimugina qualcosa, poi tenta di afferrare il sacchetto, dice che lo porterà lui a Roxana.

No, non me la sento di dargli una manciata di frammenti.

Senhor, la lettera è arrivata dove doveva arrivare, insiste.

La destinataria è Roxana. Insisto anch'io.

Andrea, che coglie le scintille dal suo punto di osservazione, spalanca la portiera, saetta per un paio di metri, si gira, non si sa cosa scruti, guarda appena Odisseu. L'uomo si scuote, si gratta le braccia e sembra placarsi.

Senhor, forse è il caso che le spieghi un paio di cose...

Sono in piedi, in Brasile, ad Arraial d'Ajuda e un uomo mi racconta che sua sorella Joana abitava a San Paolo con la figlia, Imacolada. Una tipa complicata, sin da piccola, sempre in giro con dei delinquenti, con uno di questi ha fatto persino una figlia, e poi è sparita, lasciando la bambina, Roxana, sulle spalle di Joana. Ho convinto mia sorella a venire qui, e lei l'ha fatta crescere, adesso Roxana ha già diciotto anni, è una bella ragazza...

Roxana c'è, mi tranquillizzo. Andrea, Roxana c'è.

"Aspetti, purtroppo è rimasta strana come sua mamma, povera Joana, quante ne ha dovute passare, posso dire che la vita si è presa più di qualche libertà con mia sorella, non bastasse ci si è messo anche un brutto ceffo, uno che voleva sposarla, la voleva come quinta moglie, ne ha sistemate già quattro e ne voleva una quinta..."

L'uomo incontrato a Ilhéus mi aveva fatto il nome di un tale Alvaro Dias Barbosa, ma lo tengo per me.

"Per colpa di quel disgraziato ho dovuto aiutarla a trasferirsi a Panama, da amici che le hanno trovato un'occupazione, e lei continua a inviare i soldi per Roxana, che non ha voluto saperne di seguire la nonna. Ce la siamo presa a cuore un po' tutti, solo che tre mesi fa, di punto in bianco, è scappata a San Paolo dicendo che continuava a sognare sua madre e voleva vedere dove era nata. Da allora non ne sappiamo più niente".

Andrea, Roxana non c'è!, grido.

"Nessuno ha il coraggio di dirlo a Joana. Quando ci telefona io e gli altri amici di Arraial le diciamo che la ragazza sta bene, che adesso lavora, di non preoccuparsi. I giovani non si ricordano dei parenti, è normale. Certo, tutti speriamo che ritorni. Abbiamo conoscenti a San Paolo che la stanno cercando..."

Sollevo il sacchetto di plastica con i pezzi della lettera. Mi pare che emani lo stato d'animo di Joana, mi sembra di sentirlo. Ci ha soffiati fin qui con la sua speranza.

D'accordo, ci troviamo un albergo e poi vedremo di riordinare le idee e decidere il da farsi. Prima di tutto voglio tentare di ricomporre la lettera.

Odisseu, mentre smonta il cartello con la scritta "Italia", dice che la casetta di Joana adesso è vuota e che possiamo sistemarci lì, se ci accontentiamo. Rimanete un po' con noi, aggiunge, si sta bene, qui.

Andrea avanza verso Odisseu, si protende quasi per abbracciarlo e poi si scansa, parte in direzione del paese. Lo vedo sparire dietro una curva. Non risponde ai richiami, balzo in macchina, rallentato da Odisseu che con la sua mole fatica ad infilarsi. Agile non è. Raggiungo Andrea davanti alla prima casa, sta sistemando un sonaglio appeso alla porta. Lo fa tintinnare.

Sali, gli dico, e ripartiamo. Odisseu protende la mano fuori dal finestrino per indicarmi la strada, attraverso viuzze colorate e tranquillissime. A un certo punto il nostro capitano spalanca le braccia: da qui in poi dobbiamo proseguire a piedi. Imbocchiamo un sentiero e finiamo su una falesia, sul cui margine ci sono piccole abitazioni che guardano l'oceano. La porta della casa non è chiusa a chiave, la cucina è un guscio, ci sono due stanze da letto accoglienti ed essenziali, si sente il suono delle onde. Mi pare un paradiso. Andrea ispeziona ogni angolo, apre tutti i cassetti, trova oggetti, un paio di pentole, mette sul davanzale alcuni bicchieri, tutti diversi.

Odisseu cerca in un cassetto e ci mostra una cornice con tre fotografie. Riconosco Joana, anche se più giovane. Questa è Imacolada, mi dice, e questa Roxana. Assomiglia più alla nonna che alla madre, le stesse labbra, i buchi neri degli occhi. Imacolada è l'unica che interroghi con lo sguardo, chiede qualcosa a cui nessuno avrà saputo rispondere.

Mostro la foto di Roxana ad Andrea. Bella, naturalmente.

Odisseu si è addolcito completamente, dice ci vediamo, se avete bisogno mi trovate al ristorante e poi sparisce. Nessuna formalità. Si entra e si esce, come in un mondo facile.

Abbiamo un tetto tutto per noi, e allo stesso tempo siamo sospesi: siamo venuti ad Arraial con una lettera sbriciolata e nessuno a cui consegnarla. Ho un po' di confusione nella pancia. Andre, cosa ci facciamo qui?

Fare bagno, risponde lui risolutore, come sempre.

Certo, abbiamo svolazzato per le Americhe come anatre artiche senza bussola, ora ci vuole un po' di normalità, fare la spesa, acqua, pane, qualche biscotto per la colazione.

Non so per quanto, non so nemmeno bene perché, ma per adesso voglio fermarmi qui. Questa potrebbe essere l'ultima tappa del viaggio.

Muovendo i primi passi per Arraial d'Ajuda, incrociamo nuovamente Odisseu, sulla porta del suo locale. Ha appena affisso il cartello: "È arrivata la lettera per Roxana". Ci chiede se ci sono problemi, nessuno dico, ed è la verità.

"Ottimo, allora Andrea può venire a una festa, fra un paio di giorni. I giovani stanno tutti assieme, vicino al mare. È un'occasione per fare amicizia..."

Non saprei, dico.

"Perché? Il ragazzo ha qualcosa?"

Sgrano gli occhi, come se mi sentissi preso in giro.

"Scherzi? È un ragazzo autistico!"

"Ah, mi hai messo paura. Per un momento ho pensato avesse qualche malattia..."

Odisseu è tremendamente serio.

"E allora, la festa?"

Ci penseremo, dovrebbe arrangiarsi da solo, in mezzo a persone che non conosce.

Risaliamo il sentiero con le borse piene di cibo, cucino per la prima volta da quando siamo partiti, uso le pentole e i mestoli di Joana. Capace che quella senta gli odori fin da Panama. Dopo cena ci stendiamo sulle amache in veranda, osserviamo l'oceano dall'alto. Mi giro tra le mani il rotolino di scotch. Ce l'ho. La rimetterò insieme, quella lettera. Il silenzio ci avvolge e sprofondiamo nella notte di Arraial.

Un vento notturno ha spazzato via le amache, i cuscini, gli asciugamani e tutto quello che c'era in veranda. Il rumore mi ha svegliato e sono uscito sotto la pioggia, ho rincorso i cuscini che rotolavano lontano e ho acciuffato gli asciugamani prima che si trasformassero in aquiloni.

Andrea non ha sentito niente, dormiva sonni profondi.

Sul tavolino della mia camera ho cominciato a sistemare i primi pezzetti della lettera di Joana su un foglio di carta. Sopra ho messo un altro foglio, e sopra ancora un sasso per non farli volare via. Joana ha scritto su entrambe le facciate della lettera e questo non aiuta. Nemmeno la smania di Andrea di sminuzzare la carta in francobolli lillipuziani. Mi farò un bel mutuo di pazienza.

Colazione con acqua, caffè e biscotti. Troppo poco, per due orsi come noi. Caliamo nel centro di Arraial e saccheggiamo il primo barzinho che troviamo. Ci procurano due sedie e ce ne stiamo sulla strada a sbocconcellare focacce dolci.

"Hai imparato qualche parola nuova?"

"Sì".
"Per esempio?"
"Sì".
"Dai, Andre, come si dice spiaggia in portoghese?"
"Sì".
"Praia!"
Praia!, esclama Andrea.
Hai visto che sai anche un po' di portoghese? Lui ride e io lo trovo magnifico. Un sorriso timido e furbo allo stesso tempo.
Il nostro arrivo non è passato inosservato, è circolata la notizia che sono arrivati due postini speciali. Un tale Tulio, una sorta di hippie del luogo, ci viene incontro per donarci un mandala fatto con le sue mani e la gelataia, affacciata sulla via, intavola un'inattesa trattativa che ha per oggetto Andrea.
"Ma che bel ragazzo!"
"Gelato verde, gelato verde" dice lui di rimando e le stampa due baci sulle guance.
La gelataia è estasiata.
"Me lo dai questo ragazzo?"
"Eh, non saprei..."
"Ti offro venti chili di gelato al cioccolato".
"Venti chili..."
"Più dieci di papaya e cinque di goiaba".
"Interessante..."
"Va bene! Ci metto sopra anche trenta chili di questi ghiaccioli".
"Mmmm, affare fatto! Però temo che domani me lo restituirai".
La gelataia mi guarda con dolcezza: terrebbe vo-

lentieri Andrea perché dice di sentire la sua aura spirituale e lo vede seduto a fianco del buon dio.

Passeggiamo beati con due gelati in mano, poi Andrea punta dritto al mare.

La serata ad Arraial è formidabile: la piazza si riempie di gente che chiacchiera pacatamente, qualche discussione è teatrale, quasi recitata, eppure sembra che tutti si prendano sul serio. Stiamo per un po' fermi a guardare. Poi Andrea esplora, si muove tra i capannelli, tocca qualcuno, pacche sulle spalle, chi sei?, un abbraccio. Arriva di corsa Odisseu, pausa cucina, ci presenta amici e conoscenti. Ribadisce a tutti, come annunciato dal cartello, che abbiamo portato una lettera molto importante.

Portato si fa per dire, e sospira.

Ci sto lavorando, gli dico.

Stringiamo la mano di Nadia, Sebastião, Tadeu, Imacolada, Jojoma, Odélia, Futebòl e Reginaldo. Poi perdiamo il conto.

Odisseu torna al ristorante. Si fa avanti Donald, un canadese. Comprende al volo la condizione di Andrea, sua madre sta lavorando proprio su un progetto relativo all'autismo, mi parla di un metodo per togliere i metalli pesanti dal corpo. Probabilmente a sua madre farebbe piacere incontrarci.

Il gruppo si allarga, qualcuno ci tiene a sferrare qualche pugnalata a quel fetente di Alvaro Dias Barbosa, che voleva avere Joana a ogni costo. Dormiva davanti alla sua porta, la minacciava, minacciava i suoi conoscenti e commetteva ogni sorta di nefandezze. Poi ci raccontano loro dell'Italia: sanno che sta in Europa, anzi ne è la coda lunga, sanno che abbiamo il papa, Roma e Venezia, un grande campionato di calcio e vogliono sapere se è vero che Andrea Bocelli è cieco o se finge.

È cieco, dico.

Qualcuno è scettico e ci vuole scommettere sopra.

Com'è strano, dopo tanta strada sempre seduti su un motore, poter solo camminare e osservare lo sfondo immobile. Le finestre stanno ferme, conto i petali dei fiori sui davanzali, sfioro certi campanelli. Non chiedo indicazioni a nessuno, rispondo ai saluti dei vecchi seduti sulle panchine, entro nei negozietti pieni di carabattole. Ti attirano con simpatici cartelli scritti a mano: "Tazze della felicità", "Compra solo se ti piace". Ti viene l'impulso di fare incetta di tutto, i negozianti sono simpatici, non invadenti, parlano d'altro, non della loro mercanzia, di quello che succede nel paese, del figlio del vicino di casa, di un gatto che non si trova più, delle barche che sono misteriosamente arrivate sulla spiaggia e nessuno sa di chi siano. È un parlottio fitto, si ricama una coperta, ognuno ci mette un po' di filo, un'immagine, uno sghiribizzo inventato.

Compare dal nulla Odisseu, mi chiede se Andrea può andare con lui, vuole fargli conoscere un po' di ragazzi.

"Vuoi andare con lui?"

"Sì".

Recito le dovute raccomandazioni: rimani con Odisseu, non scappare da solo, non dare fastidio. Odisseu è un uomo forte, sbrigativo e allo stesso tempo ha l'aria attenta. Mi fido. Osservo la coppia, affiancata, sparire tra le case colorate.

Passeggio sulla spiaggia, tra rivi d'acqua trasparente che si perdono nell'oceano.

Sistemo la lettera di Roxana, mi dico, poi basta, poi si torna. Ho il numero di un'agenzia, comincio a informarmi per un volo di ritorno. Niente voli diretti nell'immediato. Lascio il mio numero, richiameranno.

Bevo una birra da Tremendão, una baracca isolata gestita da un rastafari che filosofa su dio, donne, l'arte di friggere le patate. Ma per capire qualcosa della vita, del cosmo e dell'artrite, aggiunge, devi assolutamente immergerti nel Lagoa Azul. Non è distante da qui, puoi andarci anche adesso.

Dopo un'ultima birra, però.

Seguendo le indicazioni di Tremendão mi inoltro lungo una stradina nascosta tra gli alberi. Dopo mezz'ora vedo un'enorme caverna dalla cui sommità scende una cascatella d'acqua che trascina grandi quantità d'argilla. Davanti alla caverna ci sono pozze fangose, alcune rossastre, l'argilla è sangue di vena, ruggine e poltiglia: uomini e donne mostrano una nuova pelle, sembrano esseri screpolati, grigi, corazzati come testuggini o rinoceronti. Certi paiono mattoni con gli arti, anime di terracotta, lacrime senza liquido, polmoni bucati da un sospiro.

Sotto la cascata l'abbraccio dell'acqua è dolcissimo, i fili liquidi sembrano rallentare a ogni metro di caduta e rimbalzano appena sul corpo, scivolano, un poco oleosi.

Vorrei svuotare la mente. Compare, invece, l'immagine di Joana che affida la lettera ad Andrea. Mi vengono i brividi.

Ritorno ad Arraial molle come un panno lavato e rilavato. Odisseu e Andrea mi aspettano su una panchina, all'inizio della piccola piazza.

"Odisseu, devo dirtelo..."

"Cosa?"

"Ho bisogno di parlare con tua sorella, non puoi darmi un numero di telefono?"

"Ecco! Me l'aspettavo! Le vuoi raccontare di Roxana? Vuoi fare la spia?"

"Non faccio la spia! Devo dirle la verità, che non ho potuto consegnare la lettera".

"Bravo! E cosa se ne fa della tua verità? Sapere che sua nipote è chissà dove a San Paolo la fa vivere meglio che immaginarla qui? Pensi questo?"

Rimango in silenzio.

"Lascia fare a noi..."

Odisseu aggiunge che per la festa è tutto a posto, Andrea sta conoscendo un sacco di giovani.

Andre, ci vai davvero alla festa?

"Festa bella, papà".

Ceniamo nella casetta di Joana, che sentiamo un po' nostra. Ho comperato della pasta, c'era un barattolo di pomodoro e ho rimediato un sugo accettabile.

Ci stiamo rimpinzando in veranda quando vedo arrivare da lontano Odisseu e una ragazza. Accidenti! Andrea, visite! Li osserviamo: la ragazza cammina con passo sicuro e sguardo intenso. Lei è Angelica, dice Odisseu.

La ragazza indossa jeans chiari, sandali, una camicia a fiori. Ha mani piccole, delicate, da bambina. Però si capisce che è una ragazza indipendente, si cresce in fretta da queste parti.

Le stringo la mano, la invito a sedersi.

Angelica è venuta per invitare Andrea, con tutte le formalità del caso, alla festa sulla spiaggia. È anche il suo compleanno. Mi guarda con un accenno di sfida, evidentemente Odisseu le ha riferito le mie perplessità. Le spiego che mi fa piacere che Andrea abbia dei momenti di libertà, non è certo questo il punto. Ma la sua piccola libertà va sempre preparata, si deve allenare. Angelica si impunta: i suoi amici sono gente ammodo, non ci si ubriaca alla follia, non c'è nessun pericolo. Quando pronuncia la parola pericolo mi fissa, con insistenza, negli occhi. Sento di doverle spiegare qualcosa di più di Andrea, lei mi ascolta e ne rimane colpita. Odisseu doveva essere stato molto generico.

Andrea è a pochi passi da noi. Si avvicina, appoggia piccoli baci sulle sue guance, le stringe le mani e le braccia.

Quando la ragazza e Odisseu se ne sono andati, strappandomi la promessa di lasciar andare Andrea alla festa, non riesco a trattenermi: che dici Andre? Hai visto come ci tengono ad averti al gran ballo?

Andrea si abbraccia, non risponde.

E questa Angelica, non ti sembra carina?

Andrea spalanca gli occhi, quasi mi pento di quello che ho detto.

Andrea è distante. Mi guarda appena, devo insistere per fargli fare qualsiasi cosa.

Passa Donald, il ragazzo canadese, per invitarci a casa sua. La madre vuole assolutamente conoscerci.

Ci accolgono con grande calore, i parenti di Donald sono tutti schierati sulla porta e iniziano a salutarci appena compariamo sul vialetto.

La madre è al centro del gruppo e non smette di fissarci, nemmeno dopo che siamo entrati in casa e ci siamo accomodati.

Mentre io assaporo un buon caffè, lei cerca il contatto con Andrea. Gli sfiora una mano, Andrea si ritrae, solleva le braccia, mi cerca con lo sguardo e poi si perde per la casa assieme a Donald, che cerca di mostrargli una raccolta di banconote. Non sa cosa rischia. La madre coglie l'occasione per parlarmi della 'chelazione', un metodo per togliere dal corpo tracce di metalli inquinanti, specialmente il mercurio che potrebbe essere entrato in circolo con la somministrazione dei vaccini.

Sospiro, le dico che abbiamo già sperimentato la terapia per un anno e mezzo. Ci siamo affidati a un medico che portava queste esperienze dall'America applicando una precisa base teorica.

Quindi tu non ci credi?, mi chiede molto direttamente. Non saprei, non ho visto risultati, dico, ma parlo per me, per quel che ho potuto capire.

Quando ce ne andiamo, mi porto via una frase della mamma di Donald: "Se non ha funzionato nemmeno la chelazione, devi accettare che non potrà guarire. Mai".

Il bruco blu non diventerà una farfalla? Che bufera, dentro.

Non c'è bisogno di grandi preparativi per la festa, niente camicie fresche di stiro e cravattina: ciabatte, maglietta e tanta energia.

Vediamo arrivare i ragazzi, ci sono chitarre, birra e liquori. Qualcuno accende un falò e c'è chi ha portato del cibo e ha acceso la griglia per cucinare della carne.

C'è molto movimento, ma niente di frenetico, sono tranquilli, lenti anche nello stare assieme, nell'abbracciarsi e salutarsi.

Ho chiesto a Odisseu se mi faceva compagnia e adesso siamo seduti a qualche decina di metri. Comincia la musica, ad alto volume, ballano.

Ho affidato Andrea ad Angelica, con lo sguardo le ho chiesto un'attenzione particolare.

Stai tranquillo, mi dice Odisseu.

"Andrea può essere imprevedibile".

"Siamo qui".

"Giusto".

"Hai paura che Angelica combini qualche pasticcio?"

"Cosa vuoi dire?"

"Che le ragazze brasiliane non sono complicate come quelle europee. Se Andrea le piace..."

"Se Andrea le piace?"

"Succede quello che è naturale!"

Naturale. Che parola semplice. Non ho il coraggio di confessare a Odisseu ciò che mi passa per la mente. So così poco dei desideri di Andrea. Specialisti e medici suggeriscono grande cautela di fronte alla sessualità delle persone con autismo. Forse cercano solo di prendere tempo. Su questo, non c'è proprio nessuno che ha saputo darmi un consiglio: come affronto un figlio autistico che sta diventando un uomo? Andre, non ho aiuti ma non mi nascondo dietro quello che non ho.

Respiro a fondo per tutta la festa. Vado a controllare tre o quattro volte. Andrea salta assieme ad altri ragazzi, abbraccia Angelica e sta anche immobile a guardare gli altri che ballano. Tutto bene.

Si fanno le ore piccole. Angelica, seguita da Andrea, viene a cercarmi. Chiede se può venire a dormire a casa nostra.

Accidenti! Ho un istante di confusione. Le dico che non è casa nostra, ce l'hanno solo prestata. Come se non avessi parlato. Angelica ha i pugni piantati sui fianchi, aspetta una risposta.

Sì, a casa c'è posto, dico, intuendo le implicazioni, e li osservo camminare fianco a fianco. Andrea la sovrasta, lei gli arriva appena alle spalle, ma si muove con scioltezza, senza imbarazzi. Andrea è sulla punta dei piedi, il passo è nervoso, si volta spesso verso di lei, furtivo, e poi guarda il cielo, si distrae. Sì, Angelica è concreta e delicata. Ha messo dei braccialetti colorati, che tintinnano.

A casa le chiedo cortesemente se ha voglia di preparare un tè per tutti, ho bisogno di sondare lo stato d'animo di Andrea.

"Vuoi che Angelica rimanga con te stanotte?"

"La Angelica la vuoi".

"La vuoi?"

"La voglio".

"Se rimane qui, verrà a dormire con te".

"Sì, con te".

"Andrea, mi raccomando, questa potrebbe essere una bella notte".

"Notte bella, notte bella".

So che posso fidarmi sino a un certo punto di quello che Andrea dice con le parole, ma lo vedo convinto e soprattutto molto felice.

Beviamo il tè. Andrea e Angelica rimangono in veranda. Percepisco dalle voci che la situazione è giocosa, priva di malizia. Prima di andare a dormire, vanno a fare la doccia assieme: lui ride e si sente che ha il cuore leggero.

Dormono nello stesso letto.

Solo silenzio.

ANGELICA

Angelica entra in cucina senza far rumore. Dice che deve chiedermi alcune cose. Le mostro una sedia, le offro un caffè. Preferisce un bicchiere di latte. Dopo il primo sorso, e senza imbarazzo, mi comunica che Andrea le piace. È bello, dice. Già. Ha degli occhi strani, aggiunge. Cosa ci vedi?, le chiedo. Nuvole che corrono, risponde.

Rimango in silenzio, non so cosa dire. Angelica, senza giri di parole, mi chiede se Andrea sia vergine. Miseriona! Ecco, dico, ha diciassette anni, sembra attratto dalla bellezza femminile... va bene, sì, non è mai stato con una donna!

Angelica mi guarda in silenzio. Aspettiamo che si svegli anche Andrea, fanno colazione assieme e li accompagno in spiaggia.

Andrea comincia a passare del tempo con altre persone. Prima con Odisseu e adesso con Angelica. Non era mai accaduto nel corso del viaggio.

A poche centinaia di metri, dove un fiumiciattolo sfocia nel mare, c'è un ristorante, insomma un simpatico cartoccio di pali e tavole, dove arrostiscono pesce che sta ancora nuotando, l'aroma è irresistibile. Guardo i piatti del giorno: isca de peixe e bobó de camarão. Splendido, prenoto, si fa per dire, e chiacchiero con il cuoco mentre Andrea e Angelica si lanciano tra le onde. Provo un senso di beatitudine. Li chiamo, li guardo mangiare, e vedo solo una coppia di ragazzi, quasi due fidanzatini, è la prima volta che osservo Andrea in questa luce, per altri padri magari sarà una cosa ovvia, per me è emozionante come due viaggi sulla luna.

Dopo pranzo accompagniamo Angelica a casa, restiamo d'accordo di rivederci la sera. Mi confida che non riesce a comunicare bene con Andrea e le dispiace, vorrebbe inventarsi qualcosa per sentirsi più vicina. La capisco: è difficile per me stabilire un contatto, figurarsi per una ragazza che lo ha appena conosciuto.

Siamo rimasti soli, Andrea è lontano, perso nei suoi gesti ripetitivi e solo chiamandolo più volte riesco a catturare la sua attenzione. Restituisce a fatica ciò che gli dico, risponde meccanicamente e appena può scappa via.

"Dimmi qualcosa della tua nuova amica Angelica, è dolce?"

"Dolce la Angelica".

"Ti piacerebbe come fidanzata?"

"Fidanzata voglio".

"Vuoi parlare o no?"

"No".

"Ok, la privacy va rispettata..."

Mi sono dato da fare per preparare una bella cena, ho invitato la gelataia e anche Tulio, l'hippie. Passiamo una serata allegra. Vedo Andrea più presente. Si muove molto, si siede accanto alle persone. Sembra ascoltare tutti. Partecipa, a modo suo.

Angelica conversa con parsimonia. Cerco di farla parlare della sua famiglia, ma non svela molto di sé. Quando tutti gli altri prendono commiato, lei si avvicina, stringe un poco le mani, mi fissa e dice che vuole Andrea. Non aspetta una mia risposta e mi chiede qualche consiglio su come comportarsi con lui. Dentro di me sudo, cerco di non mostrare il mio disagio, spiego nuovamente i riti di Andrea, i segnali che ritengo mostrino il suo nervosismo.

Torno in veranda, li lascio soli. Il cuore galoppa. Pochi minuti dopo sento un gran rumore. Si spalanca la porta e ne esce una Angelica con gli occhi sgranati. Andrea le ha schiacciato il seno con forza e le ha fatto male, non se lo aspettava. Il gesto l'ha spaventata. Cerco di tranquillizzarla, vado a prendere Andrea e gli dico di chiedere scusa. Lui è molto agitato.

"Andrea, dai, le ragazze si accarezzano solo con un fiore!"

Non risponde, e lo sguardo rivela che sta scappando lontano. No, Andre, resta qui.

"Vuoi che accompagniamo a casa Angelica?"

"A casa la Angelica".

Guardo la ragazza e capisco che anche per lei è la cosa giusta.

Ci incamminiamo e sento la confusione della ragazza, lo saluta davanti alla porta con il tono di una persona sconfitta. O sono io a immaginarlo, è il mio stato d'animo e lei è solamente turbata.

Passeggiamo, io e Andrea, lungo la spiaggia. C'è quel chiarore appena accennato, il riflesso della luna sull'acqua. Abbiamo bisogno di scioglierci. Torniamo verso il ristorante di oggi, nel punto dove il fiumiciattolo sfocia nell'oceano. Il chiarore e la corrente creano uno strano gioco di onde. Andrea vorrebbe attraversarlo e lo trattengo. Difficile valutare la profondità di quel liquido con sfumature di mercurio. Andrea lo accarezza, ne è affascinato. Devo trascinarlo a forza per riportarlo a casa.

Mattina nuvolosa, rimaniamo in veranda a sbocconcellare biscotti e lasciamo che il tempo ci scivoli tra le mani.

Che succede? Correvamo liberi e adesso siamo qui, a fare i conti con un turbine di energia umana. Il mondo di Andrea non si può comprendere con un unico sguardo, con una sola vita. Dovrò rinascere e seguire Andrea altre mille volte prima di capire i suoi gesti eleganti, il loro mistero.

Telefono a Odisseu per discutere di ciò che è accaduto ieri, lui preferisce parlarne di persona e mi dà appuntamento alla solita panchina, in piazza.

Odisseu, quando mi vede, mi dice che Andrea potrebbe rimanere un po' con la gelataia. Tentenno.

Dai, si diverte, insiste.

Ci sediamo, come vecchi confidenti. Odisseu mi rassicura: ha già parlato con Angelica, la ragazza si è spaventata ma ha compreso che non c'erano intenzioni aggressive, che è stata una reazione istintiva. L'ha sentita abbastanza tranquilla.

"Però immagino che non vorrà rivederlo..." chiedo in apprensione.

"Questo non lo so".
"Ma chi è veramente questa Angelica?"
Odisseu vede la mia faccia e si rabbuia.
"Angelica è una brava ragazza! Non farti strane idee! Basta non dirle cosa deve e cosa non deve fare".
"D'accordo".
Mi alzo confuso, con la coda dell'occhio vedo Andrea all'angolo della piazza, la gelataia lo rincorre. Lui ricompare dall'altra parte, adora questa sorta di nascondino sconclusionato.

Passeggiando per il paese, scopro una piccola officina di meccanico, quelle di una volta con le biciclette appese in attesa di essere riparate, montagnole di motori, odore di lubrificanti, una sola luce accesa, moto in vendita con il cartello "Come nuove". Convinco il meccanico, distraendolo con apprezzamenti su Ducati e Gilera, a noleggiarmi una motocicletta. La accarezzo, mi emoziono.
Dove mi consiglia di andare? gli chiedo. Mi studia e mi dice Trancoso, ne vale la pena.
Di nuovo in movimento, di nuovo soli. Riaffiora lo spirito del viaggio, una corsa in moto, una sosta per un tuffo e via. La piazza di Trancoso è un prato fiorito, qui il mondo non cambia i mobili da cent'anni. Bevo un meraviglioso caffè di moka, mentre Andrea divora un dolce al cioccolato.
Ci fermiamo su una panchina a guardare le persone e ci passano davanti alcuni uomini che indos-

sano magliette con la scritta "maestro di sci". Maestri di sci? Non resisto e cerco di capire di cosa si tratta. Scopro che sono italiani e hanno fondato lo Sci Club Porto Seguro, che non ha nulla a che vedere con la montagna, la neve, le amene discese sulle piste, il sorriso abbronzato e snob di un istruttore che accompagna le signore bene. Niente racchette ma solidarietà.

"Vuoi venire con noi a trovare Yuri?"

Perché no? Lasciamo la moto per salire su un pulmino con la scritta "Sci Club". Yuri è un ragazzino che abita in una favela.

"Vuoi sapere che premio ha vinto Yuri?"

Grazie, mi fido, capisco dal tono che deve essere un'altra storia strizzabudella. Ci infiliamo tra le baracche, legno, ferro, plastica che devono aver vissuto più di qualche trasloco e più di qualche discarica.

Le favelas, mi dice un maestro, sono luoghi umani, certo non ci devi venire con il Rolex, se vieni a mostrare quanto alto è il tuo reddito, ti ripuliscono. Non c'è bisogno che gli ricordi che non sono stati super fortunati nella vita. Lo sanno.

Ci fermiamo davanti al portentoso intreccio di lamiere che è la casetta di Yuri. L'immaginazione non ti prepara mai a sufficienza. Il ragazzino è tutto fasciato. Non voglio sapere il nome della malattia. Cosa cambierebbe? Si salutano, ci presentano. Andrea è alle mie spalle, un poco nascosto. Avranno portato dei pacchi dono, penso, viveri, medicine, qualche soldo. Invece oggi è il giorno del gran divertimento. I doni arrivano per altre vie. A Yuri piacciono tanto le scenette da clown, le battute, gli scherzi, gli spintoni, le urla per finta. E i maestri di sci ce la mettono tutta. Il piccolo ride sino alle lacrime nel vedere quei signori imitare i comici della televisione. Devono essere numeri famosi, che mandano in certe trasmissioni e che il bambino conosce a memoria. Se potesse, si metterebbe a sgambettare tra i maestri. Anche i genitori sorridono. Chissà da quanti mesi non capitava.

Ci riaccompagnano al punto dove avevamo lasciato la moto. Se avessi la Harley mi lancerei in una volata americana, un po' di voglia l'avrei. Brucerei qualche chilometro di asfalto, ma nell'impero delle buche non è concesso. Riconsegniamo la moto, con un sospiro, al meccanico, che ci chiede soltanto quattro soldi per il carburante.

Alla porta colpi decisi e anche un bussare di mani piccole. Non appena vado ad aprire, Tulio l'hippie, un paio di ragazzini e una signora che non mi sembra di aver mai visto mi chiedono di Andrea.

Il signore non è in casa, scherzo. Mi diverto a fare il prezioso: tutti lo vogliono, questo ragazzo! Ma lui appare alle mie spalle con un mestolo che ha trovato da qualche parte. Ci benedice. Andrea, Andrea, vieni con noi! gridano i ragazzini. Devono preparare dei banchetti per la sera, vendono lime per le unghie, calzetti rammendati, libri senza il finale, tutto l'usato e consunto delle famiglie di Arraial. Ci si diverte un sacco, aggiunge Tulio.

"Andre, vuoi andare con Tulio?"

"Tulio bello".

"Vai?"

"Sì".

Esito. Tulio conosce un poco l'italiano, troveranno il modo di capirsi. Anche Odisseu conosce una dozzina di parole: sì, no, va bene, buongiorno e giù di lì. Vedo Andrea partire, mettersi alla testa del gruppetto, scattare in avanti con la sua falcata leggerissima e potente. Ha una sua forza vitale, trascinatrice: in questi luoghi di piedi e tempo frammentato, ondulato e dolce, potrebbe avere un altro ruolo, un altro fascino.

Vai penso, vai. Spariscono. Una piccola strizzata di pancia c'è sempre.

Passeggio nei dintorni, percorro il bordo della falesia, non mi allontano troppo. Mi arriva l'eco di uno scampanellio e, preoccupato, corro verso casa. Immagino che Andrea, in poche centinaia di metri, si sia già smarrito.

Invece è Donald, il canadese. Ieri ti ho visto sfrecciare in moto, mi dice. Un bel catorcio! Non ti andrebbe una vera galoppata su due ruote degne di questo nome?

"Ne ho già fatta tanta, di strada, in Nordamerica..."

"Vabbè, lì è come andare in scala mobile. In Brasile ci sono strade che te le suonano come Muhammad Alì".

"Non conoscono il mio gioco di gambe".

"Allora ti sfido. Vieni con me a Cumuruxatiba. Foresta maestosa, villa disegnata da un tizio troppo compromesso con i Beatles, passaggi insidiosi tra fiumi e spiagge che appaiono e scompaiono velocemente".

"Quanto velocemente?"

"Alzi gli occhi e hai già i piedi bagnati".

Centocinquanta chilometri, si parte domani mattina presto e in serata siamo già di ritorno.

"E Andrea?" chiedo.

“Dovremo guidare delle moto fuoristrada, non credo farebbe un bel viaggio” risponde Donald.

Sono tentato, ma senza Andrea...

“Rimane con Odisseu e gli altri. Non c’è problema”.

“Lo abbandono”.

“Certo che no! Mezza giornata...”

Mi alzo prestissimo e con un po' di tormento, ascolto il respiro regolare di Andrea. Deve essere tranquillo, altrimenti sarebbe già in piedi a seguire tragitti che vede solo lui, con i suoi sensori all'infra-qualcosa, quelli speciali per vedere i sentieri delle formiche, e della polvere di luce. Lo sveglio con dolcezza per spiegargli nuovamente che starò via tutto il giorno. È un sacco di tempo che non mi allontano da Andrea per più di poche ore. Aspetto Odisseu, che ha accettato di prendersi cura di lui. Quando mi vede, capisce subito il mio stato d'animo e ride di cuore.

Stasera quando torni non lo ritrovi smontato e rivenduto, te lo restituisco tutto intero.

Andrea rimane a letto, non so se per manifestare disapprovazione per questo mio piccolo distacco. Gli ho chiesto se posso andare e ha ripetuto, più volte, di sì.

Donald si è raccomandato di non mettere nello zaino cose inutili. Una bottiglia d'acqua, una maglietta e un k-way, non si sa mai.

Partiamo lentamente. Donald è davanti e ben presto cerca di accelerare, spingendomi a correre. La strada battuta, che imbocchiamo dopo poche decine di chilometri, diventa sempre più sottile, sprofonda nella vegetazione. Per lunghi tratti ogni segno umano scompare, riaffioriamo alla luce nei pressi di un fiume e giriamo alla ricerca di un'imbarcazione che trasporti noi e le moto sull'altra sponda. Compaiono, quasi dal nulla, battellieri indios, minuti e silenziosi. Carichiamo le moto, ci accucciamo, e prima di scendere paghiamo qualcosa. L'imbarcazione riparte, devia, scompare. Costeggiamo un villaggio e pieghiamo di nuovo verso l'oceano, seguiamo per qualche chilometro la spiaggia, attraversiamo un rio che cerca di perdersi e ci rituffiamo nella foresta. Erbe e arbusti ci flagellano le gambe per oltre due ore, sino a quando, imboccata una deviazione, compare una splendida costruzione bianca, un faro proteso sull'oceano, e Donald fa cenno che siamo arrivati.

I suoi amici ci aspettavano. Lui fa le presentazioni: un paio di architetti famosi, un pubblicitario e una ricca canadese, amica della madre. Prima di mostrarci la casa ci accompagnano sul bordo della falesia e ci lasciano riempire gli occhi; la vastità ci risucchia, giureremmo di vedere il Sudafrica.

Che strano effetto, per me, essere qui senza Andrea, potermi lasciare un po' andare.

Donald è particolarmente a suo agio con gli ospiti della villa, io comincio a controllare l'ora, calcolo il tempo che ci abbiamo impiegato all'andata e valuto che fra poco dovremo ripartire. Eppure Donald non dà segno di preoccuparsene. Apre discorsi in continuazione e quando la padrona di casa ci offre ospitalità anche per la notte, allarga le braccia, come a dire: se non è un problema...

Un piccolo problema c'è, dico, mio figlio è rimasto ad Arraial e non vorrei lasciarlo da solo.

"Quanti anni ha?" chiede sorpresa la donna.

"Diciassette".

"Mio caro, a diciassette anni di tutto si ha bisogno tranne che di starsene con i genitori!"

Donald cerca di intervenire, intuisce che la risposta mi ha molto infastidito. Certo, la signora non conosce nemmeno un briciolo della situazione di Andrea, non posso pretendere che mi legga nel pensiero o che colga il tremolio della mia voce. Cerco di quietarmi, mi dico che il nervo scoperto sono i miei sensi di colpa, che non dovevo venire. Io torno, dico a Donald.

No, fermatevi con noi, insiste la canadese: qui di notte si vede la Via Lattea in tutta la sua bellezza, sembra di guardare l'universo negli occhi. Non si preoccupi per suo figlio, gli faccia una telefonata e vedrà che il ragazzo non sarà dispiaciuto se lei rimane qui.

Una telefonata...

Guardo Donald dritto negli occhi: io vado. Sono scortese, lo rivelano le espressioni dei presenti. Donald è imbarazzato. Riprendo la zaino, mi scuso, saluto.

Salgo sulla moto, Donald si avvicina anche lui alla sua, sistema qualcosa, controlla il carburante. Aspetta, urla, ma sono già partito. Accelero e vorrei che la stradina si consumasse in un baleno e Arraial fosse dietro la curva. La giungla riappare, la luce è cambiata, cerco di ricordare i punti di riferimento. Invece dopo una cinquantina di chilometri ho la sensazione di essermi smarrito. Voli di uccelli davanti a me e alberi che sembrano ancora più alti. Un carro trainato da un mulo mi mette speranza, c'è un ragazzo che alla mia richiesta di indicarmi la strada per Arraial solleva le spalle, come a dire mai sentita. Ferma il carro, scende, pensa, nomina Cumuruxatiba, che ho lasciato già da un po', e mi suggerisce di tornarci. Gli chiedo da che parte sia l'oceano e non lo sa. Sorride, si scusa, non sa.

Appoggio la moto a un albero e mi guardo attorno. Sto immobile, non vedo niente e capisco un sacco di cose. Che tutta questa fretta e quest'ansia non hanno senso. Ho alle spalle un viaggio lunghissimo. Potevamo smarrirci, rimanere intrappolati da qualche parte. Siamo qui. Con le solite domande e le risposte sparpagliate in ogni tasca.

Risalgo sulla moto, mi lascerò guidare dal mio istinto, semplicemente, senza paura.

Il pomeriggio avanza veloce, Arraial è da qualche parte.

A un incrocio tra strade bianche c'è un chiosco, chiedo qualcosa da bere e l'uomo che mi porge la tazza conosce Arraial, e dice che sono sulla strada giusta, che in due o tre ore ci arriverò. Pago, sollevato. Mi illudo di riconoscere i luoghi, dopo qualche chilometro la strada si affianca all'oceano, seguo la spiaggia come all'andata. Il fiumiciattolo che avevamo attraversato si è ingrossato, forse un fatto di maree. Non mi fido a passarci attraverso. M'inquieto. Un rumore. Il rumore che a tratti avevo sentito dentro la foresta, che pareva mi inseguisse, si rivela per quello che era: la moto di Donald che mi ha accompagnato, una scorta per il fuggitivo furioso.

"Vedi cosa succede a fare tutto di testa tua? Bisogna conoscere le maree, altrimenti si rimane bloccati".

"D'accordo. E adesso?"

Bisogna tornare indietro, fare un'altra strada.

"Ma arriveremo entro stasera ad Arraial?"

Ci proviamo, dice Donald.

Ripartiamo ma dopo poco un temporale ci annega senza pietà. Non ho nemmeno il coraggio di infilarmi il k-way. Cerchiamo rifugio in una casupola lungo la strada. È coloratissima, nemmeno le tonnellate d'acqua riescono a farla impallidire. Dalle finestre esce la debole, ma inconfondibile, luce della televisione. Bussiamo, infreddoliti, e ci apre una donna, capisce al volo la situazione e ci invita a entrare. L'interno è altrettanto vivace, ogni parete di un colore diverso, oggetti allegri e una schiera di ragazzini spruzzati ovunque. La donna ci fa accomodare su una panca, con un lieve autoritarismo da matrona esperta, dietro la sfilza di figli o nipoti, tutti in silenzio davanti a una telenovela. Bufera fuori, imperdibile telenovela dentro. I ragazzini, ipnotizzati dalla trama, s'addormentano uno alla volta: sul divano, sul tavolo, per terra. La telenovela sfuma, ma temo che i caduti sul fronte televisivo rimarranno lì. Temporale e telenovela, sincronizzati, finiscono quasi nello stesso momento. È buio, la matrona ci guarda scuotendo la testa. Impensabile ripartire. A Donald scappa una parolaccia, si rende conto del mio stato d'animo.

"Odisseu è una brava persona, credimi, ti puoi fidare".

"Ma è la prima notte che passa con estranei".

"Odisseu non è un estraneo qualsiasi".

Allargo le braccia, guardo in alto e dico: "Dai Andre, ne hai viste di notti buie. Ne sei uscito sempre".

Siamo molto stanchi, ci fanno male le gambe: le frustate ricevute dalle piante si fanno sentire. La donna ci mette davanti una bottiglia di cachaça per disinfettarci. Donald prima ne beve una gran sorsata. Giù i pantaloni e cachaça sulle escoriazioni, arrossate e gonfie: ci verrebbe da urlare ma strozziamo il suono per non disturbare i ragazzini.

Una sacrosanta punizione, e dormiamo pure sul pavimento.

Forse Andrea se la passa meglio di me.

Le telenovelas sono come una lieve dose di monossido di carbonio, ci svegliamo con i ragazzini ancora svenuti dalla notte precedente. La matrona distilla un caffè portentoso che ci lucida mente e vista.

Il temporale ha trasformato le buche in infidi laghi di fango, procediamo lentamente. Arraial è ancora distante. La foresta gocciola e sputa, lava e smotta. Siamo bagnati sino alle ossa, le ferite, nonostante la cachaça, bruciano. Anche Donald, giovincello e robusto, ha un'aria sofferente. Ci fermiamo ogni dieci chilometri, esausti.

Dopo una sosta la mia moto non riparte e io comincio a pensare che le circostanze complottino per tenermi lontano da Andrea. Donald armeggia con il motore, prova, pulisce, pensa alla benzina, a chissà quali residui. Ferma una macchina di passaggio e chiede se c'è un distributore nei dintorni. Parte alla ricerca di benzina buona.

È ormai pomeriggio quando ci rimettiamo in marcia, Donald ha dovuto fare molta strada prima di trovare un distributore. Arriviamo ad Arraial al tramonto. Donald mi colpisce la spalla con dolcezza, dopo aver consegnato le motociclette.

Mai più?, chiede.

Non sono arrabbiato con lui, lo saluto con un abbraccio e vado a cercare Andrea.

Odisseu non è sorpreso per questo ritardo e tantomeno infastidito. Tutto bene con tuo figlio, dice. È rimasto a casa mia, ha spostato tutte le scatole che ha trovato. E messo in ordine le forbici, i coltelli della cucina e le ciabatte che avevo abbandonato in giro. Naturalmente ha lasciato spalancato il frigorifero.

"È andato al bagno?", penso alle cose concrete.

"Ah, questo proprio non l'ho controllato! Vieni a vedere cos'ha combinato..."

Non sarà qualche guaio?, ma Odisseu ha un'aria di ammirazione e mi tranquillizzo. Quasi trascinandomi mi conduce sino alla struttura dove i ragazzi organizzano le feste. Vedo, da una certa distanza, piccoli capannelli di gente che vi gira attorno, i muri sembrano emanare una sorta di riflesso, di luminosità.

Riconosco le composizioni cromatiche di Andrea. Ha contaminato quasi tutta la superficie con le sue parole: bianco calce, giallo cromo, verde bottiglia.

L'idea è stata di Angelica, mi racconta Odisseu. Ha mandato Tulio da Perpétuo che colorava le case, avrà vernice di avanzo se non è vecchia e rinsecchita come lui, gli ha detto, se non si è dimenticato i barattoli sotto il sole. Perpétuo aveva davvero del colore, parecchi vasi, e non se ne faceva più nulla, non pitturava più i muri delle case perché aveva consumato tutti i pennelli.

"Tuo figlio è un artista!" esclama Odisseu battendo le mani.

"Dov'è adesso?"

"È a passeggio con Angelica. Hanno dormito assieme questa notte e vedrai che a momenti ritornano".

"Come, hanno dormito assieme?"

"A casa mia. Tutto bene. Nessun problema".

"No, aspetta. Nessun problema in che senso?"

"Hanno dormito, si sono alzati, sono andati a spasso..."

È quasi buio, meglio andare loro incontro. Non li troviamo, non sono nemmeno a casa nostra. Si saranno fermati a mangiare da qualche parte. Torniamo in piazza, nei locali nessuna traccia. Niente. Allora mi preoccupo. Odisseu si preoccupa. Dove saranno?

Che ne so! Ad Andrea piace molto la spiaggia, anche di notte.

"No!" urla Odisseu: "La spiaggia è pericolosa di notte per due ragazzi da soli".

Il tono della voce mi lancia il sangue come un razzo e in un attimo siamo tutti e due a correre verso la spiaggia. Ci facciamo prendere dal panico. In momenti come questi ti vengono in mente le cose peggiori del mondo: rapimenti, omicidi, traffico di organi. Passiamo minuti pieni di adrenalina. Quando mi fermo a riprendere fiato, mi torna in mente che con Andrea, qualche sera fa, ci siamo spinti fino al piccolo fiume che sfocia nel mare. Quel posto gli piace moltissimo, lo avrà sicuramente fissato nella memoria. Lo spiego a Odisseu e corriamo con il cuore in gola. C'è una luna stupenda: Andrea e Angelica sono uno di fronte all'altra, lei lo abbraccia e lui le tiene il viso con le mani. Si baciano e si guardano, sembrano due innamorati, magari lo sono, in questo momento. Mi vengono le lacrime agli occhi.

State bene?, urlo.

"É tão bom aqui com a lua" dice Angelica.

La paura svanisce in un attimo. Andrea mi corre incontro. Lo abbraccio, lo sento palpitante e pieno di energia. Angelica dice che Andrea l'ha presa per mano e portata in quel posto bellissimo.

Bravo Andre, sei un romantico e sai dove portare le ragazze. Torniamo assieme, scherziamo e ridiamo.

Angelica e Andrea sono davanti a me. Mi sembra di volare.

Sono le gambe a riportarmi alla luce del giorno. Bruciano e si lamentano, anche le braccia soffrono per la guida sulla spiaggia. Scendo dal letto e di raddrizzare la schiena non se ne parla neanche, ho preso due insaccate su enormi buche che sembravano burroni. Le buche del Brasile ne hanno per tutti, anche a effetto ritardato.

Ma l'umore aiuta, mi allungo e mi stiro come un gatto e recupero brio. Prendo a saltellare. E saltellando, ora su un piede ora sull'altro, vado verso il letto di Andrea e scopro che si è già alzato. Fermo la danza, mi guardo attorno.

Ha mangiato qualcosa, la porta di casa è socchiusa. Dev'essere tardi, il sonno mi ha steso perché ero ubriaco di buone sensazioni.

Sbircio all'esterno, la giornata è nuvolosa. Ho un brivido, non è freddo, non è nemmeno preoccupazione. Quante volte ho sognato che la sua stanza era vuota e significava che le cose stavano andando a posto. Guarito, mi dicevo, ecco: era una cosa da nulla, è passata.

Mentre mi vesto suona il telefono. È l'agenzia: c'è

un volo per il ritorno, fra due giorni. Mi scappa un sospiro, l'addetta mi chiede se va tutto bene.

Le rispondo che fra due giorni è perfetto.

Andrea è fermo tra le piante, poco distante. Mi vede, si avvicina.

Andrea, si torna a casa.

Non dice nulla, si tiene un braccio. Sorride.

Ci avviamo verso la spiaggia. Andrea vede Angelica, si lancia. Sento la sua gioia: è troppo bello vederlo così. Li lascio soli.

Trovo Odisseu al ristorante, prende coraggio e mi dice che ha promesso ad Angelica di lasciarle la casa, stasera.

"Vorrebbe restare sola in casa con Andrea?"

"Vuol dire che si fida di lui".

Sbuffo. Dai, mi fa Odisseu, non fare quella faccia. Pensa che Angelica ha chiesto a Tulio di tradurre delle frasi in italiano per farsi capire meglio da tuo figlio. Non è carino?

"Che frasi?"

"Cose del tipo: 'Ascoltami, posso parlare con te?', 'Mi dai un po' della tua attenzione?', 'Lasciati baciare', 'Lascia che ti accarezzi'. Non preoccuparti. Magari si baciano, come hanno già fatto. Magari dormono come due bambini. Magari guardano un film".

Odisseu scoppia in una fragorosa risata.

"Ridi? Sai cosa avevo deciso, tornando da Cumuruxatiba? Che avrei parlato esplicitamente con Angelica... l'avrei anche pagata! Qualsiasi cifra. Hai capito, Odisseu? L'avrei fatto! Non mi vergogno! Mi sento meschino, ma l'avrei fatto".

"Su" mi dice Odisseu "non ragionare adesso, lasciamo fare alla vita, che ha la sua esperienza".
"Possono stare anche a casa di Joana, allora".
"Sì, perché no. E io e te ce ne andiamo a zonzo come due cretini".

Mi concedo un caffè nella piazzetta di Arraial, un caffè da solo.
Mi chiedo se Andrea potrà fare l'amore con una ragazza, scoprire la sua sessualità e conviverci come una fonte di appagamento, se non di felicità. Nessuno distribuisce una mappa per evitare le sciocchezze. Dicono che ai ragazzi autistici il sesso non interessa molto, dicono che sarebbe un rapporto troppo intimo con l'altro. Bravi, avranno ricevuto una lettera da quel mondo che diceva: a noi il corpo e il sesso non interessano, a noi piacciono i numeri primi, le pitture astratte e raddrizzare stuzzicadenti. Io non ho verità ma mi basta guardare Andrea per capire che prova impulsi e desideri. Quando ci troviamo nel bel mezzo di questi argomenti, gli si stampa in faccia un sorriso che non va più via.
Passo il pomeriggio con lui. Setaccio ogni suo più piccolo movimento. Non sembra in tensione, ha avuto giorni più burrascosi. Ha ascoltato un po' di musica dal suo ipod, poi ha vagato attorno alla casa, scrutando dettagli con il microscopio della sua mente. Ripesco tra le mie cose il suo ultimo biglietto.

```
MA SEI PIU' FELICE O TRISTE?
Felice
NON SEI TRISTE PER TUTTO QUELLO CHE
L' AUTISMO TI IMPEDISCE DI FARE?
Mondo parallelo è autismo devo im-
parare da terrestri
E TU... NON SEI UN TERRESTRE?
Terrestre imparo diventare
```

Lo sbriciolo, lo rendo minutissimo.

Lasciamo Andrea e Angelica su una panchina della piazza. Io e Odisseu camminiamo per Arraial, come se fossimo in uno di quei paesini della mia terra, quando ero piccolo, il villaggio in cui siamo cresciuti, con i piccoli personaggi su cui ci modellavamo, che ci facevano fantasticare e ci davano lezioni di vita, a volte gli esempi erano anche negativi ma utili. S'imparava ascoltando e guardando, perché non mancavano le persone consistenti.

A volte penso che stiamo diventando sempre più inconsistenti.

Ci incamminiamo verso la falesia. Odisseu ha con sé un frigo portatile, con la birra e una bottiglia di cachaça, alla bisogna. Gli dico che la cachaça brucia, ma lui appare insensibile all'obiezione. Ci rifugiamo dietro un muretto, appoggiamo il frigorifero e ci sediamo, proprio come due cretini. Lancio un'occhiata alla casa, cinquanta metri più avanti. Guardo le ciabatte di Odisseu e lui la mia espressione, temo gli sembri una miscela di preoccupazione e di speranza. La principessa bacerà il rospo e questi si trasformerà: che facili pensieri, e così apro la prima lattina di birra.

Li vediamo arrivare. Andrea davanti, lei lieve e un po' guardinga dietro. Poi lui si arresta, si gira, la cerca con lo sguardo, sfugge, lei gli sfiora una mano, avanza, gli fa strada.

Nella casa di Joana s'accende una luce e i muri li nascondono come un sipario.

Sorseggio la birra. Quasi non ne sento il sapore.

"Sai Odisseu, con certe persone la vita si è confusa all'ultimo istante".

"In che senso?"

"Ha sbagliato una virgola, ha messo il punto dove non doveva esserci. Ha dimenticato un occhio, un orecchio, un po' di cervello, una mano. Si è confusa, si è fermata un millimetro prima. Mancanze lievi, rispetto a tutti gli impegni che ha la vita".

"Già".

"Sai cosa sogno?"

"No".

"Una tassa. Tutta la squadra dell'umanità si tassa per far fronte alle confusioni della vita. Non è una faccenda di soldi ma di civiltà. Perché poteva toccare a chiunque, è una lotteria, solo che non dobbiamo condividere una vincita ma una perdita. La vincita chi l'ha avuta se la gode, è giusto, mentre la perdita dobbiamo portarla sulle spalle un po' tutti".

"È un sogno".

"Ma è un sogno irrealizzabile?"

Odisseu afferra la bottiglia di cachaça, la fissa come a cercarne il consenso e poi ingolla.

"Non so" dice poi.

"Non accadrà mai?" insisto.

"E possiamo dirlo noi?"

"Noi da soli... no".

"Appunto".

Vediamo dei movimenti sulla veranda: Andrea e Angelica si siedono per qualche minuto, abbracciati. Rientrano. Dopo poco Andrea esce di corsa e viene verso di noi. Vorrei gridargli che non deve succedere qualcosa per forza, solo quello che vuole lui. Vorrei dirgli che è forte, lo penso davvero, vorrei dargli fiducia. Mormoro, appena, che gli voglio bene.

Andrea passa davanti al muretto senza vederci, arriva qualche metro più in là, si gira, alza un braccio, sfiora la luna, ritorna. Angelica è rimasta sulla veranda, a osservare.

Cristo Andre, che nottata ti aspetta... e che nottata ho davanti io. L'emozione che provo non so descriverla, altro che la mia prima volta!

Una luce s'accende e poi si spegne. Più nulla. Allora, in un istante, dimentico tutto quello che ho studiato e un poco imparato sull'autismo, perché t'informi, cerchi di capire, di confrontare esperienze, speri che il mondo corra, che la ricerca corra, che tutti gli scienziati del mondo si mettano di buona lena e immagini che, un bel giorno, la vita ti suoni al campanello e ti consegni una qualche soluzione. Ma qui, adesso, basta un po' di silenzio, un po' di illusione, perché il cuore trovi un battito di tregua.

Appoggiamo la schiena contro il muretto, beviamo birra e cachaça senza ritegno. C'è un vento spettacolare.

Buonanotte Andre. Stai viaggiando.

Odisseu s'era addormentato, afflosciato contro il muretto, e quando si è svegliato ha fatto per avviarsi verso casa sua. Vuoi venire da me?, ha borbottato. Non ho risposto, mi sono alzato, gli ho fatto un cenno e sono rientrato in casa di Joana cercando di non fare rumore. Buio e silenzio. Mi sono infilato nella mia stanza. Ho trovato una piccola torcia. Ho illuminato sul comodino la lettera di Joana. Per il resto della notte ho appiccicato gli ultimi pezzi di carta. Per il resto della notte ho letto quelle righe:

Cara Roxana,

chissà quante volte ti sarai sentita dire che la tua è una famiglia sfortunata di donne sole. Be', sembrerebbe così, a prima vista. La tua bisnonna, quando ha smesso di piacersi, non ha più voluto vedere nessuno e si è chiusa in casa. Tua madre ha desiderato un solo innamorato anche se era quello sbagliato e io ho avuto troppi innamorati che non riuscivo a lasciare. Però questo non ha niente a che vedere con la sfortuna e la solitudine. Sei sfortunato se inciampi e perdi la corriera o se ti cade un ramo sulla testa quando passi sotto un albero. Quando accadono cose importanti, anche cose che fanno soffrire, non è sfortuna: è la tua vita e devi solo trovare il modo per continuare, al meglio. E per quanto riguarda la solitudine non lasciarti spaventare dalla parola. Una donna sola può non soffrire di solitudine e io non ne ho mai sofferto, perché puoi sempre aprire una finestra e respirare l'aria pulita, guardare un gatto sul cornicione, accarezzarti i capelli, sognare a occhi aperti qualsiasi mondo tu voglia. La solitudine nasce quando non respiri abbastanza, quando non ti accorgi dei cambiamenti e quando hai un unico sogno che bussa tutte le notti nella tua testa. Non ti scrivo, quindi, perché mi sento sola. Ti scrivo e vorrei parlarti perché tu ti convinca di non essere sola. Per allontanare da te quest'idea sbagliata. Se ami te stessa, ami la vita e la vita non ci lascia mai soli. Stanchi, a volte, ma mai soli.

Joana, la madre di tua madre

Amarsi, ripetevo. Andrea riesce a volersi bene?

In cucina cerco di preparare la colazione con mosse da agente segreto. Avvito la caffettiera come fosse il silenziatore di una pistola.

Compare Angelica, non mi dice nulla, vuole solo del latte. Mentre lo scaldo, senza volerlo, la interrogo con lo sguardo. La ragazza sistema meticolosamente la tazza, il cucchiaino, il tovagliolo. Non resisto. Come è andata?

Angelica mescola lo zucchero, lentamente, e quasi mi indispettisco. Dopo un lungo silenzio dice che conoscere Andrea è stata una bella esperienza. Mi guarda con occhi trasparenti. Vorrei farle le domande a cui Andrea non risponderebbe mai, ma ritrovo la lucidità, sarebbe davvero troppo e forse non è importante.

"Stanotte partiamo" dico.

"Me l'ha detto Odisseu".

"Magari, fra un po', torniamo" non so che dire. Sento dei rumori, Andrea si è alzato, è andato in bagno, ha fatto cadere qualcosa. Lo chiamo.

Andrea osserva Angelica, ha uno strano atteggiamento, lo sguardo interrogativo. Andrea, gli dico, salutiamo la Angelica? Le vuoi lasciare un tuo ricordo?

"Ricordo per Angelica".

"Cosa vuoi lasciarle?"

"Un ricordo".

"Va bene il tuo braccialetto?"

"Va bene".

Lo aiuto a toglierlo e ad allacciarlo al polso di Angelica. Lei rimane a guardare Andrea per un po'.

"Andrea, perché non accompagni Angelica fino al cancello".

Voglio che sia un istante tutto loro.

Rimango seduto, immobile. Io patisco questo addio e Andrea, forse, saluterà come sempre, come se fosse un normale ciao, come tutti i giorni.

Dall'esterno. Ma dentro?

La giornata dura un minuto o cento ore, non sappiamo. Cominciamo a fare i bagagli. Insisto perché mi aiuti a riempire i nostri mitici zaini. Quando abbiamo finito, ce ne stiamo in veranda, il tempo è nuvoloso. Provo a chiedergli del viaggio, del ritorno a casa, della scuola da iniziare, della mamma, del fratello e di Filippo, il nostro cane paracadutista. Andrea è molto presente in questo momento e ho la sensazione di dialogare davvero.

Ultimi saluti, ultimo pranzo preparato da Odisseu che poi ci accompagna in aeroporto. Ritardo di quattro ore. Domani, casa vera.

Non so perché, nella mente mi passano certe nuvole. Sarà l'aereo, quello scuotimento di prima, i vuoti d'aria. Certi pensieri che erano in alto sullo scaffale sono caduti a terra.

Penso a una cosa ovvia: io e la mamma di Andrea un giorno ce ne andremo. E questo produrrà un'altra conseguenza ovvia: Andrea rimarrà da solo per almeno una trentina d'anni. Su questa terra. Dentro la sua nazione indiana, la sua riserva. Io lo vedo sano, robusto, lo vedo bello e immagino che camperà in salute sino a cent'anni.

Una possibilità concreta, perché la vita non scherza, è che Andrea trascini la sua esistenza in qualche contenitore: refettorio, regole, farmaci. Senza relazioni vere, senza affetti veri. Immerso in una solitudine che andrà a sommarsi alla sua. Non è facile farsene una ragione. Adesso c'è ancora energia e la mente riesce a far ruotare la mia esistenza attorno alla sua. Ma il tempo non le è alleato, non ci sarà un giorno, nel futuro, in cui Andrea improvvisamente riuscirà a congiungere il suo mondo con questo mondo. Un giorno in cui, trovando me su una panchina, lui si avvicinerà di soppiatto, con quel suo sorriso, per dirmi: va bene papà, puoi andare dove vuoi adesso, me la cavo da solo.

Capisco i pensieri tremendi che assalgono certi padri, quando vengono trascinati in vortici distruttivi pensando all'esistenza dei loro figli che oscilla sull'abisso del nulla. Anch'io penso alla morte. Non è mica una cosa triste. Per quanto mi riguarda, potrei morire già oggi, ho avuto una vita piena: lavoro, viaggi, amore, amici, soddisfazioni, avventure e disavventure. Sono pronto a tutto. Però penso a lui: è vita stare rinchiusi mentalmente nell'autismo e fisicamente in un istituto e in un deserto di affetti per decine di anni?

D'impulso mi assale, forse egoisticamente, la tremenda idea che potrei portarlo con me, quando sarà il momento. Faremo una grande festa, le nostre prove di smarrimento eterno. Salutiamo tutti: Andrea toglierà le foglie dalle piante con cui abbiamo addobbato la sala, toccherà la pancia delle persone e ci berremo un ultimo bicchiere. Faremo volare nel cielo uno sciame di bolle, mongolfiere d'acqua e sapone, lanceremo fuochi d'artificio e saranno luci blu a coprire le stelle.

Poi resteranno solo i pezzetti di carta, pagine sbriciolate che Andrea lascia ovunque, come una semina per indicare la via tra questa nostra esistenza e il paradiso.

Saranno i vuoti d'aria, sarà la fine del viaggio. Sarà che la vita è complicata e bella. Sarà perché noi non sappiamo e almeno immaginare, bello o brutto che sia, ci porta oltre.

Ci porta a domani.

Questa edizione di
Se ti abbraccio non aver paura
di Fulvio Ervas
è stata stampata presso
Arti Grafiche Bianca & Volta di Truccazzano
il cinque maggio duemiladodici

Ristampa
XVIII XVII XVI XV XIV XIII XII XI X IX VIII
Anno
2015 2014 2013 2012